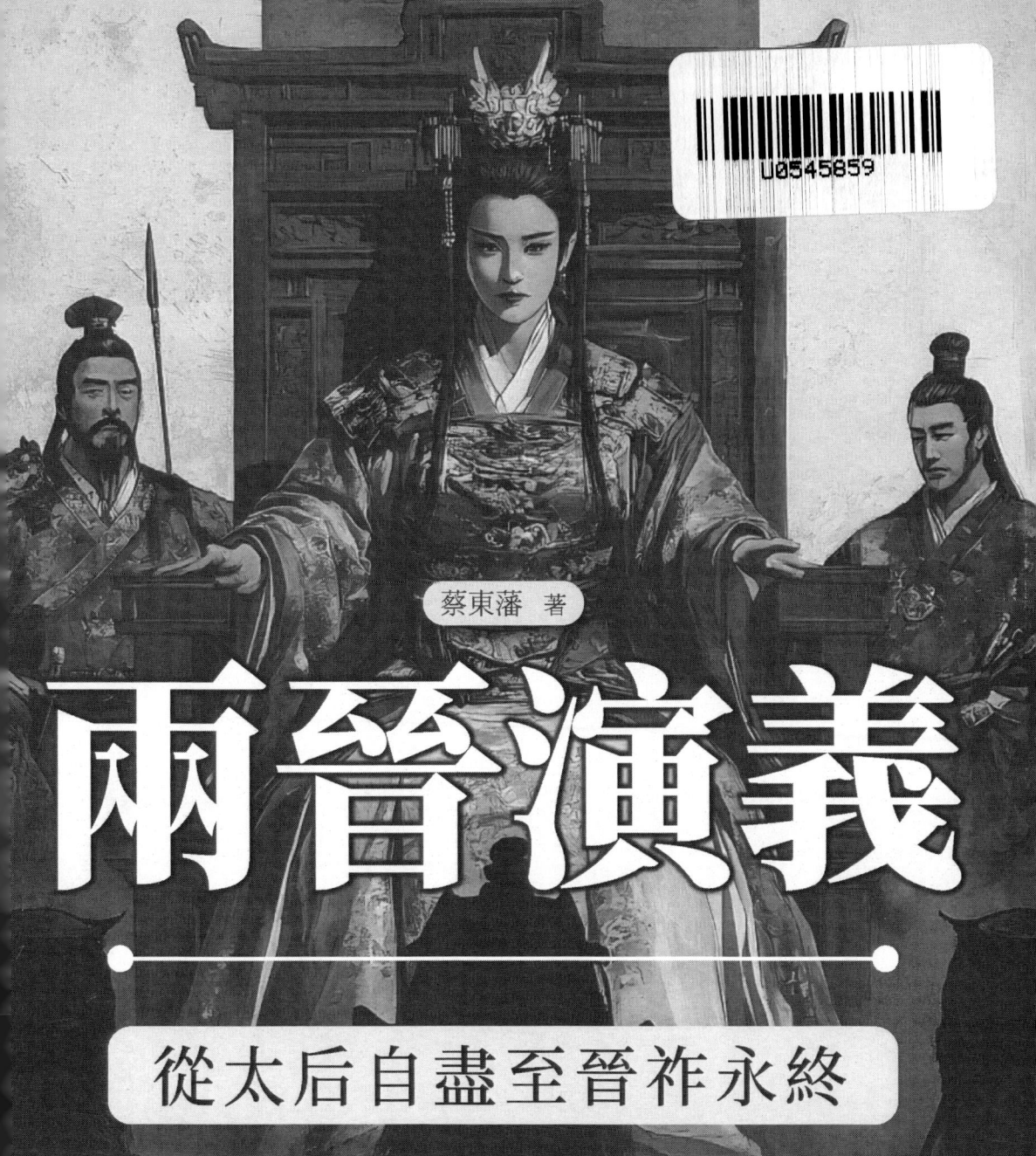

蔡東藩 著

兩晉演義

從太后自盡至晉祚永終

我篡他人人篡我，祖宗作法子孫償
可憐中原無寧日，話到滄桑也黯傷

烽火連天，各方勢力逐鹿中原
見證一個王朝的終章，無人能置身事外

目錄

第七十六回	子逼母燕太后自盡　弟陵兄晉道子專權	005
第七十七回	殷仲堪倒柄授桓玄　張貴人逞凶弒孝武	013
第七十八回	迫誅奸稱戈犯北闕　僭稱尊遣將伐西秦	021
第七十九回	呂氏肆虐涼土分崩　燕祚祚衰魏兵深入	029
第八十回	拓跋珪轉敗為勝　慕容寶因怯出奔	037
第八十一回	攻舊都逆子忘天理　陷中山嬌女作人奴	045
第八十二回	通叛黨蘭汗弒君　誅賊臣燕宗復國	053
第八十三回	再發難王恭受戮　好惑人孫泰伏誅	061
第八十四回	戕內史獨全謝婦　殺太守復陷會稽	069
第八十五回	失荊州參軍殉主　棄苑川乾歸逃生	077
第八十六回	受逆報呂纂被戕　據偏隅李暠獨立	085
第八十七回	掃殘孽南燕定都　立奸叔東宮失位	093
第八十八回	呂隆累敗降秦室　劉裕屢勝走孫恩	101
第八十九回	覆全軍元顯受誅　奪大位桓玄行逆	109
第九十回	賢孟婦助夫舉義　勇劉軍敗賊入都	117

第九十一回	蒙江洲馮遷誅逆首　陷成都譙縱害疆臣	125
第九十二回	貪女色吞針欺僧侶　戕婦翁擁眾號天主	133
第九十三回	葬愛妻遇變喪身　立猶子臨終傳位	141
第九十四回	得使才接眷還都　失兵機縱敵入險	149
第九十五回	覆孤城慕容超亡國　誅逆賊馮文起開基	157
第九十六回	何無忌戰死豫章口　劉寄奴固守石頭城	165
第九十七回	竄南交盧循斃命　平西蜀譙縱伏辜	173
第九十八回	南涼王愎諫致亡　西秦後敗謀殉難	181
第九十九回	入荊州驅除異黨　奪長安剗滅後秦	189
第一百回	招寇亂秦關再失　迫禪位晉祚永終	199

第七十六回
子逼母燕太后自盡　弟陵兄晉道子專權

　　卻說王建入帳，請魏王珪盡殺燕軍，略謂燕恃強盛，來侵中國，今幸得大捷，俘獲甚眾，理應悉數誅戮，免留後患，奈何反縱使還國，仍增寇焰云云。珪尚以為疑，顧語諸將道：「我若果從建言，恐南人從此仇視，不願向化，我方欲弔民伐罪，怎可行得？」弔民伐罪一語，不免過誇，但珪之本心，卻還可取。偏諸將贊同建議，共請行誅。建又向珪固爭，珪乃命將數萬俘虜，盡數坑死，才引還盛樂去了。燕太子寶，棄師遁還，不滿人口，寶亦自覺懷慚，請再調兵擊魏。范陽王德，亦向垂進言道：「參合一敗，有損國威，索虜凶狡，免不得輕視太子，宜及陛下聖略，親往征討，摧彼銳氣，方可免慮，否則後患恐不淺了！」即能摧魏，亦未必果無後患！垂乃命清河公會領幽州刺史，代高陽王隆鎮守龍城，又使陽城王蘭汗為北中郎將，代長樂公盛鎮守薊郡。會為太子寶第二兒，與盛為異母兄弟，盛妻蘭氏，即蘭汗女，且與垂生母蘭太后，系出同宗，所以亦得封王。垂使兩人代鎮，是要調還隆盛部曲，同攻北魏，定期來春大舉。太史令入諫道：「太白星夕沒西方，數日後復見東方，不利主帥，且此舉乃是躁兵。躁兵必敗！」垂以為天道幽遠，不宜過信，仍然部署兵馬，準備出師。唯自參合陂敗後，精銳多半傷亡，急切招募，未盡合用。尚幸高陽王隆，帶得龍城部曲，馳入中山，軍容很是精整，士氣方為一振。垂復遣征東將軍平視，發兵冀州，不料平視居然叛垂。視弟海陽令平翰，又起

第七十六回　子逼母燕太后自盡　弟陵兄晉道子專權

兵應視，鎮東將軍餘嵩，奉令擊視，反至敗死。垂不得已親出討逆，視始怯遁。翰自遼西取龍城，亦由清河公會，遣將擊走，奔往山南。於是垂留范陽王德守中山，自率大眾密發，逾青嶺，登天門，鑿山開道，出指雲中。魏陳留公拓跋虔，正率部落三萬餘家，居守平城。垂至獵嶺，用遼西王農，高陽王隆，為前鋒驅兵襲虔。虔自恃初勝，未曾設防，待至農隆兩軍掩至城下，方才知悉。他尚輕視燕軍，即冒冒失失的率兵出戰。龍城兵甚是勇銳，吶一聲喊，爭向虔軍隊內殺入。虔攔阻不住，方識燕軍厲害，急欲收兵回城，那慕容隆已抄出背後，堵住門口。待虔躍馬奔回，當頭一槊，正中虔胸，倒斃馬下。內外魏兵，見虔被殺，統嚇得目瞪口呆，無路奔逃，只好棄械乞降。隆等引眾入城，收降魏兵三萬餘人，當即向垂報捷。垂進至參合陂，見去年太子寶戰處，積屍如山，不禁悲嘆，因命設席祭奠。軍士感念存亡，統皆哀號，聲震山谷。垂由悲生慚，由慚生憤，霎時間胸前暴痛，竟致嘔血數升，幾乎暈倒。左右忙將垂舁登馬車，擬即退還，垂尚不許，仍命驅軍前行，進屯平城西北三十里。太子寶等本已赴雲中，接得垂嘔血消息，便即引歸。魏王珪聞燕軍深入，卻也驚心，意欲北走諸部，嗣又有人傳報，訛言垂已病死陣中，復放大了膽，率眾南追。途次得平城敗耗，更退屯陰山。垂駐營中十日，病且益劇，乃逾山結營，築燕昌城，為防魏計，既而還至上谷，竟至歿世。遺命謂禍難方啟，喪禮務從簡易，朝終與殯，三日釋服，唯強寇在邇，應加戒備，途中須祕不發喪，待至中山，方可舉哀治葬等語。太子寶一律遵行，密載垂屍，亟還中山，然後發喪。垂在位十三年，歿年已七十有一。由太子寶嗣即帝位，諡垂為神武皇帝，廟號世祖。尊母段氏為太后，改建興十一年為永康元年。垂稱王二年，雖易秦為燕，未定年號，至稱帝以後，方改年建興。事見前文。命范陽王德，都督冀兗青徐荊豫六州軍事，領冀州牧，鎮守鄴城，遼

西王農，都督並雍益梁秦涼六州軍事，領并州牧，鎮守晉陽，趙王麟為尚書左僕射，高陽王隆為右僕射，長樂公盛為司隸校尉，宜都王鳳為冀州刺史。餘如異姓官吏，亦晉秩有差。寶為慕容垂第四子，少時輕狡，也無志操，弱冠後冀為太子，乃砥礪自修，崇尚儒學，工談論，善屬文，曲事乃父左右，購得美名。垂因立為儲貳，格外寵愛。其實寶是假名竊位，既得逞志，覆露故態，中外因此失望。垂繼后段氏，嘗乘間語垂道：「太子姿質雍容，輕柔寡斷，若遇承平時候，尚足為守成令主；今國步艱難，恐非濟世英雄，陛下乃託以大業，妾實未敢贊成！遼西高陽二王，本為陛下賢子，何不擇一為嗣，使保國祚！趙王麟奸詐強愎，他日必為國患，這乃陛下家事，還乞陛下圖謀，毋貽後悔！」垂不禁瞋目道：「爾欲使我為晉獻公麼？」段氏見話不投機，只好暗暗下淚，默然退出。原來寶為先段后所出。麟農隆柔熙，出自諸姬，均與繼后段氏，不屬毛裡。段氏生子朗鑑，俱尚幼弱，所以垂疑段后懷妒，從中進讒，不得不將她叱退。段氏既怏怏退出，適胞妹季妃入見，季妃為慕容德妻，見六十四回。因即流涕與語道：「太子不才，內外共知，唯主上尚為所蒙，我為社稷至計，密白主上，主上乃比我為驪姬，真是冤苦！我料主上百年以後，太子必喪社稷！趙王又必生亂，宗室中多半庸碌，唯范陽王器度非常，天若存燕，舍王無第二人呢！」段元妃未嘗無識，唯為此殺身亦是失計。季妃亦不便多言，但唯唯受教罷了。古人說得好，屬垣防有耳，窗外豈無人？段后告垂及妹，雖亦祕密相商，但已被人竊聽，傳出外面，為太子寶及趙王麟所聞。兩人當然懷恨，徐圖報復。到了寶已嗣位，故舊大臣，總援著舊例，尊皇后為皇太后，寶說不出從前嫌隙，只好暫時依議。過了半月，即使麟入脅段太后道：「太后前日，嘗謂嗣主不能繼承大業，今果能否？請亟自裁，還可保全段宗！」段太后聽了，且怒且泣道：「汝兄弟不思盡孝，膽敢逼殺母后，

第七十六回　子逼母燕太后自盡　弟陵兄晉道子專權

如此悖逆，還想保守先業麼？我豈怕死，但恐國家將亡，先祖先宗，無從血食呢！」說畢，便飲鴆自殺。雖不做凡人妻，但結果亦屬欠佳。麟出宮語寶，寶與麟又復倡議，謂段氏曾謀嫡儲，未合母道，不宜成喪。群臣也不敢進諫。唯中書令眭邃抗議道：「子無廢母的道理，漢時閻后親廢順帝，尚得配享太廟，況先後語出傳聞，虛實且未可知，怎得不認為母？今宜依閻后故事，遵禮發喪。」寶乃為太后成衣衿葬，追諡為成哀皇后。這且慢表。

　　且說晉孝武帝親政以後，權由己出，頗知盡心國事，委任賢臣。淝水一戰，擊退強秦，收復青兗河南諸郡，晉威少振。事俱散見前文。太元九年，崇德太后褚氏崩，朝議以帝與太后，係是從嫂，服制上不易規定。褚氏為康帝后，康帝為元帝孫，而孝武為元帝少子，簡文帝三男，故對於褚后實為從嫂。獨太學博士徐藻，援《禮經》夫屬父道、妻皆母道的成訓，推衍出來，說是夫屬君道，妻即后道，主上曾事康帝為君，應事褚后為后，服後應用齊衰，不得減輕云云。孝武帝遂服齊衰期年，中外稱為公允。唯孝武后王氏，嗜酒驕妒，有失閫儀，孝武帝特召后父王蘊，入見東堂，具說后過，令加訓導。蘊免冠稱謝，入宮白后，後稍知改過，不逾大節。過了五年，未產一男，竟至病逝。褚太后與王皇后，並見六十四回中。當時後宮有一陳氏女，本出教坊，獨長色藝，能歌能彈，應選入宮。孝武帝方值華年，哪有不好色的道理，花朝擁，月夜偎，嘗盡溫柔滋味，竟得產下二男，長名德宗，次名德文。本擬立為繼后，因她出身微賤，未便冊為正宮，不得已封為淑媛，但將中宮虛位，隱然以皇后相待。偏偏紅顏不壽，翠袖生寒，到了太元十五年，又致一病告終。孝武帝悲悼異常。幸復得一張氏嬌娃，聰明伶俐，不亞陳淑媛，面龐兒閉月羞花，更與陳淑媛不相上下，桃僵李代，一枯一榮，孝武帝冊為貴人，得續歡情，才把陳

淑媛的形影，漸漸忘懷，又復易悲為喜了。為下文被弒伏線。

　　唯自張貴人得寵，日伴天顏，竟把孝武帝迷住深宮，連日不親政務。所有軍國大事，盡委琅琊王道子辦理。道子係孝武帝同母弟，俱為李崑崙所生。見六十三回。孝武即位，曾尊李氏為淑妃，嗣又進為皇太妃，儀服得與太后相同。道子既受封琅琊王，進位驃騎將軍，權勢日隆，太保謝安在位時，已因道子恃寵弄權，與他不和。見六十九回。安婿王國寶，係故左衛將軍王坦之子，素性奸諛，為安所嫉，不肯薦引。國寶陰懷怨望，會國寶從妹，入選為道子妃，遂與道子相暱，常毀婦翁，道子亦入宮行讒。孝武帝素來重安，安又避居外鎮，故幸得考終。但自安歿後，道子即首握大權，錄尚書事，都督中外諸軍，領揚州刺史。道子嗜酒漁色，日夕酣歌，有時入宮侍宴，亦與孝武為長夜飲，縱樂尋歡。又崇尚浮屠，僧尼日集門庭，一班貪官汙吏，往往託僧尼為先容，無求不應。也是結歡喜緣。甚至年輕乳母，貌俊家僮，俱得道子寵幸，表裡為奸。道子又擢王國寶為侍中，事輒與商，國寶亦得肆行無忌，妄作威福，政刑瀆亂，賄賂公行。

　　尚書令陸訥，望宮闕嘆道：「這座好家居，難道被纖兒撞壞不成？」會稽處士戴逵，志操高潔，屢徵不起。郡縣逼迫不已，他見朝政日非，越加謝絕，逃往吳郡。吳國內史王珣，在武邱山築有別館，逵潛蹤往就，與珣遊處兼旬，託珣向朝廷善辭，免得再召。珣與他設法成全，逵乃復返入會稽，隱居剡溪。不略逸士。會稽人許榮，適任右衛領營將軍，上疏指陳時弊，略云：

　　今臺府局吏，直衛武官，及僕隸婢兒，取母之姓者，本臧獲之徒，無鄉邑品第，皆得命議，用為郡守縣守，並帶職在內，委事於小吏手中。僧尼乳母，競進親黨，又受貨賂，輒臨官領眾，無衛霍之才，而妄比古人，為患一也。佛者清虛之神，以五誡為教，絕酒不淫，而今之奉者，穢慢阿

第七十六回　子逼母燕太后自盡　弟陵兄晉道子專權

尼，酒色是耽，其違二矣。夫致人於死，未必手刃害之，若政教不均，暴濫無罪，必夭天命，其違三矣。盜者未必躬竊人財，譏察不嚴，罪由牧守，今禁令不明，劫盜公行，其違四矣。在上化下，必信為本，昔年下書，敕使盡規，而眾議畢集，無所採用，其違五矣。僧尼成群，依傍法服，五誡粗法，尚不能遵，況精妙乎？而流惑之徒，競加敬事，又侵逼百姓，取財為害，亦未合布施之道也。

　　疏入不報。會孝武帝冊立儲貳，命子德宗為皇太子。德宗愚蠢異常，口吃不能言語，甚至寒暑飢飽，均不能辨，飲食臥起，隨在需人，所以名為儲嗣，未嘗出臨東宮。似此蠢兒，怎堪立為儲君！許榮又疏言太子既立，應就東宮毓德，不宜留養後宮，孝武帝亦置諸不理。

　　唯道子勢傾內外，門庭如市，遠近奔集，孝武帝頗有所聞，不免懷疑。王國寶諂事道子，隱諷百官。奏推道子為丞相，領揚州牧，假黃鉞，加殊禮。護軍將軍車胤道：「這是成王尊崇周公的禮儀，今主上當陽，非成王比，相王在位，難道可上擬周公麼？」乃託詞有疾，不肯署疏，及奏牘上陳，果觸主怒，竟把原奏批駁下來，且因奏疏中無車胤名，嘉他有守。

　　中書侍郎范甯徐邈，守正不阿，指斥奸黨，不稍寬假。范甯尤抗直敢言，無論親貴，遇有壞法亂紀，必抨擊無遺。嘗謂王弼何晏二人，浮詞惑眾，罪過桀紂，所以待遇同僚，必以禮法相繩。王國寶為甯外甥，甯恨他卑鄙，屢戒不悛，乃表請黜逐國寶。國寶仗道子為護符，反構隙譖甯。不顧婦翁，寧顧母舅！甯且恨且懼，遂乞請外調，願為豫章太守。豫章一缺，向稱不利，他人就任，輒不永年，朝臣視為畏途。孝武帝覽表亦驚疑道：「豫章太守不可為，甯奈何以身試死哩！」甯一再固請，方邀允准。甯臨行時尚申陳一疏，大略說是：

臣聞道尚虛簡，政貴平靜，坦公亮於幽顯，流子愛於百姓，子讀若慈，見《禮記》。然後可以輕夷險而不憂，乘休否而常夷，否讀如痞。先王所以致太平，如此而已。今四境晏如，烽燧不舉，而倉庾虛耗，帑藏空匱。古者使民，歲不過三日，今之勞擾，殆無三日休息，至有殘形剪髮，要求復除，生兒不復舉養，鰥寡不敢妻娶，豈不怨結人鬼，感傷和氣！臣恐社稷之憂，積薪不足以為喻。臣久欲粗啟所懷，日延一日，今當永離左右，不欲令心有餘恨，請出臣啟事，付外詳擇，不勝幸甚！

孝武帝得了寧疏，卻也頒詔中外，令公卿牧守，各陳時政得失。無如道子國寶，蟠踞宮廷，雖有良言，統被他兩人抹煞，不得施行。就是范甯赴任後，也有一篇興利除害的表章，大要在省刑減徭，戒奢懲佚數事，結果是石沉海底，毫無音響。唯王國寶前被糾彈，嘗使陳郡人袁悅之，因尼妙音，致書後宮，具言國寶忠謹，宜見親信。這書為孝武帝所見，怒不可遏，即飭有司加罪悅之，處以斬罪。國寶越加惶懼，仍託道子入白李太妃，代為調停，方得無恙。

道子貪恣日甚，賣官鬻爵，無所不為。嬖人趙牙出自倡家，貢金獻妓，得官魏郡太守。錢塘捕賊小吏茹千秋，納賄鉅萬，亦得任為諮議參軍。牙且為道子監築東第，迭山穿沼，植樹栽花，工費以億萬計。道子且就河沼旁開設酒肆，使宮人居肆沽酒。自與親暱乘船往飲，謔浪笑敖，備極醜態。孝武帝聞他築宅，特親往遊覽，道子不敢拒駕，只好導帝入遊。帝眺覽一週，使語道子道：「府內有山，足供遊眺，未始不佳；但修飾太過，恐傷儉德，不足以示天下！」道子無詞可答，只好隨口應命。及帝既還宮，道子召語趙牙道：「皇上若知山由版築，汝必坐罪致死了！」趙牙笑道：「王在，牙何敢死！」倡家子也讀過《魯論》麼？道子也一笑相答。牙退後並不少戒，營造益奢。茹千秋倚勢斂財，驟致鉅富，子壽齡得為樂安

第七十六回　子逼母燕太后自盡　弟陵兄晉道子專權

令，贓私狼藉，得罪不誅，安然回家。博平令聞人奭據實彈劾，孝武帝雖懷怒意，終因道子袒護，不複查究。道子又為李太妃所愛，出入宮禁，如家人禮，或且使酒嫚罵，全無禮儀。

孝武帝愈覺不平，意欲選用名流，任為藩鎮，使得潛制道子。當時中書令王恭，黃門郎殷仲堪，世代簪纓，頗負時望，孝武帝因召入太子左衛率王雅，屏人密問道：「我欲外用王恭殷仲堪，卿意以為何如？」雅答道：「恭風神簡貴，志氣方嚴，仲堪謹修細行，博學能文，但皆器量褊窄，無干濟才。若委以方面，天下無事，尚足稱職，一或變起，必為亂階。願陛下另簡賢良，勿輕用此二人！」雅頗知人。孝武帝不以為然，竟命恭為平北將軍，都督青兗幽並冀五州軍事，領青兗二州刺史，出鎮京口，仲堪為振威將軍，都督荊益寧三州軍事，領荊州刺史，出鎮江陵。又進尚書右僕射王珣為左僕射，王雅為太子少傅，內外分置心膂，無非欲監制道子。哪知內患未去，反惹出一場外患來了。小子因有詩嘆道：

惡習都由驕縱成，家無賢弟咎由兄。
尊親尚且難施法，假手群臣亂益生！

欲知晉廷致亂情形，且至下回再表。

家無賢子弟，家必敗，國無賢子弟，國必亡。慕容垂才略過人，卒能恢復燕祚，不可謂非一世雄，其獨擇子不明，失之於太子寶，反以段后所言為營私。垂死而段后遇弒，子敢弒母，尚有人道乎？即無北魏之侵擾，其必至亡國，可無疑也。所惜者，段元妃自詡智婦，乃竟不免於禍耳。彼晉孝武帝之縱容道子，弊亦相同。道子固同母弟也，然愛弟則可，縱弟則不可。道子不法，皆孝武帝釀成之，委以大權，與之酣飲，迨至道子貪婪驕恣，寵暱群小，乃始欲分置大臣以監制之，何其謬耶！而王國寶輩更不值評論也。

第七十七回
殷仲堪倒柄授桓玄　張貴人逞凶弒孝武

　　卻說孝武帝防備道子，特分任王恭殷仲堪王珣王雅等，使居內外要津，分道子權。道子也窺透孝武帝心思，用王國寶為心腹，並引國寶從弟琅琊內史王緒，作為爪牙，彼此各分黨派，視同仇讎。就是孝武帝待遇道子，也與從前大不相同，還虧李太妃居間和解，才算神離貌合，勉強維持。道子又想推尊母妃，陰冀內援，便據母以子貴的古例，啟聞孝武帝，請尊李太妃為太后。孝武帝不好駁議，因準如所請，即改太妃名號，尊為太后，奉居崇訓宮。道子雖為琅琊王，曾領會稽封國，為會稽太妃繼嗣。會稽太妃，就是簡文帝生母鄭氏，見六十三回。鄭氏為元帝妾媵，未列為后。故歸道子承祀，至是亦追尊為簡文太后，上諡曰宣。群臣希承意旨，謂宣太后應配饗元帝，獨徐邈謂太后生前，未曾伉儷先帝，子孫怎得為祖考立配？唯尊崇盡禮，乃臣子所可為，所建陵廟，宜從別設。有詔依議，乃在太廟西偏，另立宣太后廟，特稱宣太后墓為嘉平陵。

　　又徙封道子為會稽王，循名責實，改立皇子德文為琅琊王。德文比太子聰慧，孝武帝常使陪侍太子，凡太子言動，悉由德文主持，因此青宮裡面，尚沒有什麼笑話，傳播人間。何不直截了當立德文為儲嗣！唯道子內恃太后，外恃近臣，驕縱貪婪，終不少改。

　　太子洗馬南郡公桓玄，就是前大司馬桓溫少子，見六十四回。五齡襲爵，及長頗通文藝，意氣自豪，朝廷因父疑子，不給官階，到了二十三

第七十七回　殷仲堪倒柄授桓玄　張貴人逞凶弒孝武

歲，始得充太子洗馬。玄以為材大官小，很是怏怏，乃往謁道子，為夤緣計。湊巧道子置酒高會，盛宴賓朋，玄得投刺入見，稱名下拜。道子已飲得酣醉，任他拜伏，並不使起，且張目四顧道：「桓溫晚年，想做反賊，爾等曾聞知否？」玄聽到此言，不覺汗流浹背，匍伏地上，未敢起來。還是長史謝重，在旁起答道：「故宣武公溫諡宣武，亦見六十四回中。黜昏登聖，功超伊霍，外間浮議紛紜，未免混淆黑白，還乞鈞裁！」道子方點首作吳語道：「儂知！儂知！」因令玄起身，使他下座列飲。玄拜謝而起，飲了一杯，便即辭出。自是仇恨道子，日夕不安。未幾得出補義興太守，仍鬱鬱不得志，嘗登高望震澤湖，即鄱陽湖。唏噓太息道：「父做九州伯，兒做五湖長，豈不可恥！」因即棄官歸國，上書自訟道：

　　臣聞周公大聖而四國流言，樂毅王佐而被謗騎劫，巷伯有豺虎之慨，蘇公興飄風之刺，惡直醜正，何代無之！先臣蒙國殊遇，姻婭皇極，常欲以身報德，投袂乘機，西平巴蜀，北清伊洛，使竊號之寇，繫頸北闕，園陵修復，大恥載雪，飲馬灞滻，懸旌趙魏，勤王之師，功非一捷。太和之末，太和係帝奕年號，見前文。皇基有潛移之懼，遂乃奉順天人，翼登聖朝，明離既朗，四凶兼澄，向使此功不建，此事不成，宗廟之事，豈堪設想！昔太甲雖迷，商祚無憂，昌邑雖昏，弊無三孽。因茲而言，晉室之機，危於殷漢，先臣之功，高於伊霍矣。而負重既往，蒙謗清時，聖帝明王黜陟之道，不聞廢忽顯明之功，探射冥冥之心，啟嫌謗之途，開邪枉之路者也。先臣勤王艱難之勞，匡平克復之勳，朝廷若其遣之，臣亦不復計也。至於先帝龍飛九五，陛下之所以繼明南面，請問談者，誰之由耶？誰之德耶？豈唯晉室永安，祖宗血食，於陛下一門，實奇功也。自頃權門日盛，醜政實繁，咸稱述時旨，互相煽附，以臣之兄弟，皆晉之罪人，臣等復何理可以苟存身世，何顏可以尸饗封祿？若陛下忘先臣大造之功，信貝錦萋菲之說，臣等自當奉還三封，受戮市朝，然後下從先臣，歸先帝於玄

宮耳。若陛下述遵先旨，追錄舊勳，竊望少垂愷悌覆蓋之恩，臣雖不肖，亦知圖報。犬馬微誠，伏維亮鑑！

　　看官閱讀此疏，應知玄滿懷鬱勃，已露言中，後來潛謀不軌，逞勢行凶，便可概見。那孝武帝怎能預料，唯將來疏置諸不理，便算是包荒大度。就是道子瞧著，也因玄無權無勢，不值一顧，但視為少年妄言罷了。及殷仲堪出鎮江陵，玄在南郡，與江陵相近，免不得隨時往來。桓氏世臨荊州，為士民所畏服，仲堪欲牢籠物望，不能不與玄聯結，並因玄風神秀朗，詞辯雄豪，便推為後起雋傑，格外優待，漸漸的大權旁落，反為玄所把持。孝武方倚為屏藩，乃不能制一桓玄，無能可知。玄嘗在仲堪廳前，戲馬舞槊，仲堪從旁站立，玄竟舉槊向仲堪，作欲刺狀。中兵參軍劉邁，在仲堪側，忍不住說出二語，謂玄馬槊有餘，精理不足。玄聽到邁言，並不知過，反怒目視邁，仲堪也不禁失容。及玄既趨出，仲堪語邁道：「卿係狂人，乃出狂言，試想桓玄久居南郡，手下豈無黨羽？若潛遣刺客，乘夜殺卿，我豈尚能相救麼？況見他悻悻出去，必思報復，卿不如趕緊出避，尚可自全。」倘玄欲刺汝，汝將奈何？邁乃微服出奔，果然玄使人追趕，幸邁早走一時，不為所及，才得倖免。徵虜參軍胡藩，行過江陵，進謁仲堪，乘便進言道：「桓玄志趣不常，每懷怨望，節下崇待太過，恐非久計。」仲堪默不一言，藩乃辭出。時藩內弟羅企生，為仲堪功曹，藩即與語道：「殷侯倒戈授人，必難免禍，君不早去，恐將累及，後悔不可追了！」企生亦似信非信，不欲遽辭，藩嗟嘆而去。良言不聽，宜乎扼腕。

　　看官聽說，殷仲堪不能駕馭桓玄，哪裡能監制道子？道子權威如故，孝武帝越不自安。中書侍郎徐邈，從容入諷道：「昔漢文明主，尚悔淮南，指屬王長事，見《漢史》。世祖聰達，負悔齊王，見前文。兄弟至親，相處宜慎，會稽王雖稍有失德，總宜曲加寬貸，借釋群疑，外顧大局，內慰

第七十七回　殷仲堪倒柄授桓玄　張貴人逞凶弒孝武

太后，庶不致有他變呢！」孝武帝經此一言，氣乃少平，委任道子，仍然如初。愛弟之道，豈必定要委任！

唯王國寶有兄弟數人，皆登顯籍。長兄愷嘗襲父爵，入官侍中，領右衛將軍，多所獻替，頗能盡職，次兄愉為驃騎司馬，進輔國將軍，名遜乃兄，弟忱少即著名，歷官內外，文酒風流，睥睨一切。王恭王珣，才望且出忱下。恭出鎮江陵以前，荊州刺史一職，係忱所為，別人總道他少不更事，不能勝任，誰知他一經蒞鎮，風裁肅然，就是待遇桓玄，亦嘗談笑自如，令玄屈服。只是素性嗜酒，一醉至數日不醒，因此釀成酒膈，因病去官，未幾即歿。國寶欲奔喪回裡，表請解職，有詔止給假期。偏國寶又生悔意，徘徊不行，事為中丞褚粲所劾。國寶懼罪，只得再求道子挽回，都下不敢露跡，竟扮作女裝，坐入輿中偽稱為王家女婢，混入道子第中，跪請緩頰。道子且笑且憐，即替他設法進言，終得免議。權相有靈，國寶當自恨不作女身為他作妾。

已而假滿復官，更加驕蹇，不遵法度，後房妓妾，不下百數，天下珍玩，充滿室中。孝武帝聞他僭侈，召入加責，經國寶泣陳數語，轉使孝武帝一腔怒氣，自然消融。他素來是個逢迎妙手，探得孝武帝隱憎道子，遂竭力迎合，隱有閒言，並厚賂後宮張貴人，代為吹噓，竟至相府爪牙，一躍為皇宮心腹。媚骨卻是有用！道子察出情形，很覺不平，嘗在內省遇見國寶，斥他背恩負義，拔劍相加，嚇得國寶魂膽飛揚，連忙奔避。道子舉劍擲擊，又復不中，被他逃脫。嗣經僚吏百方解說，才將道子勸回。孝武帝得悉爭端，益信國寶不附道子，視作忠臣，常令國寶侍宴。酒酣興至，與國寶談及兒女事情，國寶自陳有女秀慧。孝武帝願與結婚，許納國寶女為琅琊王妃，國寶喜出望外，叩頭拜謝。至宴畢出宮後，待了旬餘，未見有旨，轉浼張貴人代請，才得複音，乃是緩日結婚四字，國寶只好靜心候

著，少安毋躁罷了。恐閻王要來催你性命奈何？當時有人戲作雲中詩，譏諷時事云：

相王沉醉，輕出教命，捕賊千秋，干預朝政。王愷守常，國寶馳競，荊州大度，散誕難名。盛德之流，法護王寧，仲堪仙民，特有言詠。東山安道，執操高抗，何不徵之，以為朝匠？

詩中所云千秋王愷國寶，實敘本名，想看官閱過上文，當然了解。荊州係指王忱，不指殷仲堪，法護係王珣小字，寧即王恭，仙民即徐邈字，安道即戴逵字。這詩句傳入都中，王珣欲孚民望，表請徵戴逵為國子祭酒，加散騎常侍，逵仍不至。太元二十年，皇太子德宗，始出東宮。會稽王道子兼任太子太傅，王珣兼任太子詹事，與太子少傅王雅，又上疏道：

會稽處士戴逵，執操貞厲，含味獨遊，年在耆老，清風彌勁。東宮虛德，式延正士，宜加旌命，以參僚侍。逵既重幽居之操，必以難進為美，宜下詔所在有司，備禮發遣，進弼元良，毋任翹企！

孝武帝依議，復下詔徵逵，逵仍稱疾不起，已而果歿。那孝武帝溺情酒色，日益荒耽，鎮日裡留戀宮中，徒為了一句戲言，釀出內弒的駭聞，竟令春秋鼎盛的江東天子，忽爾喪軀，豈不是可悲可憤麼！當孝武帝在位時，太白星晝現，連年不已，中外幾視為常事，沒甚驚異。太元二十年七月，有長星出現南方，自須女星至哭星，光芒數丈。孝武帝夜宴華林園，望見長星光焰，不免驚惶，因取手中酒卮，向空祝語道：「長星勸汝一杯酒，從古以來，沒有萬年天子，何勞汝長星出現呢？」真是酒後囈語。既而水旱相繼，更兼地震，孝武帝仍不知警，依然酒色昏迷。僕射王珣，係故相王導孫，雖然風流典雅，為帝所暱，但不過是個旅進旅退的人員，從未聞抗顏諫諍，敢言人所未言。頗有祖風。太子少傅王雅，門第非不清

第七十七回　殷仲堪倒柄授桓玄　張貴人逞凶弒孝武

貴。祖隆父景，也嘗通籍，究竟不及王珣位望。珣且未敢抗辯，雅更樂得圓融，所以識見頗高，語言從慎。時人見他態度模稜，或且目為佞臣，雅為保全身家起見，只好隨俗浮沈，不暇顧及譏議了。孝武帝恃二王為耳目，二王都做了好好先生，還有何人振聾發瞶？再經張貴人終日旁侍，蠱惑主聰，酒不醉人人自醉，色不迷人人自迷，越害得這位孝武帝，俾晝作夜，顛倒糊塗。

　　太元二十一年秋月，新涼初至，餘暑未消，孝武帝尚在清暑殿中，與張貴人飲酒作樂，徹夜流連，不但外人罕得進見，就是六宮嬪御，也好似咫尺天涯，無從望幸。不過請安故例，總須照行，有時孝武帝醉臥不起，連日仕床，後宮妾媵，不免生疑，還道孝武帝有什麼疾病，格外要去問省，獻示殷勤。張貴人恃寵生驕，因驕成妒，看那同列嬌娃，簡直是眼中釘一般，恨不得一一驅逐，單剩自己一人，陪著君王，終身享福。描摹得透。有幾個伶牙利齒的妃嬪，窺透醋意，免不得冷嘲熱諷，語語可憎。張貴人憤無可洩，已是滿懷不平。時光易過，轉瞬秋殘，清暑殿內，鑾駕尚留，一夕與張貴人共飲，張貴人心中不快，勉強伺候，虛與綢繆。孝武帝飲了數大觥，睜著一雙醉眼，注視花容，似覺與前少異，默忖多時，猜不出她何故惹惱，問及安否，她又說是無恙。孝武帝所愛唯酒，以為酒入歡腸，百感俱消，因此顧令侍女，使與張貴人接連斟酒，勸她多飲數杯。張貴人酒量平常，更因懷恨在心，越不願飲，第一二杯還是耐著性子，勉強告乾，到了第三四杯，實是飲不下了。孝武帝還要苦勸。張貴人只說從緩。孝武帝恐她不飲，先自狂喝，接連數大觥下嚥，又使斟了一大觥，舉酒示張貴人道：「卿應陪我一杯！」說著，又是一口吸盡。死在眼前，樂得痛快。張貴人拗他不過，只得飲了少許。孝武帝不禁生忿，迫令盡飲，再囑侍女與她斟滿，說她故意違命，須罰飲三杯。本想替她解愁，誰知適令

增恨！張貴人到此，竟忍耐不住，先將侍女出氣，責她斟得太滿，繼且顧語孝武帝道：「陛下亦應節飲，若常醉不醒，又要令妾加罪了！」孝武帝聽了加罪二字，誤會微意，便瞋目道：「朕不罪卿，誰敢罪卿，唯卿今日違令不飲，朕卻要將卿議罪！」張貴人驀然起座道：「妾偏不飲，看陛下如何罪妾？」孝武帝亦起身冷笑道：「汝不必多嘴，計汝年已將三十，亦當廢黜了！朕目中盡多佳麗，比汝年輕貌美，難道定靠汝一人麼？」說到末句，那頭目忽然眩暈，喉間容不住酒餚，竟對張貴人噴將過去，把張貴人玉貌雲裳，吐得滿身骯髒。侍女等看不過去，急走至御前，將孝武帝扶入御榻，服侍睡下。孝武帝頭一倚枕，便昏昏的睡著了。

　　唯張貴人得寵以來，從沒有經過這般責罰，此次忽遭斥辱，哪裡禁受得起，鳳目中墜了無數淚珠兒。轉念一想，柳眉雙豎，索性將淚珠收起，殺心動了。使侍女撤去殘餚，自己洗過了臉，換過了衣，收拾得乾乾淨淨。又躊躇了半响，竟打定主意，召入心腹侍婢，附耳密囑數語。侍婢卻有難色，張貴人大怒道：「汝若不肯依我，便叫你一刀兩段！」侍婢無奈，只好依著閫令，趨就御榻，用被矇住孝武帝面目，更將重物移壓孝武帝身上，使他不得動彈。可憐孝武帝無從吐氣，活活悶死！過了一時，揭被啟視，已是目瞪舌伸，毫無氣息了。看官記著！這孝武帝笑責張貴人，明明是酒後一句戲言，張貴人伴駕有年，難道不知孝武帝心性？不過因華色將衰，正慮被人奪寵，聽了孝武帝戲語，不由的觸動心骨，竟與孝武帝勢不兩立，遂惡狠狠的下了毒手，結果了孝武帝的性命。總計孝武帝在位二十四年，改元兩次，享年只三十有五。小子有詩嘆道：

　　恩深忽爾變仇深，放膽行凶不自禁；
　　莫怪古今留俚語，世間最毒婦人心！

第七十七回　殷仲堪倒柄授桓玄　張貴人逞凶弒孝武

　　張貴人弒了孝武帝，更想出一法，瞞騙別人。究竟如何用謀，待看下回分曉。

　　桓玄一粗鄙小人耳，智識遠不逮莽懿，即乃父桓溫，猶未克肖，微才如王忱，且能以談笑折服之，固不待謝安石也。殷仲堪懦弱無能，縱之出柄，至玄執槊相向，益復畏之如虎，莫展一籌。孝武帝欲借之以制道子，庸詎知其更縱一患耶？王雅謂其必為亂階，何見之明而詞之悚也。但孝武不能測一張貴人，安能知一殷仲堪，床闥之間，危機伏焉，環珮之側，死象寓焉。經作者演寫出來，尤覺得酒食之禍，甚於戈矛。褒姐之亡殷周，猶為間接，而張貴人竟直接弒君，甚矣！女色之不可近也！

第七十八回
迫誅奸稱戈犯北闕　僭稱尊遣將伐西秦

　　卻說張貴人弒主以後，自知身犯大罪，不能不設法彌縫，遂取出金帛，重賂左右，且令出報宮廷，只說孝武帝因魘暴崩。太子德宗，比西晉的惠帝衷，還要闇弱，怎能摘伏發奸？會稽王道子，向與孝武帝有嫌，巴不得他早日歸天，接了凶訃，暗暗喜歡，怎肯再來推究？外如太后李氏，以及琅琊王德文，總道張貴人不敢弒主，也便模糊過去。王珣王雅等，統是仗馬寒蟬，來管什麼隱情，遂致一種彌天大案，千古沉冤。後來《晉書》中未曾提及張貴人，不知她如何結局，應待詳考。王國寶得知訃音，上馬急馳，乘夜往叩禁門，欲入殿代草遺詔，好令自己輔政。偏侍中王爽，當門立著，厲聲呵叱道：「大行皇帝晏駕，太子未至，無論何人，不得擅入，違禁立斬！」國寶不得進去，只好悵然回來。越日，太子德宗即位，循例大赦，是謂安帝。有司奏請會稽王道子，誼兼勳戚，應進位太傅，鄰揚州牧，假黃鉞，備殊禮，無非討好道子。有詔依議，道子但受太傅職銜，餘皆表辭。詔又褒美讓德，仍令他在朝攝政，無論大小政事，一律諮詢，方得施行。道子權位益尊，聲威益盛，所有內外官僚，大半趨炎附熱，奔走權門。最可怪的是王國寶，本已與道子失歡，不知他用何手段，又得接交道子，仍使道子不念前嫌，復照前例優待，引為心腹，且擢任領軍將軍。無非喜諛。從弟王緒，隨兄進退，不消多說。阿兄既轉風使舵，阿弟自然隨風敲鑼。

第七十八回　迫誅奸稱戈犯北闕　僭稱尊遣將伐西秦

　　平北將軍王恭，入都臨喪，順便送葬。見了道子輒正色直言，道子當然加忌。唯甫經攝政，也想輯和內外，所以耐心忍氣，勉與周旋。偏恭不肯通融，語及時政，幾若無一愜意，盡情批駁，聲色俱厲。退朝時且語人道：「榱棟雖新，恐不久便慨黍離了！」過剛必折。道子知恭意難回，更加啣恨。王緒諂附道子，因與兄國寶密商，謂不如乘恭入朝，勸相王伏兵殺恭。國寶以恭係時望，未便下手，所以不從緒言。恭亦深恨國寶。有人為恭畫策，請召入外兵，除去國寶，恭因冀州刺史庾楷，與國寶同黨，士馬強盛，頗以為憂，乃與王珣密談，商決可否。珣答說道：「國寶雖終為禍亂，但目前逆跡未彰，猝然加討，必啟群疑。況公擁兵入京，跡同專擅，先應坐罪，彼得藉口，公受惡名，豈非失算？不如寬假時日，待國寶惡貫滿盈，然後為眾除逆，名正言順，何患不成！」恭點首稱善。已而復與珣相見，握手與語道：「君近來頗似胡廣。」漢人以拘謹聞！珣應聲道：「王陵廷爭，陳平慎默，但看結果如何，不得徒論目前呢。」兩人一笑而散。

　　過了一月，奉葬先帝於隆平陵，尊諡為孝武皇帝。返祔以後，恭乃辭行還鎮，與道子等告別。即面語道子道：「主上方在諒闇，塚宰重任，伊周猶且難為，願相王親萬機，納直言，遠鄭聲，放佞人，保邦致治，才不愧為良相呢！」說著，睜眼注視道子。旁顧國寶在側，更生慍色，把眼珠楞了數楞。國寶不禁俯首，道子亦憤憤不平，但不好驟然發作，只得敷衍數語，送恭出朝罷了。

　　到了次年元旦，安帝加元服，改元隆安。太傅會稽王道子稽首歸政，特進左僕射王珣為尚書令，領軍將軍王國寶為左僕射，兼後將軍丹陽尹。尊太后李氏為太皇太后，立妃王氏為皇后。後係故右軍將軍王羲之女孫，父名獻之，亦以書法著名，累官至中書令，曾尚簡文帝女新安公主，有女無子。及女得立后，獻之已歿，至是始追贈光祿大夫，與乃父羲之歿時，

贈官相同。史稱羲之有七子，唯徽之獻之，以曠達稱，兩人亦最和睦。獻之病逝，徽之奔喪不哭，但直上靈床，取獻之琴，撫彈許久，終不成調，乃悲嘆道：「嗚呼子敬，人琴俱亡！」說畢，竟致暈倒，經家人舁至床上，良久方蘇。他平時素有背疾，坐此潰裂，才閱月餘，也即去世。敘此以見兄弟之友愛。徽之字子猷，獻之字子敬，還有徽之兄凝之，亦工草隸，性情迂僻，嘗為才婦謝道韞所嫌。事見後文。

　　且說王國寶進官僕射，得握政權。會稽王道子，復使東宮兵甲，歸他統領，氣焰益盛。從弟緒亦得為建威將軍，與國寶朋比為奸，朝野側目。國寶所忌，第一個就是王恭，次為殷仲堪，嘗向道子密請，黜奪二人兵權。道子雖未照行，謠傳已遍布內外，恭鎮戍京口，距都甚近，都中情事，當然早聞，因即致書仲堪，謀討國寶。仲堪在鎮，嘗與桓玄談論國事，玄正思利用仲堪，搖動朝廷，便乘隙進言道：「國寶專權怙勢，唯慮君等控馭上流，與他反抗，若一旦傳詔出來，徵君入朝，試問君將如何對付哩？」仲堪皺眉道：「我亦常防此著，敢問何計可以免憂？」玄答道：「王孝伯即王恭表字。嫉惡如仇，正好與他密約，興晉陽甲，入清君側，援引《春秋》晉趙鞅故事。東西並舉，事無不成！玄雖不肖，願率荊楚豪傑，荷戈先驅，這也是桓文義舉呢。」仲堪聽著，投袂而起，深服玄言。遂外招雍州刺史郗恢，內與從兄南蠻校尉殷顗，南郡相江績，商議起兵。顗不肯從，當面拒絕道：「人臣當各守職分，朝廷是非，與藩臣無涉，我不敢與聞！」績亦與顗同意，極言不可，惹得仲堪動怒，勃然作色。顗恐績及禍，從旁和解。績抗聲道：「大丈夫各行己志，何至以死相迫呢？況江仲元績自稱表字。年垂六十，但恨未得死所，死亦何妨！」說著，竟大踏步趨出。仲堪怒尚未平，將績免職，令司馬楊佺期代任，顗亦託疾辭職。仲堪親往探視，見顗臥著，似甚困頓。乃顧問道：「兄病至此，實屬可憂。」

第七十八回　迫誅奸稱戈犯北闕　僭稱尊遣將伐西秦

顗張目道：「我病不過身死，汝病恐將滅門。宜求自愛，勿勞念我！」仲堪懷悶而出。嗣得郄恢覆書，亦不見允，因復躊躇起來。適值王恭書至，乃想出一條圓滑的法兒，令恭即日先驅，自為後應。恭得了覆書，喜如所願，便即遣使抗表道：

後將軍國寶，得以姻戚頻登顯列，道子妃為國寶妹，故稱姻戚，事見七十六回。不能感恩效力，以報時施，而專寵肆威，以危社稷。先帝登遐，夜乃犯闕叩扉，欲矯遺詔，賴皇太后明聰，相王神武，故逆謀不果。又奪東宮現兵，以為己用，讒嫉二昆，甚於仇敵。與其從弟緒同黨凶狡，共相煽連，此不忠不義之明證也。以臣忠誠，必亡身殉國，是以譖臣非一，賴先帝明鑑，浸潤不行。昔趙鞅興甲，誅君側之惡，臣雖駑劣，敢忘斯義！已與荊州督臣殷仲堪，約同大舉，不辭專擅，入除逆黨，然後釋甲歸罪，謹受鈇鉞之誅，死且不朽！先此表聞。

為了王恭這篇表文，遂令晉廷大臣，個個心驚。當下傳宣詔命，內外戒嚴，道子日夕不安，即召王珣入商大計。珣本為孝武帝所信任，孝武暴崩，珣不得預受顧命，名雖加秩，實是失權。及應召進見，道子便問道：「二藩作逆，卿可知否？」珣隨口答辯道：「朝政得失，珣勿敢預；王殷發難，何從得知？」道子無詞可駁，只好轉語王國寶，且有怨言。國寶實是無能，急得不知所措。此時用不著媚骨了。沒奈何派遣數百人，往戍竹里，夜遇風雨，竟致散歸。國寶越加惶懼，王緒進語國寶道：「王珣陰通二藩，首當除滅，車胤現為吏部尚書，實與珣同黨。為今日計，急矯託相王命，誘誅二人，拔去內患，然後挾持君相，出討二藩，人心一致，怕什麼逆焰呢？」計頗凶狡。國寶遲疑不答，被緒厲聲催逼，方遣人召入珣胤。至珣胤到來，國寶又不敢加害，反向珣商量方法。珣說道：「王殷與君，本沒有什麼深怨，不過為權利起見，因生異圖。」國寶不待說畢，便

愕然道：「莫非視我作曹爽不成！」曹爽事見《三國志》。珣微哂道：「這也說得過甚，君無爽罪，王孝伯亦怎得比宣帝呢？」宣帝即司馬懿。國寶又轉顧車胤道：「車公以為何如？」胤答道：「昔桓公圍攻壽春，日久方克。即桓溫攻袁真事，見六十二回。今朝廷發兵討恭，恭必嬰城固守，若京口未拔，荊州軍又復到來，君將如何對待呢？」國寶聞言失聲道：「奈何奈何？看來只好辭職罷！」珣與胤竊笑而去。胤字武子，係南平人，少時好學，家貧不常得油，夏月取螢貯囊，代火照書，囊螢照讀故事，便是車胤古典。一長可錄，總不輕略。成人後得廥仕籍，累遷至護軍將軍。前時王國寶諷示百官，擬推道子為丞相，胤不肯署名，獨與國寶反對，所以緒將他牽入，欲加毒手。至計不得遂，因長嘆道：「今日死了！」國寶置諸不睬，即上疏解職，詣闕待罪。嗣聞朝廷不加慰諭，又起悔心，乃矯詔自複本官。不料道子與他翻臉，竟因他詐傳詔命，立遣譙王尚之，收捕國寶及緒，付諸廷尉，越宿賜國寶死，命牽緒至市曹梟首。一面貽書王恭，自陳過失，且言國寶兄弟，已經伏誅，請即罷兵。恭乃引兵還屯京口。殷仲堪聞國寶已死，才遣楊佺期出屯巴陵，接應王恭。旋亦接到道子來書，並知恭已退歸，因亦召還佺期，一番風潮，總算暫平。

　　國寶兄侍中王愷，驃騎司馬王愉，與國寶本是異母，又素來不相和協，故得免坐，悉置不問。唯會稽世子元顯，年方十六，才敏過人，居然得官侍中，他卻稟白乃父，謂王殷二人，終必為患，不可不防。道子乃即奏拜元顯為徵虜將軍，所有衛府及徐州文武，悉歸部下，使防王殷。於是除了兩個佞臣，又出一個寵子來了。道子門下，無非廝階。

　　這且待後再表。且說涼州牧呂光，背秦獨立，據有河西。回應七十一回。武威太守杜進，是呂光麾下第一個功臣，權重一時，出入羽儀，與光相亞。適光甥石聰自關中來，光問聰道：「中州人曾聞我政化否？」聰答

第七十八回　迫誅奸稱戈犯北闕　僭稱尊遣將伐西秦

道：「止知杜進，不知有舅。」光不禁愕然，遂將杜進誘入，把他殺死。好良心。既而光宴會群僚，談及政事，參軍段業進言道：「明公乘勢崛起，大有可為，但刑法過峻，尚屬非宜。」光笑道：「商鞅立法至峻，終強秦室，吳起用術無親，反霸荊蠻，這是何故？卿可道來。」業答道：「公受天眷命，方當君臨四海，效法堯舜，奈何欲將商鞅吳起的敝法，壓制神州？難道本州士女，歸附明公，反自來求死麼？」光乃改容謝過，下令自責，改革煩苛，力崇寬簡。會酒泉被王穆襲入，也自稱大將軍涼州牧，見七十一回。誘結呂光部將徐炅，及張掖太守彭晃。光遣兵討炅，炅奔往張掖，光亟自引步騎三萬，倍道兼行，直抵張掖城下。晃不意光軍驟至，倉猝守城，並向王穆處乞援。穆軍尚未赴急，城中已經內潰，晃將寇顗，開城納光。晃不及脫身，被光眾擒斬。光復移兵掩入酒泉，王穆正出援張掖，途中聞酒泉失守，慌忙馳還，偏部將相率駭散，單剩穆一人一騎，竄至驛馬。驛馬令郭文，順手殺穆，函首獻光。光乃從酒泉還軍，適金澤縣令報稱麒麟出現，百獸相隨，恐未必是真麒麟。光目為符瑞，遂自稱三河王，改年麟嘉。立妻石氏為王妃，子紹為世子，追尊三代為王，設定官屬。中書侍郎楊穎上書，請依三代故事，追尊呂望為始祖，立廟饗祀，世世不遷。呂望並非氏族，如何自認為祖？光欣如所請，因自命為呂望後人。

　　會張掖督郵傅矚，考核屬縣，為邱池令尹興所殺，投屍入井，急圖滅跡。偏是冤魂未泯，竟向呂光託夢，自陳履歷，且言尹興贓私狼藉，懼為所發，是以將臣殺害，棄屍南亭枯井中，臣衣服形狀，請即視明，乞為伸冤云云。光聞言驚寤，揭帳啟視，燈光下猶有鬼形，良久乃滅。次日即遣使案視，果得屍首，因即誅興抵罪。時段業已任著作郎，猶謂光平日用人，未能揚清激濁，以致賢奸混淆，乃託詞療疾，徑至天梯山中，撥冗著作，得表志詩九首，嘆七條，諷十六篇，攜歸呈光。光卻也褒美，但究竟

未能聽從，不過空言嘉許罷了。業在此時也想做個直臣，奈何始終不符？

南羌部酋彭奚念，入攻白土。守將孫峙，退保興城，一面飛使報光。光遣武賁中郎將庶長子纂，與強弩將軍竇苟，帶領步騎五千，往討奚念，大敗而還。奚念進據枹罕，光乃大發諸軍，親自往擊。奚念才覺驚慌，命在白土津旁，迭石為堤，環水自固，並遣精兵萬名，守住河津。光遣將軍王寶，潛趨河水上游，繞越石堤，夜壓奚念營壘，光從石堤直進，隔岸夾攻，守兵俱潰，遂併力攻奚念營，奚念亦遁。光碟機眾急追，乘勢突入枹罕，逼得奚念無巢可歸，沒奈何逃往甘松，光留將士戍枹罕城，振旅班師。

先是光徙西海郡民，散居諸郡。僑民繫念土著，不樂遷居，乃編成歌謠道：「朔馬心何悲，念舊中心勞；燕雀何徘徊，意欲還故巢！」光恐他互相煽亂，因復徙還。並因西海外接胡虜，不可不防，乃復使子復為鎮西將軍，都督玉門以西諸軍事，兼西域大都護，鎮守高昌。

光又自號天王，稱大涼國，改年龍飛。立世子紹為太子，諸子弟多封公侯。進中書令王詳為尚書左僕射，著作郎段業等五人為尚書，此外各官，不勝殫述。時為晉孝武帝太元二十一年。史家稱他為後涼。西秦王乞伏乾歸，見七十四回。嘗向呂光稱藩，未幾即與光絕好。光曾遣弟呂寶等，出攻乾歸，交戰失利，寶竟敗死。光屢思報怨，只因彭奚念入擾，不暇顧及乾歸，坐此遷延。奚念本依附乾歸，曾受封為北河州刺史。至奚念敗竄後，光還稱尊號，更欲仗著天王威勢，凌壓西秦。可巧乾歸從弟乞伏軻殫，與乞伏益州有隙，奔投呂光，光不禁大悅，即日下令道：

乞伏乾歸，狼子野心，前後反覆，朕方東清秦趙，勒銘會稽，豈令豎子鴟峙洮南，且其兄弟內相離間，可乘之機，勿過今也。其敕中外戒嚴，朕當親征！

這令下後，即引兵出次長最，使揚威將軍楊軌，強弩將軍竇苟，偕子

第七十八回　迫誅奸稱戈犯北闕　僭稱尊遣將伐西秦

纂同攻金城，作為中路。又遣部將梁恭金石生等，出陽武下峽，會同秦州刺史沒奕於，從東路進兵。再命天水公呂延，徵發枹罕守卒，出攻臨洮武始河關，向西殺入。延為光弟，最號驍悍，接了光命，首先發兵，奮勇前驅，所向無敵。

當有警報傳達乾歸，乾歸已徙都西城，便召集將佐，商議拒敵。眾謂光軍大至，不易抵敵，且東往成紀，權避寇鋒。乾歸怫然道：「昔曹孟德擊敗袁本初，陸伯言摧毀劉玄德，皆三國時事。統是謀定後戰，以少勝多。今光兵雖眾，俱無遠略，光弟延有勇無謀，何足深慮！我能用謀制延，延一敗走，各路皆退，乘勝追奔，當可盡殲了！」頗有小智。

正議論間，帳外馳入金城來使，報稱萬急。乾歸只好亟援金城，自率部兵二萬，行至中途，又接著急報。乃是金城陷沒，太守衛鞬被擒。接連復得數處警耗，臨洮失守了，武始失守了，河關又失守了，乾歸至此，也不覺大驚。小子有詩詠道：

擾擾群雄戰未休，雄師三路發涼州。
須知兵眾仍難恃，用力何如用智謀！

欲知乾歸如何拒敵，待至下回表明。

會稽王道子，貪利嗜酒，實是一個糊塗蟲。假使朝右有人，自足制馭道子，遑論王國寶。乃王珣王雅輩，徒事模稜，毫無建白，而又奉一寒暑不辨之司馬德宗，以為之主，安得不亂！王恭之興師京口，以討王國寶兄弟為名，舊史已稱之曰反。吾謂此時之王恭，志在誅佞，猶可說也。不然，國寶兄弟，竊位擅權，靡所紀極，將待何時伏誅耶！後涼主呂光，無甚才略，不過乘亂竊地，獨據一方，觀其所為，俱不足取。至傾師而出，往攻西秦，竭三路之兵力，不足以制乾歸，毋怪為乾歸所評笑也。

第七十九回
呂氏肆虐涼土分崩　燕祚衰魏兵深入

　　卻說乞伏乾歸連接警耗，不禁惶急起來。沉思多時，乃泣語將士道：「今事勢窮蹙，無從逃命，死中求生，正在今日。涼軍雖四面到來，究竟相去尚遠，不能立集，我果能敗他一軍，不怕涼軍不退。」將士聽了，統踴躍應聲道：「如大王命，願效死力！」乾歸道：「我意總在殺退呂延。延甚驍勇，不可力敵，我當用計取他便了。」遂分派將士，散伏要隘，人卷甲，馬銜枚，靜候不動。一面令敢死士數人，佯探延兵，故意被擒，偽說本軍退走。果然延拘訊死士，信為真言，即釋令不誅，使為前導。此引彼隨，直入陷阱，那死士不知去向。但聽得數聲胡哨，伏兵四面殺出，把延兵衝成數段。延情急失措，正要尋路返奔，又被萬弩競射，就使力大無窮，也禁不住許多硬箭，眼見是一命嗚呼了。無謀者終不可行軍。延有司馬耿稚，本戒延輕進，延不用忠言，因致敗死。稚尚在後隊，急與將軍姜顯，結陣自固，收集逃卒，徐徐引退，才得還屯枹罕。光聞延敗歿，神色沮喪，遂命各軍退回，自己匆匆返入姑臧。乾歸復進據枹罕，使定州刺史翟瑥居守，召入彭奚念為鎮衛將軍，命鎮西將軍屋弘破光為河州牧，因即還師。唯呂光遭此一挫，聲威頓減，遂令部將離心，又生出南北二涼來了。南涼為禿髮烏孤所建，烏孤就是思復鞬次子。思復鞬嘗使長子奚於，助張大豫拒光，為光所殺，事見前文。見七十一回。未幾，思復鞬亦死，烏孤嗣立，欲報兄仇，因與大將紛陁，謀取涼州。紛陁道：「涼州方盛，

第七十九回　呂氏肆虐涼土分崩　燕祚祚衰魏兵深入

未可急取，請先務農講武，招俊傑，修政刑，鞏固根本，然後觀釁而動，可報前仇。」烏孤依議施行，才越數年，已易舊觀，振作一新。呂光欲羈縻烏孤，特遣使封烏孤為冠軍大將軍，領河西鮮卑大都統。烏孤問諸將道：「呂氏遠來授官，可接受否？」諸將多應語道：「呂氏與我有仇，怎可與和？況近來士強兵盛，難道還受人制麼？」烏孤道：「我意亦是如此。」獨有一人抗聲道：「欲拒呂光，今尚未可。」烏孤瞧著，乃是衛弁石真若留。便詰問道：「卿怕呂光麼？」石真若留道：「今根本未固，鄰近未服，還宜隨時遵養，未可輕動。況呂光勢尚未衰，地大兵眾，若向我致死，恐不可敵，不如暫時受屈，使他不防，彼驕我奮，一舉成功了。」胡人亦多智上。烏孤道：「卿言亦是，我且依卿。」乃對使受封。及涼使去後，烏孤即整頓兵馬，出破乙弗折掘二部落，又遣將石亦幹築廉川堡，作為都城。烏孤遂徙居廉川。

已而登廉川大山，但泣不言。石亦幹在旁進言道：「臣聞主憂臣辱，主辱臣死，大王今日不樂，想是為了呂光一人。光年已老，師徒屢敗。今我得保據大川，養足銳氣，將來一可當百，豈尚怕呂光不成！」烏孤道：「呂光衰老，我非不知，但我祖宗德威及遠，異俗傾心。今我承祖業，未能制服諸部，近且未懷，怎思及遠！悲從中來，不能不泣呢。」旁又閃出大將苻渾道：「大王何不振旅誓眾，討服鄰近部落？」烏孤道：「卿等肯同心協力，我便當出師。」苻渾等齊聲應命。可見烏孤一泣，實是一激將法。隨即出兵四略，迭破諸部。呂光聞烏孤日盛，進封烏孤為廣武郡公。廣武人趙振，少好奇略，棄家依烏孤。烏孤素慕振才，立即引見，與言國政，無不稱意。遂大喜道：「我得趙生，大事成了！」適涼州又有使人到來，進烏孤征南大將軍益州牧左賢王，並給鼓吹羽儀等物。烏孤語來使道：「呂王擅命專征，得有此州，今不能懷柔遠人，惠安黎庶，諸子貪

淫，群甥肆暴，郡縣土崩，遠近愁怨，我豈尚可違反人心，助桀為虐麼？帝王崛起，本無常種，有德即興，無道即亡，我將應天順人，為天下主，不願再事呂王了！」遂將鼓吹羽儀，一併留住，但拒絕封冊，仍交原使齎回。於是自稱大都督大將軍大單于西平王，紀元太初，是年為晉安帝隆安元年。治兵廣武，攻涼金城。涼王呂光，遣將軍竇苟往援，到了街亭，被烏孤率兵邀擊，苟兵大敗，狼狽奔還。金城遂被烏孤奪去。復取涼樂都湟河澆河三郡，收納嶺南羌胡數萬家，就是涼將楊軌王乞基，亦率戶數千降烏孤。烏孤復改稱武威王。史家因他占據各地，在涼州南面，所以號為南涼，免與前後涼相混，這也是史筆的界劃呢。

　　南涼既興，北涼又起，首先發難的，叫做沮渠蒙遜。蒙遜係張掖郡盧水胡人，先世嘗為匈奴左沮渠王，因以沮渠為氏。蒙遜有伯父二人，一名羅仇，一名麴粥，均在呂光麾下，從光往伐西秦。呂延敗死，光眾退還，麴粥語兄羅仇道：「主上荒耄，驕縱諸子，朋黨相傾，讒人側目。今兵敗將亡，必多猜忌，我兄弟素為所憚，必不見容，倘或徒死無名，何若勒兵徑向西平，道出苕藋，奮臂一呼，涼州可立下了。」羅仇道：「汝言亦自有理，但我家世代忠良，為西土所歸仰，寧人負我，我卻不忍負人哩。」既而光果聽信讒言，竟將敗軍的罪名，誣諸羅仇麴粥身上，將他駢戮。死若有知，麴粥亦不免與兄相閱了。蒙遜素有謀略，博涉經史，並曉天文，突遭此變，當然悲憤交併，不得已殯葬兩屍。諸部多為沮渠氏姻戚，多來送葬，數達萬人，蒙遜向眾哭語道：「呂王昏耄，濫殺無辜，我先世嘗統轄河西，保全諸部，今乃受人戮辱，豈不可恥！我欲與諸公併力，為我二伯父復仇雪恨，不使他埋怨泉下，未知諸公肯助我否？」大眾聽了，都齊稱萬歲。當下結盟起兵，攻涼臨松郡，陣斬涼護軍馬邃。臨松令井祥，屯據金山。涼主呂光，遣子纂率兵往攻，蒙遜抵敵不住，逃入山中。

第七十九回　呂氏肆虐涼土分崩　燕祚祚衰魏兵深入

適蒙遜從兄男成，由晉昌糾眾數千，起應蒙遜。酒泉太守壘澄，引兵出擊，臨陣敗死，男成遂進攻建康。此與東晉之都城異地同名。建康太守段業，正為僕射王詳所排，出就外任，男成遣人說業道：「呂氏政衰，權臣擅命，刑殺無常，人皆生貳，百姓嗷然，無所依附，近已瓦解，將必土崩，府君奈何以蓋世英才，效忠危地！男成等今倡大義，欲屈府君撫臨鄙州，造福百姓，盡使來蘇，豈不甚善！」業不肯從，登陴拒守，且向姑臧乞師，相持至二旬餘，援兵不至，郡人高逵史惠等，勸業不如俯從男成，業恐王詳等居中反對，阻住援軍，乃決與男成聯繫，開城納入。男成即推業為大都督龍驤大將軍，領涼州牧，號建康公，改呂氏龍飛二年為神璽元年。男成派人往召蒙遜，蒙遜遂出山投業。業授男成為輔國將軍，委任國事，蒙遜為鎮西將軍，兼張掖太守。

蒙遜請速攻西郡，將佐互有異言。蒙遜道：「西郡為嶺南要隘，不可不取。」業乃令蒙遜為將，引兵往攻。蒙遜到了城下，相視地勢，見城西有河相通，遂佯為攻撲，暗堵河流。西郡太守呂純，為呂光從子，專在城上守著，不防河水灌入城中，洶湧澎湃，勢如奔潮，兵民相率驚徙，不暇拒戰。蒙遜得乘際殺入，城即被陷，呂純無從奔避，被蒙遜督眾擒歸。於是晉昌太守王德，敦煌太守孟敏，俱舉郡降業。業封蒙遜為臨池侯，命德為酒泉太守，敏為沙州刺史，再使男成及王德，進攻張掖。張掖為光次子常山公弘所守，未戰即潰，棄城東走。男成等得入城中，向業告捷。業即馳至張掖，誓眾追弘。蒙遜諫阻道：「歸師勿遏，窮寇勿追，這乃兵法要言，不可不戒。」業不以為然，竟率眾往追。適值纂奉了父命，領兵迎弘，望見業眾追來，便分部兵為二隊，使弘率右翼，自率左翼，夾道以待。至業已驅至，一聲號令，兩隊夾擊，殺得業左支右絀，慌忙返奔。呂纂等哪裡肯舍，當然追趕。業落荒急走，手下不過百餘人，幸得蒙遜前

來救應，方得保業退還。呂纂見有援兵，也收兵自去。段業嘆道：「孤不能用子房言，致有此敗！」以張子房視蒙遜，可惜汝不似沛公！懊悵了好幾日，又命兵役往築西安城，用部將臧莫孩為太守，蒙遜又諫道：「莫孩有勇無謀，知進忘退，今乃令彼往守，是無異與彼築墳，怎得稱為築城呢？」業復不從。奈何又不信子房。俄而呂纂兵至，莫孩戰死，西安城果然失守，枉費了許多財力，蒙遜自此輕業。為後文弒業伏筆。業尚侈然自大，自號涼王，又復改元天璽，進蒙遜為尚書左丞，梁中庸為右丞，即以張掖為國都。張掖在涼州北面，所以史家號為北涼，南北相對，都從後涼分出，後涼呂氏，就此濅衰了。十六國中有五涼，上文敘過共計四涼。話分兩頭。

　　且說後燕主慕容寶，嗣位以後，即弒太后段氏，已失眾心。回應七十六回。嗣又違背父命，溺愛少子，立儲非人，益致內亂。寶有數子，最長為長樂公盛，次為清河公會，又次為濮陽公策，皆非嫡出。唯策母本出將門，最得寶寵；盛母較賤，會母尤賤。盛與會頗有智略，會更為祖垂所愛，每遣寶北伐，必令會代攝東宮諸事，已寓微意。嗣又以龍城舊都，宗廟所在，特使會往鎮幽州，委以東北重任，國官府佐，俱採選一時名俊，使崇威望。及垂臨死囑寶，須立會為寶嗣，寶雖承遺囑，心下卻愛憐少子，未肯立會。會生年本與盛同，不過因月日較先，號為長男。盛因自己不得立儲，也不願會得嗣立，索性讓與季弟，因向寶陳詞，請立弟策。寶正合意旨，尚恐族議未同，特與趙王麟等商及，麟極口贊成。乃即立策為太子，並立策母段氏為皇后。策年才十二，外若秀美，內實蠢愚。盛為排會起見，勸寶立策。麟更懷著私意，利立愚稚，將來容易摔去，好行僭逆。寶怎知兩人隱衷，無非是溺愛不明，背父遺言，暫圖快意。還有會怏怏失望，很覺不平。暗中伏著如許禍祟，試想這後燕還能平靜麼？語足儆

第七十九回　呂氏肆虐涼土分崩　燕祚祚衰魏兵深入

世。寶雖進封盛會為王，終難釋怨。再加那北方新盛的後魏，常來驚擾，因此內亂外患，相繼迭乘。

魏王拓跋珪，養兵蓄馬，日見盛強。群臣勸稱尊號，珪始建天子旌旗，出警入蹕，改登國十一年為皇始元年。魏王珪紀元登國，見七十三回。魏人所憚，唯一慕容垂，垂既去世，拓跋珪以下，無不心喜。參軍張恂，遂勸珪進取中原，珪乃大舉攻燕，率步騎四十餘萬，南出馬邑，逾句注山，旌旗達二千餘里，鼓行前進，直逼晉陽，又分兵東襲幽州，燕并州牧慕容農，與驃騎將軍李晨，督兵出戰，擋不住魏兵銳氣，並因寡不敵眾，竟至大敗，奔還晉陽。不料司馬慕輿嵩在城居守，忽起歹心，竟將慕容農妻子，驅出城外，把城門緊緊關住。不殺慕容農妻子，還算好人。

農跑至城下，遇著妻孥訴苦，氣得不可名狀，但退無所歸，進不能戰，只好挈了妻子，向東急走。偏部眾統皆驚駭，沿途四散，單剩數十騎隨農。到了潞川，後面塵頭大起，乃是魏將長孫肥，引兵追來。農逃命要緊，連妻子都不及顧了，揮鞭疾馳。距敵少遠，背上尚著了一箭，忍痛逃脫，還至中山，隨從只有三騎，那愛妻嬌兒，久不見歸，想總被魏兵拘去，悲亦無益，只好入見燕主。燕主寶不好斥責，略略慰諭數語，令他歸第休息。越日，即得警報，晉陽降魏，并州陷沒了。

又過了兩三天，復有急報傳到，乃是魏將奚牧，攻入汾州，擒去丹陽王買德，及離石護軍高秀和。燕主寶也覺著忙，亟召群臣會集東堂，諮問拒敵方法。中山尹苻謨道：「今魏兵強盛，轉戰千里，乘勝前來，勇氣百倍，若縱入平原，更不可敵，亟宜遣兵扼險，遏住寇鋒，方可無慮。」中書令眭邃道：「據臣意見，不如令郡縣人民，聚眾為堡，堅壁清野，但守勿戰。彼寇騎往來剽銳，馬上齎糧，不過旬日可以支持；若進無所掠，糧何從出，數日食盡，自然退去了。」尚書封懿道：「眭中書所言，亦屬未善；

今魏兵數十萬，蜂擁前來，百姓雖欲營聚，勢難自固，且屯糧積食，轉為寇資，計不如阻關拒戰，還不失為上策哩。」寶聽了眾議，無從解決。胸無主宰，總難濟事。因旁顧及趙王麟，麟答道：「魏兵大至，銳不可當，宜完守設備，與他相持。待他糧盡力敝，然後出擊，當無慮不勝了。」主意與封懿略同。於是修城積粟，為持久計，且命遼西王農，出屯安喜，作為外援。所有軍事排程，悉歸趙王麟主持。

　　魏主拓跋珪，已使部將於慄磾公孫蘭等，帶領步騎二萬，從晉陽出井陘路，拔木通道，俾便往來，復自率大軍馳出井陘，進拔常山，擒住太守苟延。常山以東諸守宰，統皆惶懼，或望風輸款，或棄城逃生。只有鄴與信都二城，尚固守不下。魏主珪即命征東大將軍東平公拓跋儀，率五萬騎攻鄴，冠軍將軍王建，左將軍李慄等攻信都，自進兵直攻中山，掩至城下。城中已有預備，當然不致陷入。珪督兵圍攻數日，毫不見效，乃顧語諸將道：「我料寶不能出戰，定當憑城固守，急攻必傷我士卒，緩攻又費我糧糒，不如先平鄴與信都，然後還取中山，我眾彼寡，自然易克了。」諸將齊聲稱善。珪尚為示威計，再麾眾猛撲一場，南城牆不甚固，幾為魏兵所毀。燕高陽王慕容隆，鎮守南郭，一面派兵修繕，一面率銳力戰。自旦至暮，殺傷至數千人，魏兵乃退，乘夜南行。

　　先是燕章武王慕容宙，奉垂及段后靈車，往葬龍城，並由燕主寶命，叫他畢葬回來，順便將前鎮軍慕容隆家屬部曲，帶還中山。清河王會，方代鎮龍城，見七十六回。陰蓄異志，把他部曲，多半截留，不肯遽遣。宙拗他不過，只得挈隆家眷，及隆參佐等，趨還中山。途次聞有魏寇，馳入薊州，與鎮北將軍慕容蘭登城守禦。蘭係慕容垂從弟。魏將石河頭，往攻不克，退屯漁陽。應上文東襲幽州句。魏主珪南抵魯口，博陵太守申永，棄城奔河南，又有高陽太守崔宏，也出奔海渚。珪素聞宏名，遣騎追及，

第七十九回　呂氏肆虐涼土分崩　燕祚祚衰魏兵深入

把宏擒歸。急命釋縛，用為黃門侍郎，使與給事黃門侍郎張袞，並掌機要，創立禮制。博陵令屈遵降魏，也即命為中書令，出納號令，兼總文誥。後來拓跋氏各種制度，及所有諭旨，多出二人手裁。小子有詩詠道：

> 楚材入晉再彈冠，用夏變夷易舊觀。
> 只是華人甘事虜，史家終作貳臣看！

欲知魏兵南下情形，且至下回再表。

禿髮烏孤之背呂光，乘光之衰也，沮渠蒙遜之叛呂光，因光之暴也。烏孤與光，本有殺兄之宿嫌，不得已斂尾戢翼，受光之封。至毛羽已豐，不飛何待？蒙遜本為光臣，與光無怨，待諸父羅仇麴粥無辜被殺，挾憤而起。一則蓄之於平素，一則迫之於崇朝，要之皆有詞可援，非無因而至也。然使呂光能修明政刑無怠厥治，則烏孤不能崛興，蒙遜何至猝變？分崩之禍，不戢自消，乃知瓦解土崩之患，莫非自召耳。後燕主慕容寶，背父弒母，舍長立幼，揆諸天理，必亡無疑，魏之大舉深入，尚不足以亡燕，故當時之主戰主守，不足深評，必至內亂紛起，然後外侮一乘，而國即亡矣。要之立國之道，唯仁與義，夷狄舉仁義而盡廢之，其速亡也宜哉！

第八十回
拓跋珪轉敗為勝　慕容寶因怯出奔

　　卻說鄴中鎮守的燕將，乃是范陽王慕容德。見七十六回。他聞魏將拓跋虔來攻，便使安南王慕容青，係慕容皝曾孫。率領將士，趁夜出城，襲擊魏營。拓跋虔未及防備，竟被搗破，傷了許多兵馬，踉蹌返奔，退入新城，青回城報功。到了次日，還要引兵追擊，別駕韓𧦬勸阻道：「古人先謀後戰，昨夜掩他無備，才得勝仗，今不可輕擊魏軍，共有四端；懸軍遠客，利在野戰，一不可擊；深入近畿，向我致死，二不可擊；前鋒既敗，後陣必固，三不可擊；彼眾我寡，四不可擊。並且官軍不宜輕動，亦有三要，本地爭戰，勝且擾民，一不宜動；倘或不勝，眾心難固，二不宜動；城隍未修，敵來無備，三不宜動。為今日計，不如深溝高壘，持重勿戰，彼師遠來，無糧可因，難道能久留不去麼？」慕容德依了𧦬言，止青勿出。魏遼西公賀賴盧為魏主珪母舅，奉了珪命，來會拓跋儀攻鄴。適魏別部大人沒根，為珪所忌，投奔中山，燕主寶命為鎮東大將軍，封雁門公。沒根素有膽勇，請還襲魏營，寶尚未深信，只給百餘騎隨去。行近魏主珪大營，適當日暮，沒根走入僻處，令群騎吃了乾糧，悄悄伏著，待到夜半，方趲至魏營門外，仿著魏兵口號，叩營徑入。魏兵還道他是巡卒，並未攔阻，至沒根直入中帳，始被珪衛兵截住，兩下裡動起手來，喊聲震動。魏主珪才從帳中驚醒，跣足趨入後帳，急命將士拒戰。沒根等東斫西劈，已得了首級百餘，及見魏兵陸續趨集，方大喝一聲，奪路走脫。魏兵

第八十回　拓跋珪轉敗為勝　慕容寶因怯出奔

因月黑天昏，不敢追趕，一聽沒根馳回。這次魏營被劫，雖然不致大損，但魏主珪常有戒心，倒也有三分膽怯了。無人不怕死。只拓跋虔圍鄴踰年，終未退去。燕范陽王德，也守得力倦神疲，不得已遣使入關，至後秦姚興處乞救。後秦太后蛇氏，正患寢疾，興頗有孝思，日夕侍奉，不願出兵。興尊母蛇氏為太后，見七十四回。鄴使只好返報，守兵聞秦援不至，頗加悔懼。忽城外有書射入，經守兵拾呈慕容德，德展覽後，頗有喜色。原來魏遼西公賀賴盧，自恃國戚，不願受拓跋儀節制，互相猜疑。儀司馬丁建陰與德通，因射書入城，報明魏營情形，令德放懷。德知魏軍必有變動，當然易憂為喜。又越數日，大風暴起，白日如昏，賴盧營中蓺炬代光，丁建偽報拓跋儀道：「賀營已縱火燒營了，必亂無疑。」儀不禁著忙，急引兵趨退。賀賴盧莫名其妙，但見儀眾退去，也只好撤還。丁建竟入鄴降德，且言儀師老可擊，德乃遣慕容青等帶著精騎七千，追擊魏兵；果然大得勝仗，奪了許多軍械，搬回鄴城。燕主寶得鄴城捷報，也使左衛將軍慕輿騰，收復博陵高陽，殺魏所置守令諸官，堵塞魏軍糧道。

魏主珪因鄴城難下，信都又復未克，乃親督軍赴信都，往助冠軍將軍王建。建攻信都與儀攻鄴，俱見前回。燕冀州刺史宜都王慕容鳳，已守了七十餘日，糧食將盡，又聞魏主珪親來圍攻，自知不支，竟逾城夜走，奔歸中山。信都失了主帥，所有將軍張驤徐超等，不能再拒，便即開城出降。

燕失去信都，卻得拔楊城，殺斃守兵三百餘人。慕容寶擬大舉擊魏，盡取出府庫金帛，購募壯士，不論良莠，悉數錄用，甚至金帛不足，把宮中閒散侍女，也作為賞賜。還是活口賞人，可省口糧，似為得計，一笑。於是盜賊無賴，統皆應募，數日間得數萬人。烏合之徒，寧足成事！會沒根兄子丑提，為并州監軍，聞叔降燕，恐連坐被誅，因即還國作亂。魏主

珪防國都有失，意欲北歸，乃遣國相涉延，詣燕求和。燕主寶不肯照允，使冗從僕射蘭真，責珪負恩，悉發部眾出拒，統計步卒十二萬，騎兵三萬六千，行至鉅鹿郡內的柏肆塢，臨滹沱河沿岸為營。可休勿休，豈靠著一班無賴，便足徼功麼？魏主珪不得所請，當然怒起，叱還燕僕射蘭真，即引兵至滹沱河南，與燕軍夾岸列寨。

　　燕主寶見魏兵勢盛，又有懼容，還是高陽王隆，想出一計，自請潛師夜渡，往劫魏營。寶依了隆計，自在營中戒嚴，作為後援。隆從募兵中挑出勇士萬人，各執火具，待到夜靜更深，悄然渡河。一經登岸，便乘風縱火，且燒且進，突向魏營殺入。魏營中雖有夜巡，未及入報，魏兵從睡夢中驚醒，頓致大亂，自相踐踏。魏主珪倉猝起視，見外面盡是火光，也不由驚心動魄，連衣冠都不及穿戴，匆匆逃脫。燕將乞特真，搗入魏主寢帳，那魏主已經走遠，只剩得衣靴等件，劫取而回。魏主珪前曾被劫，至此又復棄營，也算善循覆轍。此外糧械，由燕兵悉數搬運，你搶我奪，竟至互相爭論，私鬥起來。可見兵宜訓練，臨時召募之徒，雖勝亦不中用。魏主珪驚走數里，覺後面並無追兵，乃敢少息。潰兵亦次第趨集，仍然擇地安營。復登高遙望，見燕軍搶奪各物，自相斫射，不禁欣喜道：「今夜尚可轉敗為勝哩！」隨即回營伐鼓，號召散卒，在營外遍布火炬，然後縱騎衝擊燕兵。

　　燕兵方才罷鬥，由慕容隆彈壓平靜，捆載各物，正要渡河還營，不防魏兵來打還復陣，好似怒虎咆哮，逢人便噬。燕軍已無行列，又無鬥志，逃的逃，死的死。將軍高長，略略對敵，便被魏兵攢繞攏來，把他打翻，捆綁了去。慕容隆到此，也只好自管性命，奔回寶營。寶忙出兵援應，才得救回一二千人，此外不是被殺，就是被擒。越宿，魏兵又整隊臨河，對營相持，軍容很是嚴肅，燕人大懼，上下奪氣。慕容麟與慕容農，勸寶還

師，寶乃拔營急歸。魏兵越河追躡，屢敗燕軍，並因春寒未解，風雪交乘，士多凍死，枕藉道旁。寶驅馬急馳，不遑顧及全軍，只帶舊兵二萬騎，匆匆北走，尚恐被魏兵追及，令士卒拋仗棄甲，趕緊行路，所有兵器數十萬，一齊喪失，寸刃無遺。

燕尚書閔亮，祕書監崔逞，太常孫沂，殿中侍御史孟輔等，不及奔還，但為魏兵所虜，悉數降魏。崔逞素有才名，魏張袞常為稱揚，至是魏主珪得逞甚喜，即授官尚書，使錄三十六曹，委以政事。一面麾眾再進，竟抵中山城外，屯芳林園。

燕主寶奔入中山，喘息未休，尚書郎慕輿皓，竟陰謀殺寶，推立趙王麟。幸有人預先開發，寶即派兵嚴查，皓自知謀洩，斬關奔魏。寶本欲罪麟，又聞魏兵進逼，不敢遽發，只好飛使往達龍城，召清河王會入援。會猶懷私怨，未肯遽赴。事見前回。但使征南將軍庫傉官偉，建威將軍餘崇，率兵五千，先驅進行。偉等到了盧龍，靜待後應，約莫至三閱月，未見會至，所帶糧餉，早已食盡，甚至宰牛殺馬，烹食充飢，亦且無餘。時中山已被困多日，燕主寶累詔催會，會尚託詞練兵，遷延不發，目無君父。偉在盧龍，也覺焦急，意欲使輕騎先進，偵敵強弱，且為中山遙接聲援，諸將皆互相推諉，不敢奉令，獨餘崇奮然道：「今巨寇滔天，都城危迫，匹夫尚思致命，往救君父，諸君受國重任，乃如此貪生怕死麼？若社稷傾覆，臣節不立，死有餘辜。諸君儘管居此，崇願自往一行，雖死無恨！」可惜會不聞此言！偉極口褒許，便選給精騎數百人，隨崇出發。行至漁陽，遇魏遊騎千餘人，眾皆徬徨，且前且卻，崇又勵眾道：「彼眾我寡，不戰必死，與戰或尚可求生。」遂當先進擊，眾亦隨上，格殺數十人，活捉十餘人，魏騎駭退，崇亦引還。當下訊明俘虜，得知魏主亦有歸志，乃馳使報會，會方引兵就道，沿途還是逗留，好幾日才至薊城。燕都

被圍日久,將士統欲出戰,高陽王隆,向寶獻議道:「魏主雖得小利,但頓兵經年,銳氣已挫,士馬亦大半死傷,人心思歸,諸部離散,正是可擊的機會,且城中將士,已盡思奮,彼衰我盛,戰無不克,若持重不決,將士氣喪,日益困逼,事久變生,恐無能為力了。」寶頗以為然,令隆整兵出戰,偏趙王麟多方阻撓,竟致隆孤掌難鳴,欲出又止。

　　寶急得沒法,因使人至魏營請和,願送還魏主弟觚,並割讓常山西境,即以常山為燕魏分界。魏主珪因母后賀氏,念觚致疾,竟至謝世,未免懷著餘哀。回應前文,並了結賀氏。此次由燕許歸觚,並得常山西境,樂得乘機罷兵,便不復多求,願如所約。燕使請即撤圍,然後照約履行,珪亦許諾,遣還燕使,自引兵退屯盧奴。誰知寶又復翻悔,不肯照行和約,自食前言。好似兒戲。魏主珪待了數日,杳無音信,復督諸將進攻中山,燕將士數千人,俱入殿自請道:「今坐守孤城,終致困敝,臣等早願出戰,陛下一再禁止,難道待死不成?且受圍多日,無他奇策,徒欲延時積日,待寇自退。臣等見內外形勢,強弱懸殊,彼必不肯無故捨去,請從眾決戰,背城借一,彼見我尚能奮力,自然知難即退了!」寶當面允許,又命隆率眾出擊。隆被甲上馬,勒兵詣門,將要出城,偏慕容麟馳馬急至,不準開門。隆亦未便與爭,涕泣還第,大眾從此灰心,各悻悻散去。

　　到了夜間,麟竟帶領部眾,迫左衛將軍慕容精,入宮弒寶,精抗議不從,惹動麟怒,拔刀殺精,自率妻子出城,奔往西山,於是人情駭震。

　　燕主寶聞報大驚,只恐麟出奪會軍,擬遣將迎會追麟,可巧麟麾下屬吏段平子,背麟奔還,報稱麟赴西山,招集丁零餘眾,謀襲會軍,東據龍城。寶頓足道:「果不出我所料,奈何?奈何?」說著,即召農隆二王入議,欲棄去中山,走保龍城。呆極。隆應聲道:「先帝櫛風沐雨,成此基業,今崩未踰年,大局遽壞,豈非孤負先帝,但外寇方盛,內亂又起,骨

肉乖離，百姓疑懼，原是不足拒敵，北遷舊都，未始非權宜計策。但龍城地狹民貧，若移眾至彼，要想足食足兵，斷非旦夕可成。陛下誠能節用愛民，務農訓士，待至公私充實，可守可戰，將來趙魏遺民，厭苦寇暴，追懷燕德，當不難返斾南來，克復故業。否則不如憑險自固，靜鎮不動，或尚足優遊養銳哩。」語意亦太模稜。寶答道：「卿言確有至理，朕當一從卿意，今日是不能不遷了。」隆默然退出，農亦隨退。遼東人高撫，素善卜筮，為隆所信。隆返第後，撫即入見，附耳與語道：「殿下北行，恐難及遠，太妃亦未必相見，若使主上獨往，殿下留守都城，不但無禍，並得大功。」隆家屬留居薊城，事見前回，故云太妃未必相見。隆搖首道：「國有大難，主上蒙塵，老母又在北方，我若得歸死首邱，亦無所恨，怎得另生異志呢？」乃遍召僚佐，預囑行期。僚佐多不願從行，唯司馬魯恭，參軍成岌，尚無異言。隆喟然道：「願從者聽，不願從者亦聽！」僚佐聞言，便各散歸，隆遂部署行裝，準備出走。慕容農與隆同意，亦即日整裝，部將谷會歸進諫道：「城中兵士，俱因參合一戰，家屬多亡，恨不得與敵拚命，只因趙王禁遏，不能伸志。今聞主上北徙，大眾互相私議，俱謂得慕容氏一人，奉為主帥，與魏力戰，雖死無怨。大王儘可留此，俯從眾望，擊退魏軍，撫寧畿甸，奉迎大駕，重整河山，豈不是忠勇兼全麼？」比高撫言更為豪爽。農怫然不悅，意欲拔刀殺歸。轉思歸有才勇，不忍下手，但作色與語道：「必如汝言，才可望生，我終不願，寧可就死！」農從垂起兵時，頗有才識，此時何亦無生氣耶？歸只得告退。是夜燕主寶開城北走，除農隆二人隨行外，尚有太子策，長樂王盛等，帶著萬騎，銜枚急奔。河間王熙，渤海王朗，博陵王鑑，皆垂子，見七十六回。年尚幼弱，不能出城，隆復入城迎接，護令同行，方得走脫。燕將王沈等降魏，樂浪王惠，中書侍郎韓范，員外郎段宏，太使令劉起等，挈工役三百餘人，奔

往鄴城。

燕都無主，百姓驚惶，東門連夜不閉。事為魏主珪所聞，即欲引兵入城，偏冠軍將軍王建，志在擄掠，偏至魏主面前，謂夜間昏黑，恐士卒入盜庫物，無從徹查，不如待至天明，魏主乃止。及晨雞報曉，旭日已升，魏主始引兵至東門，哪知門已緊閉，城上守兵俱列，反比前日整齊，不由的驚詫起來。遂飭眾攻，反傷害了數百人。次日，又復攻撲，仍然無效，乃使人上登巢車，招諭守兵道：「慕容寶出城奔走，已棄汝等北去，汝等百姓，復替何人把守？難道汝等俱不識天命，徒自取死麼？」守兵齊聲答道：「從前參合一役，降且不免，今日守亦死，降亦死，所以不願出降，情願死守！況城中並非無主，去一君，立一君，難道汝魏人能殺盡我麼？」魏主珪聽了，顧視王建，直唾建面。當下遣中領將軍長孫肥，左將軍李慄，率三千騎追慕容寶。行至范陽，尚不見有寶蹤跡，但新城戍兵，約有千人，索性攻將進去，俘得數百名，還報大營。魏主珪懊悔無及，尚擬攻克中山，未肯撤圍。究竟中山由何人主持？原來是燕開封公慕容詳。詳係慕容青弟。詳未曾出城，即由守兵奉為主帥，閉城拒守，因此寶雖北去，城尚保存。小子有詩嘆道：

國都未破主先逃，遺族留屯差自豪；
假使巖垣長不壞，維城宗子也名高。

欲知慕容寶在途情狀，待至下回再詳。

慕容寶一鄙夫耳，喜怒靡常，進退無主，觀其所為，即安內尚且不足，遑問拒外！魏人一至，可和不和，可戰不戰，可守不守，雖欲不敗，烏得而不敗？雖欲不亡，烏得而不亡？不然，魏主拓跋珪，智術亦疏，沒根二擊而驚走，慕容隆再擊而猝奔，當兩軍對壘之時，無備若此。向令寶

父尚存，珪亦安能逞志乎？慕容農與慕容隆，名為燕室忠臣，乃父中興，兩人亦嘗佐命，乃小勝即喜，小敗即怯，既不能監制慕容麟，又不能匡正慕容寶，都城可棄，何一不可棄耶？觀此回可知後燕敗亡之由來云。

第八十一回
攻舊都逆子忘天理　陷中山嬌女作人奴

　　卻說慕容寶棄都出走，行至阱城，適與趙王麟相遇。麟不意寶至，還道他親自出討，頓致驚潰，奔往蒲陰。寶不遑追擊，但驅眾北趨，到了薊城。隨從衛士，散亡略盡。唯慕容隆部下四百騎，留衛行幄。慕容會率騎兵二萬人，方至薊南，聞寶已入薊，乃進城相見。父子敘談，會語多諷刺，面上亦很覺不平。寶俟會退出，即召農隆二人，入語會不平情形。二人均說道：「會尚年少，專任方面，習成驕盈，所以有此情狀。臣等執禮相繩，料彼也不致生異了。」除非立會為太子，或可釋嫌。寶雖然許可，心中總未免疑會，遂欲奪會兵權，歸隆統轄。隆恐會有變，當面固辭。寶猶分撥會眾，給與農隆。又遣西河公庫傉官驥，率兵三千，助守中山，一面盡徙薊中庫藏，北趨龍城。

　　魏將石河頭引兵追寶，馳至夏謙澤，得及寶軍。寶不欲與戰，會抗聲道：「臣撫練士卒，正為今日，今大駕蒙塵，人思效命，乃狡虜敢來送死，太違情理。兵法有言：『歸師勿遏。』又云：『置之死地而後生。』彼犯二忌，我得二利，若再不戰，益啟寇心，龍城亦豈可長保麼？」寶乃從會言，列陣拒敵。會出當敵衝，使農隆二軍，分攻魏兵左右，三路夾擊，大敗魏兵，追奔百餘里，斬首數千級。隆尚未肯罷休，再追至數十里外，奪得許多甲仗，方才回軍，歸途語故吏陽璆道：「中山城積兵數萬，不得伸展我意，今日雖得一勝，尚令我遺恨無窮。」說著，慷慨太息，淚下數

第八十一回　攻舊都逆子忘天理　陷中山嬌女作人奴

行。獨會經此一捷，驕誇愈甚，隆不得不從旁訓勉。會非但不聽，反加忿恨，又因農隆俱常鎮龍城，名望素出己右，恐寶至龍城後，大權必在農隆掌握，自己越致失勢，乃潛謀作亂。幽平二州士卒，統已受會牢籠，不願歸二王節制，遂向寶陳請道：「清河王勇略過人，臣等願與同生死，今請陛下與太子諸王，留住薊宮，臣等從清河王南征，解京師圍，還迎大駕便了。」寶似信非信，默然不答。大眾退後，寶左右進言道：「清河王不得為太子，神色已很是不平，且材武過人，善收人心，陛下若從眾諸，臣恐解圍以後，必有衛輒故事，不可不防。」衛輒拒父事，見《東周列國》。寶點首示意。侍御史仇尼歸，係會私黨，探悉寶情，便私下告會道：「大王所恃唯父，父已異圖，所仗仕兵，兵已去半，試問將如何自全呢？不如誅二王，廢太子，由大王自處東宮，兼任將相，匡復社稷，方為上策。」雙方讒間，怎得不亂？會尚猶豫未決。

寶語農隆道：「我看會已有反志，今若不除，難免大禍。」農隆齊聲道：「今寇敵內侮，中土紛紜，社稷危如累卵，會鎮撫舊都，來赴國難，威名遠震。逆跡未彰，若一旦加誅，不但父子傷恩，人心亦必將不服呢。」寶慨然道：「逆子已不顧君親，卿等茲恕，尚不忍誅，一旦變起，必先害諸父，然後及我，後悔恐無及了。」農隆為婦人之仁，不知弭亂，寶既知子惡，仍不加防，是亦婦人之見而已。話雖如此，但也不肯急切下手，仍向龍城進行。

到了廣都黃榆谷，時已天晚，因即駐宿。農與隆二人為衛，臥至夜半，忽有一片譁噪聲，從外而入。隆急忙起視，見有十數人持刀進來，料知有變，便欲返身入報，不防背上已中了一刀，痛徹心窩，立致暈倒，接連又被一刀剁下，自然斷命。時農已拔甲出來，跨馬欲遁，偏被那強人阻住，用刀亂斫，農急忙閃避，左臂已著了刀傷，忍痛走脫。背後卻有數健卒相

隨，代抱不平，俱奮力留拒強人，格翻幾個，趕去幾個，獨擒得一個頭目，仔細辨認，正是侍御史仇尼歸。當下將他捆住，牽送慕容農。農已竄入山谷，健卒亦跟了進去，待至追及，由農訊問仇尼歸，供稱為會所遣。農乃裹創待曉，然後出山，返報慕容寶。

　　寶夜間聞變，正在驚惶，突見會踉蹌趨入道：「農隆謀逆，臣已將他二人除去了。」寶知會有詐，一時不便叱責，乃佯為慰諭道：「我素疑二王，果然謀變，今得除去，甚好！甚好！」此時倒還有急智。會喜躍而出。翌晨，由會排齊兵仗，嚴防他變，始擁寶就道。建威將軍餘崇，請收殮隆屍，載往龍城，會尚未許，經崇涕泣固請，方得邀允。即由崇殮隆入棺，用車載行。適慕容農自來謁寶，並押獻仇尼歸。寶不令農訴明情跡，但偽叱道：「汝何故負我？」遂令左右將農拿下。仇尼歸樂得狡賴，只說農等為逆，拒戰被擒，寶即令釋縛，仍復原官。約行十餘里，正要午餐，寶召群臣同食，且議加農罪。會方就坐，寶目顧衛軍將軍慕輿騰，暗囑殺會。騰拔劍出鞘，向會行刺。會把頭一低，冠被劈去，略受微傷，身子向外一掠，竟得逃走。騰不及追殺，慌忙奉寶急奔，飛馳二百餘里，得抵龍城。時已夕陽下山了；會號召徒黨，追寶至石城，終不得及，乃使仇尼歸為前驅，徑攻龍城。寶令壯士夤夜出擊，得破仇尼歸。會且上書要求，請誅左右佞臣，並求立為太子。寶當然不許，唯乘輿器物及後宮妾御，不及隨寶進城，盡被會掠去，分賞將吏，擅置官屬，自稱皇太子，錄尚書事，引眾再攻龍城，以討慕輿騰為名。寶登城責會，會跨馬揚鞭，意氣自如，且令軍士鼓譟揚威。城中將士，見會如此無禮，統皆憤怒，開城迎戰。天下事全仗理直，理直自然氣壯，一鼓作氣，銳不可當，便將會眾殺退。畢竟人心未死。會走還營中，到了夜半，侍御史高雲，又從城中潛出，帶著敢死士百餘人，襲擊會營。會眾大亂，相率逃散。會不能成軍，只帶十餘

第八十一回　攻舊都逆子忘天理　陷中山嬌女作人奴

騎奔往中山。開封公慕容詳，怎能容會，立將會拘住斬首，並派人傳報龍城。寶乃頒令大赦，凡從前與會同謀，悉置不問，使復舊職。免罪尚可說得，復官未免太寬。又論功行賞，封侯拜將，共數百人。命慕容農為左僕射，兼職司空，領尚書令，進高雲為建威將軍，封夕陽公，養為義兒，追贈高陽王隆為司徒，予諡曰康。龍城一隅，暫得少安。

唯鄴城尚被圍住，積久未退，慕容詳尚有能耐，堅持到底。魏主珪因軍食不繼，命東平公儀撤去鄴圍，徙屯鉅鹿，籌運粟米。慕容詳又暗遣步卒，出襲魏營，雖然魏主有備，殺敗守兵，但終因糧道未通，解圍自去，就食河間。詳還道是威足卻魏，竟僭稱皇帝，改元建始，用新平公可足渾譚為車騎大將軍，領尚書令。此外設官分職，居然備置百官。且聞慕容麟出屯望都，即遣兵掩擊，逐麟入山，擒麟妻子還都。燕西河公庫傉官驥，本奉燕主寶命，助守中山，見上文。及詳既僭位，便思逐驥。驥與他反抗，遂致互鬨，結果是眾寡不敵，為詳所殺。詳盡滅庫傉官氏，又殺中山尹苻謨，誅及家族。唯謨有二女娥娥訓英，嬌小玲瓏，幸得走脫，後文自有表見。天生尤物，不肯令其遽死。詳既得逞志，便即淫荒，嗜酒無度，橫加殺戮。所授尚書令可足渾譚直言進諫，適值詳酒醉糊塗，竟不分皂白，喝令左右，把譚推出斬首。官吏等當然不服，均有異言，詳更使人監謗，遇有私議政事的人員，不論貴賤，一體處斬。自詳僭號以後，但閱一月，所誅王公以下，已五百餘人，內外屏息，莫敢發言。

城中又復飢迫，百姓欲出外覓糧，偏詳下令嚴禁，不準出入，因此人多餓死，舉城皆恨詳無道，欲就近往迎趙王麟。麟與詳相去幾何？百姓亦但管目前，未遑顧後。詳尚未察悉，但因城中乏食，遣輔國將軍張驥，率五千餘人赴常山，督辦糧糒。慕容麟伺隙復出，招集丁零餘眾，潛襲驥軍。驥正在靈壽縣，嚴加督責，戕害吏民，眾心浮動，一聞麟至，都去歡

迎，連驥部下各兵士，亦棄驥就麟。驥倉皇竄去，麟即引眾掩至中山，城門不閉，得一擁直入，城中兵民，見麟到來，無不喜慰，從前被殺諸大臣家屬，樂得乘機報怨，各引麟趨入偽宮，往捉慕容詳。詳醉後酣寢，未及逃避，即被大眾七手八腳，把他捆住，牽出見麟。詳尚睡眼模糊，不知為何人所執，但聽得一片殺聲，才開眼一睜，那刀光已到頸上，未及開言，頭顱已落。得做醉鬼，詳亦甘心。又搜殺詳親黨三百餘人。麟復僭稱尊號，聽民四出覓食，大眾才得一飽。

　　魏主珪聞中山變亂，即遣中領軍將軍長孫肥，帶領輕騎七千人，潛襲中山，得入外郛。麟忙集眾出拒，肥始退去。麟復率步騎四千，追至泒水，由肥麾眾返擊，彼此各有殺傷。麟喪失鎧騎二百，肥亦身中流矢，兩造統收軍引還。魏主珪移駐常山九門，軍中大疫，人馬多死，將士多半思歸。珪覘知眾意，便語眾將道：「前聞醜提作亂，本即北返，嗣因燕主悔約，醜提亂亦得平。從珪口中了過醜提。我意決拔中山，再作歸計，今全軍遇疫，豈天意不欲我取中山麼？但四海以內，人民眾多，無處不可立國，誠使我撫馭有方，誰不悅服？目前病死多人，也不足顧卹呢。」語不足法。諸將始不敢再言。珪即令撫軍大將軍略陽公拓跋遵，引兵再襲中山，割取禾稻，捆載而還。中山失禾，饑荒益甚。慕容麟不能安居，因率眾三萬餘人，出據新市。

　　魏主珪已進兵攻麟，太史令晁崇進諫道：「今日進軍，恐防不吉。」珪問為何因？崇答道：「紂以甲子亡，故後世稱甲子日為疾日，今日適當甲子，不宜出兵。」珪笑道：「紂以甲子亡，周武不以甲子興麼？」崇無言可對。珪即啟行至新市，與麟對壘。麟不免心怯，退屯泒水，依漸洳澤立營，意圖自固。彼此相持數日，魏兵進壓麟營，麟不得已開營出戰，一場交手，哪裡敵得過魏兵？二萬人死了九千餘，逃去一萬餘，單剩得數十

第八十一回　攻舊都逆子忘天理　陷中山嬌女作人奴

騎，隨麟奔還。麟妻子前為詳所拘，未曾處死，見上文。麟入中山，當然放出，此次復挈了妻子，遁入西山，從間道赴鄴。魏主珪馳入中山，凡麟所署公卿將吏，及守城士卒，統皆迎降，共約二萬餘人。又得燕所傳皇帝璽綬，併圖書府庫珍寶，以鉅萬計，還有後宮婦女，數亦盈千。並得慕容詳遺女一人，年青貌美，秀色可餐，珪即納為妾媵，晚令侍宿。詳女亦只好隨緣作合，供他淫汙。越日，又發慕容詳塚，銼屍焚骨，並查得拓跋觚死時，由燕人高霸程同下手，便將兩人磔死，並夷五族。霸固為詳所使，本不應置重闢，況又夷及五族，珪之淫虐如此，無怪其不得令終。於是班賞將士，多寡有差。慕容麟奔至鄴城，與范陽王慕容德相見，便向德獻議道：「魏兵既克中山，必來攻鄴，鄴中雖有蓄積，但城大難固，且人心怔懼，恐難堅守，不如南赴滑臺，較為萬全。」德聞言心動，遂擬南遷。時滑臺守將，為燕魯陽王慕容和，亦遣人迎德，德因決計從屯。好容易又是殘冬，越年為燕主寶永康三年，即晉安帝隆安二年。正月上旬，德率戶四萬，南徙滑臺，將吏當然隨行。無故棄鄴，也是失策。魏東平公拓跋儀，已進封衛王，引眾入鄴，追德至河，不及乃還。慕容麟等向德勸進，德依兄慕容垂故事，自稱燕王元年，攝行帝制，備設官屬，用慕容麟為司空，領尚書令，慕容法為中軍將軍，慕輿拔為尚書左僕射，丁通為右僕射，這便是南燕的始基。是為四燕之殿。看官聽說！慕容麟勸德南徙，仍然為自己起見，他因河間常有麟現，自謂與己名相應，必得君臨燕土。中山僭號，不滿三月，匆匆奔鄴，欲用德為傀儡，遷往河南，仍好廢德自立。那知天不助逆，竟至謀洩，被德賜死，狡獪半生，終歸不得善終。可作晨鐘之警。

那慕容寶尚未知滑臺情形，還遣鴻臚卿魯遽，冊拜慕容德為丞相，領冀州牧，封南夏公，一面大閱兵馬，仍欲規復中原。會魏主北歸，慕容德

亦命侍郎李延，向寶報聞，謂「魏軍已返，中原空虛，正好及時收復」等語。寶心下大喜，即擬南行。遼西王農，長樂王盛進諫道：「今方北遷，兵疲力弱，魏新得志，未可與爭，不如養兵觀隙，更俟他年。」寶頗欲依議，偏撫軍將軍慕輿騰抗言道：「寇虜已返，我師大集，正宜乘機進取，百姓可與樂成，難與圖始，唯當獨決聖慮，不應廣採異同，阻撓大計。」寶聞言奮袂道：「我計決了，敢諫者斬！」遂留慕容盛居守龍城，命慕輿騰為前軍大司馬，慕容農為中軍，自為後軍，統率步騎三萬，自龍城依次出發，南屯乙連。

燕制稱衛兵為長上，素隨乘輿出入，不令遷調，此次寶統眾南行，當然隨著，但眾情俱不願征役，各有怨言。衛弁段速骨宋赤眉等，本為高陽王隆舊部，入充宿衛，此次因眾心蠢動，遂糾眾作亂，逼立隆子崇為主帥，立即發難，殺斃司空樂浪王慕容宙，中牟公段誼諸人。唯河間王熙，素與崇善，崇代為庇護，始得免難。燕主寶突然遇變，急率十餘騎奔往農營。農急忙出迎，左右抱住農腰，謂營卒亦恐應亂，不宜輕出。農抽刀嚇退左右，才得出營見寶，接入營中。一面遣人追還前軍慕輿騰，一面拔營回討段速骨等。誰知軍心都變，俱棄仗散走，就是慕輿騰部下，亦皆潰散。寶與農只好奔還龍城，亂兵尚在後追趕，虧得龍城留守長樂王盛，引兵出接，才得迎入寶與農。小子有詩嘆道：

不從眾議妄行師，禍起軍中悔已遲。
縱使一時能幸脫，竄身便是殺身時。

寶與農既入龍城，亂兵亦進逼城下，欲知亂事如何結果，容待下回表明。

君君臣臣，父父子子，此為修齊治平之要素，先聖固嘗言之矣。慕容寶之不君不父，烏足為國？觀其立太子時，已啟內亂之漸，以立長言，則

第八十一回　攻舊都逆子忘天理　陷中山嬌女作人奴

宜立長樂公盛，以受遺言，則宜立清河王會，策為少子，又非嫡嗣，徒以溺愛之故，越次冊立，無惑乎會之謀亂也。會固不子，寶實不父，而又當斷不斷，徒受其亂，親為父子，反成仇敵，家且不齊，國尚能治乎？幸而會亂已平，正宜與民更始，休養生息，徐圖規復，乃不察民生之困苦，不問將士之罷勞，冒昧徑行，侈言南討，是君不君也。君不君，臣即不臣，段速骨等之作亂，亦意中事，無見怪也。彼慕容農與慕容隆，心固無他，才實不足。慕容麟好行不義，終至自斃，燕事如此，即無拓跋氏之外侮，亦終必亡而已矣。

第八十二回
通叛黨蘭汗弒君　誅賊臣燕宗復國

　　卻說段速骨等引著亂兵，進逼龍城。城中守兵甚少，由慕容盛募民為役，始得萬人，登陴奮力拒守。速骨等人數雖多，但同謀不過百人，餘皆脅從為亂，並無鬥志。唯尚書頓邱王蘭汗，本為慕容垂季舅，又是慕容盛婦翁，他偏起了歹心，與速骨等通謀，所以速骨等有恃無恐，日夕鼓譟，威嚇城中；且誘慕容農出城招撫，願與講和。農恐城不能守，潛自夜出，往撫亂兵。亂兵未曾被衄，怎肯投誠？農潛往招撫，不啻送死。速骨怎肯依農，反把農拘住不放。翌晨，復引眾攻城，城上守兵，拒戰甚力，傷斃亂卒百餘人。守兵正在得勢，忽見速骨牽出慕容農，指示城上，咿咿亂語。農亦有口，奈何畏死不言？守兵本恃農為重，忽見農在城下，也不暇問明情由，驟然奪氣，一鬨而散。速骨等得緣梯登城，縱兵殺掠，死亡相枕。燕主寶與慕輿騰餘崇張真李旱等，輕騎南奔。

　　速骨尚不敢殺農，但將他幽住殿內。另有同黨阿交羅，為速骨謀主，意欲廢崇立農，偏被崇左右聞知，就中有釁讓出力輓兩人，為崇效力，驟入殺農，並及阿交羅。農故吏左衛將軍宇文拔，亡奔遼西，速骨恐人心憶農，必且生變，因歸罪釁讓出大輓，把他誅死。哪知與他反對的，不是別人，就是前時通謀的蘭汗。汗陽與勾通，暗中仍然嫉忌，速骨未曾防著，突被汗糾眾襲擊，見一個，殺一個，才閱半日，已將速骨等親黨百餘人，一古腦兒送他歸陰。當下廢去慕容崇，奉太子策監國，承制大赦，且遣使迎寶北歸。

第八十二回　通叛黨蘭汗弒君　誅賊臣燕宗復國

　　時長樂王盛等，已逾城從寶，同至薊城，接見蘭汗來使，寶即欲北還。盛等俱進諫道：「蘭汗忠詐，尚未可知，今若單騎往赴，倘汗有異志，悔不可追，不如南就范陽王，合眾取冀州，就使不捷，亦可收集南方餘眾，徐歸龍城，這卻是萬全計策呢。」寶乃依議，從間道趨鄴。鄴人頗願留寶，寶獨不許。南至黎陽，暫駐河西，命中黃門令趙思，召北地王慕容鍾，使他迎駕。鍾為慕容德從弟，曾勸德稱尊，至是執思下獄，並即報德。德召僚屬與語道：「卿等為社稷大計，勸我攝政，我亦因嗣主播越，民神乏主，暫從群議，聊系眾心。今天方悔禍，嗣主南來，我將具駕奉迎，謝罪行轅，然後角巾還第，不問國事，卿等以為何如？」全是假話。黃門侍郎張華應聲道：「陛下所言，未免失計，試想天下大亂，斷非庸材所能濟事，嗣主闇弱，不足紹承先緒，陛下若蹈匹夫小節，舍天授大業，恐威權一去，身首不保，社稷宗廟，豈尚得血食麼？」將軍慕容護亦接入道：「嗣主不達時宜，委棄國都，自取敗亡，尚何足恤？從前蒯聵出奔，衛輒不納，《春秋》尚不以為非，孔聖亦未嘗贊成。彼為子拒父，尚屬可行，況陛下為嗣主叔父，難道不可拒猶子嗎？」正要你二人說出此話。德半晌才道：「古人逆取順守，終欠合理，所以我中道徘徊，悵然未決呢。」護又道：「趙思南來，虛實未明，臣願為陛下馳往訊察，再作計較。」德乃遣護前往，佯為流涕。多此做作。護率壯士數百人，偕思北往。適寶得樵夫言，謂德已僭號，料知不為所容，仍轉身北去，護追寶不及，復執思南還。

　　德聞思練習掌故，召他入見，欲為己用。思慨然道：「犬馬尚知戀主，思雖刑臣，頗識大義，乞加惠賜歸。」德作色道：「汝在此受職，與在彼何異？」思亦發怒道：「周室東遷，晉鄭是依，陛下親為叔父，位居上公，不能倡率群臣，匡扶帝室，乃反幸災樂禍，欲效晉趙王倫故事！思雖不能效

申包胥，乞援存楚，尚想如王莽時的龔勝，不屑偷生，歸既不得，死亦何妨！」閹人中有此義士，恰也難得。德被他揶揄，容忍不住，便命將思推出斬首，真情畢露。嗣是遂與寶絕。

　　寶遣盛與慕輿騰，收兵冀州，盛因騰請兵啟釁，激成禍亂，且素來暴橫不法，為民所怨，因即將他殺死。總嫌專擅。行至鉅鹿，遍諭豪傑，俱欲起兵奉寶，約期會集。偏寶聞蘭汗祀燕宗廟，舉動近理，便欲北還龍城，不肯再留冀州，於是召盛速還，即日啟行。到了建安，留宿土豪張曹家。曹素武健，自請糾眾效勞，盛又勸寶緩歸，俟確覘蘭汗情狀，再定行止。寶乃遣冗從僕射李旱，往見蘭汗，自在石城候信。會蘭汗遣左將軍蘇超，至石城迎寶，極陳蘭汗忠誠。寶信為真言，不待李旱返報，遂自石城出發。盛涕泣固諫，寶仍不從，但留盛在後徐行。盛與將軍張真等下道避匿，不肯遽赴。盛為寶子，知父有難，不肯隨往，亦太忍心。寶匆匆急返，抵索莫汗陘，去龍城只四十里，城中皆喜。蘭汗惶懼，欲自出謝罪，兄弟同聲諫阻。汗因遣弟加難率五百騎出迎，又令兄提閉門止仗，禁人出入。城中皆知汗有變志，但亦無法挽回。加難馳至陘北，與寶相見，拜謁甚恭。寶即令他護駕，昂然進行。潁陰公餘崇，密白寶道：「加難形色不定，必有異謀，陛下宜留待三思，奈何徑往？」寶尚說無妨。又行了十餘里，加難忽喝令騎士向前執崇，崇徒手格鬥，畢竟寡不敵眾，終為所縛。崇大罵道：「汝家幸為國戚，迭沐寵榮，今乃敢為篡逆，天地豈肯容汝？不過稍遲旦暮，便當屠滅，但恨我不得手膾汝曹呢！」加難聽了，竟拔刀殺崇。寶至此悔已無及，只好隨了加難，同入龍城。加難不令入殿，但使寓居外邸，用兵監守。到了夜間，便遣壯士潛入邸中，將寶拉死。莫非自取。蘭汗聞報，命為棺殮，追諡曰靈。又殺太子策及王公卿士以下百餘人。汗自稱大都督大單于大將軍，昌黎王，改元青龍，令兄提為太尉，

第八十二回　通叛黨蘭汗弒君　誅賊臣燕宗復國

弟加難為車騎將軍，封河間王熙為遼東公。使如周時杞宋故例，備位屏藩。居然想作周天子了。慕容盛在外聞變，即擬奔喪入城，將軍張真，極力勸阻。盛說道：「我今拚死往告，自述哀窮，汗性愚淺，必顧念婚姻，不忍害我。約過旬月，我得安排妥當，便足伸志，這也是枉尺直尋的辦法呢。」遂不從真言，徑入城赴喪，先使妻蘭氏進求汗妻，為盛乞免。汗妻乙氏，究是女流，見女涕泣哀請，自然代為緩頰。汗本意頗欲害盛，但見了一妻一女，宛轉哀鳴，免不得心腸軟活，化剛為柔。唯兄提及弟加難，謂斬草留根，終足滋患，不如一併殺盛。盛妻又向伯叔叩頭，哀籲不已，提與加難尚有難色，汗獨惻然道：「我就赦汝夫婿，但汝當為我傳言，須懷我德，毋記我嫌。」盛妻當然應命。汗即遣子迎盛，引入宮中。盛見汗匍伏，且泣且謝。虧他忍耐。汗還道他是誠心歸附，一再勸慰，且偽言寶實自盡，並非加害，當即為寶治喪，令盛及宗族親黨，一律送葬，復授盛為侍中，兼左光祿大夫。還有太原王奇，係前冀州牧慕容楷子，為汗外孫，汗亦將奇宥免，命為征南將軍。奇既得受職，遂與盛同列，兩人俱懷報復，且係從曾祖兄弟，當然患難相親，於是盛得了一個幫手，嘗與密謀。

　　蘭提等隨時防著，屢次勸汗殺盛，汗終不從，兄弟間遂有違言。提又驕狠荒淫，動逾禮法，就是與汗相見，亦往往惡語相侵。汗情不能忍，益生嫌隙。盛得乘間媒孼，如火添薪，又潛使奇出外招兵，為恢復計。奇密往建安，募集丁壯，得數千人，使據城自固。提聞變報汗，汗即遣提往討，偏盛入白汗道：「善駒即奇表字。小兒，怎敢起事？莫非有假託彼名，謀為內應不成？」汗瞿然道：「這是由太尉入報，當不相欺。」盛屏人語汗道：「太尉驕詐，不宜輕信，若使發兵出討，一或為變，禍不勝言了。」汗聞盛言，即飭罷提兵，汗實愚夫，若使有一隙之明，定必不信。另遣撫軍

將軍仇尼慕，率眾討奇。時龍城數月不雨，自夏及秋，異常亢旱。汗疑得罪燕祖，致遭此譴，乃每日至燕太廟中，頓首拜禱，又向故主寶神主前，叩陳前過，實由兄弟二人起意，應當坐罪云云。提與加難，得悉汗言，統怒不可遏，竟擅領部曲將士，出襲仇尼慕軍，殺斃無算。

仇尼慕幸得不死，奔回告汗。汗不禁驚駭，立遣長子穆出討。穆臨行時，密語汗道：「慕容盛與我為仇，今奇起兵，盛必與聞，這是心腹大患，急宜除去，再平內亂未遲。」汗半疑半信，欲召盛入見，覘察情實，然後加誅。盛妻蘭氏，稍有所聞，忙即告盛。盛偽稱有疾，杜門不出。汗亦擱著不提。燕臣李旱衛雙劉忠張豪張真等，本與盛有舊交，因見蘭穆勢盛，虛與周旋，穆遂引為腹心，使旱等往來盛室，為監察計。哪知旱等反向盛輸情，為盛謀主，伺隙起事。會穆擊破蘭提等軍，回城獻捷，汗遂大饗將士，歡宴終日，父子統飲得酩酊大醉，分歸就寢。當有人詣盛通報，盛夜起如廁，逾牆趨出，直往東宮。李旱等已先待著，即擁盛斬關，入室尋穆。穆高臥未醒，被旱等手起刀落，立即斃命。盛得穆首級，攜帶出門，徇示大眾。眾未解嚴，尚縶住東宮外面，一聞盛起兵殺穆，大都踴躍贊成，便聽盛指揮，往攻蘭汗。汗醉寢宮中，至大眾突入，才得驚醒，起視門外，遙見一片火光，滾滾前來，火光中露出許多白刃，料知不是好事，亟呼衛卒保護，偏衛卒已逃散，不知去向，任他喊破喉嚨，並無一人答應。他想返身避匿，奈兩腳如痿躄一般，急切不能逃走。那外兵已趨近身邊，不由分說，便即劈頭一刀，但覺腦袋上非常痛苦，站立不住，就致暈倒，一道靈魂，與長子穆先後歸陰，同登森羅殿上，同燕主寶對簿去了。恐怕是同去喝黃湯哩！

汗尚有子和與揚，分戍令支白狼，盛連夜使李旱張真，馳往誘襲，相繼誅死。蘭提加難，也由盛遣將掩捕，同時受戮。人民大悅，內外帖然，

第八十二回　通叛黨蘭汗弒君　誅賊臣燕宗復國

盛因妻為汗女，當坐死罪，因擬遣她出宮，迫令自盡，盛之復興，半由妻蘭氏營救之功，奈何遽欲殺妻，男兒薄倖，可為一嘆！虧得獻莊太子妃丁氏，從旁力爭，始得免死。看官道獻莊太子為誰？就是慕容垂長子令。令前時走死，事見上文。在六十三回。垂稱帝時，曾追諡令為獻莊太子，令妻丁氏，尚得生存，寶嘗迎養宮中，以禮相待。盛妻蘭氏，奉侍維謹，所以丁氏一力保護，極言蘭氏相夫有功，如何用怨報德？說得盛無詞可駁，不得不曲予通融。但後來盛稱尊號，仍不立蘭氏為后，終未免心存芥蒂，這且無庸絮言。

且說慕容盛得復父仇，便告成太廟，大赦境內，一時不稱尊號，暫以長樂王攝行統制，降諸王爵為公，文武各復舊官，並召太原公奇還都。奇聽信讒言，竟抗不受命，勒兵叛盛，回屯橫溝，去龍城只十里。盛親督將士，出城擊奇，奇手下雖有三萬餘人，究竟是臨時召募，沒有紀律，乘興便至，見敵即逃。奇不能禁遏，如何拒盛？盛驅兵追殺，又令軍士接連射箭，射倒奇馬，奇墜地受擒，牽入龍城，立即處死。奇黨嚴生王龍等，一併捕誅。遂命河間公熙為侍中，都督中外諸軍事，改諡先主寶為惠閔皇帝，廟號烈宗。寶尚有庶子元，受封陽城公，兼衛將軍，東陽公根，為尚書令，張通為左僕射，衛倫為右僕射，李旱為輔國將軍，衛雙為前將軍，張真為右將軍，皆封郡公。又進劉忠為左將軍，張豪為後將軍，並賜姓慕容氏。既而步兵校尉馬勒等謀反，事洩伏誅，案連高陽公崇，即段速骨等所立之慕容崇。因即將崇賜死。這是盛有心殺崇。是夕，大風暴起，拔去闕前七大樹，宮廷震悚。可見天道有知，隱隱為崇鳴冤。偏群臣一味迎合，還要向盛勸進。盛初尚不許，嗣復屢接奏牘，請上尊號，盛乃即燕帝位，改元建平，追尊伯考獻莊太子為皇帝，寶后段氏為皇太后，獻莊太子妃丁氏為獻莊皇后，諡太子策為獻莊太子。後來張豪張真張通及尚書段

成，昌黎尹留忠等，相繼謀叛，依次發覺，一併伏誅。就是東陽公慕容根，亦株連被戮。即用陽城西元為尚書令，改封平原公。才閱一年，復改元長樂。每有罪犯，盛必自矜明察，親加鞫訊；且因寶寬弛失國，務從嚴刻，無論宗族勳舊，稍有過失，便置重刑。遼西太守李朗，在郡十年，威行境內，盛屢徵不至，且陰召魏兵，陽嚇燕廷。盛察知有詐，便將他留居龍城的家屬，盡加屠戮，並遣輔國將軍李旱，率騎討朗。旱奉命出次建安，忽又接到朝使，召他還都。旱只得馳還。及抵闕下，謁盛問故。盛但云：「恐卿過勞，所以召歸休息。」旱乃退出。越宿，又遣旱從速出兵，群臣都莫名其妙，就是旱亦無從索解，只好依令奉行。

　　朗初聞旱兵出擊，當然防守，及旱中途卻還，總道是龍城有變，不復設備，留子養守住令支，即遼西治所。自往北平迎候魏兵。旱兼程前進，掩入令支，擒斬李養，復遣廣威將軍孟廣平，引騎追朗。朗尚未抵北平，已被孟廣平追及，縱騎奮擊，攻他無備。朗慌忙抵敵，與廣平戰了數合，因見從騎潰散，未免膽怯，手下一鬆，即由廣平覷隙猛刺，中朗左脅，墜落馬下。廣平再加一槊，斷送朗命，當下梟了首級，取回報旱。旱即傳首龍城，盛得捷報，方明諭群臣道：「朗甫謀叛，必忌官威，或糾合約類，與我力敵，或亡竄山澤，據險自固，一時如何蕩平？我所以前召旱還，使他無備，再令旱出，猝加掩擊，這是避實擊虛的妙計。今果一鼓平逆，得殲渠魁，總算是計不虛行了。」徒矜小智，無當大體。群臣自然貢諛，群稱神聖。盛即將朗首懸示三日，一面召旱班師。旱應召西歸，途次得衛雙被誅消息，不禁惶駭，棄軍潛奔，走匿板陘。盛知旱無他意，不過畏罪逃亡，乃遣使往諭，說是：「衛雙有罪，不得不誅，與旱無涉，可即日還朝。」旱乃入都謝罪，盛仍令復職，唯討平遼西的功勞，已付諸汪洋大海，擱起不提了。小子有詩詠道：

第八十二回　通叛黨蘭汗弒君　誅賊臣燕宗復國

用寬用猛貴相兼，但尚刑威總太嚴；
罰不當辜功不賞，君臣怎得免猜嫌！

盛雖得平遼西，魏兵卻已出境，欲知燕魏交戰情形，且至下回詳敘。

觀本回蘭汗之弒慕容寶，與慕容盛之殺蘭汗，芒刃起於蕭牆，親戚成為仇敵，皆權利思想之為害也。蘭汗身為國舅，其女又為長樂妃，親上加親，應同休戚，乃潛通外叛，誘殺國君，寶不負汗，汗實負寶，蓋比莽操之惡，為尤過矣。盛陽歸蘭汗，陰縱反間，冒險忍辱，卒舉汗父子兄弟而盡戮之，甚且欲連坐賢婦，忘德報怨，陰鷙若此，可驚可畏，論者不以為暴，無非因盛之手刃父仇，大義滅親故耳。然卒之好猜嗜殺，安忍無親，宗戚勳舊，多罹刑網，詡詡然自矜明察，而以為杜漸防微，人莫予毒，庸詎知治國之道，固在仁不在暴耳，而盛之遇禍亦不遠矣。

第八十三回
再發難王恭受戮　好惑人孫泰伏誅

　　卻說魏主拓跋珪，自中山還軍以後，復徙都平城。營宮室，建宗廟，立社稷，正封畿，制郊甸，遣使循行郡國，考核守宰，明正黜陟。又命尚書吏部郎劉淵，立官制，協音律，儀曹郎董謐制禮儀，三公郎王德定律令，太史令晁崇考天象。進黃門侍郎崔宏為吏部尚書，總司典要，纂定各制，垂為永式。就於魏皇始三年十二月，即晉安帝隆安二年。即皇帝位，改元天興，命朝野皆束髮加帽，追崇遠祖毛以下二十七人，皆稱皇帝。尊六世祖力微為神元皇帝，廟號始祖，祖什翼犍為昭成皇帝，廟號高祖，父寔為獻明皇帝，仿行古制，定郊廟朝饗禮樂。又用崔宏條議，自謂黃帝後裔，以土德王，徙六州二十二郡守宰，及土豪二千家至代郡。凡自代郡以西，善無以東，陰館以北，參合以南，俱為畿內。此外四方四維，分置八部帥監守，居然有體國經野的遺規。魏自拓跋珪稱帝，為北方強國，故敘述從詳。平城附近有秀容川，舊有酋長爾朱羽健服屬魏主，且隨攻晉陽中山，立有戰功。魏主珪特別加賞，即就秀容川四圍三百里，給為封土，於是爾朱氏亦蕃盛起來。獨志禍本事，見《南北史演義》。

　　會因燕李朗遣使借兵，乃命材官將軍和拔，入襲幽州。幽州刺史盧溥，舊為魏民，戕吏據州，叛魏降燕，至是被和拔突入，擒溥及子渙，押送平城，車裂以徇。燕主盛聞幽州被兵，亟遣廣威將軍孟廣平往救，已是不及，但斬魏戍吏數人，引師退還。盛復去皇帝號，貶稱庶人天王，封弟

第八十三回　再發難王恭受戮　好惑人孫泰伏誅

淵為章武公，虔為博陵公，子定為遼西公。適太后段氏病歿，諡為惠德皇后。襄平令段登，與段太后同宗，忽然謀變，由盛遣將捕誅。前將軍段璣，係段太后兄子，跡涉嫌疑，恐致連坐，即逃往遼西，嗣復還都歸罪，得邀赦免，賜號思悔侯，使尚公主，入直殿庭。養虎貽患。一面尊獻莊皇后丁氏為皇太后，立子遼西公定為皇太子，頒制大赦，命百僚會集東堂，親考器藝，超拔十有二人。並在新昌殿遍宴群臣，令各言志趣。七兵尚書丁信，年方十五，因為丁太后兄子，擢居顯要，他獨起座面陳道：「在上不驕，居高不危，這是小臣的志願呢。」這數語是因盛好殺，暗加諷諫，盛亦知他言中寓意，便微笑相答道：「丁尚書年少，怎得此老成論調呢？」話雖如此，但盛終不肯反省，仍然苛刻寡恩，免不得激成眾怒，終罹大禍。事且慢表。

　　且說晉青兗刺史王恭，及荊州刺史殷仲堪，分鎮長江，勢傾朝右。會稽王道子，懼他侵逼，既令世子元顯為徵虜將軍，配給重兵，使為內備，事見七十八回。復因譙王尚之，及尚之弟休之，素有才略，引為謀士。尚之休之係譙王承子，無忌孫。尚之向道子進議道：「今方鎮強盛，宰相權輕，大王何不外樹腹心，自增藩位？」道子聽著，即令司馬王愉為江州刺史，都督江州及豫州四郡軍事。偏豫州刺史庾楷，不願分權，抗疏辯駁，略言：「江州係是內地，與豫州四郡，素不相連，不應使王愉分督。」疏入不報。楷因遣子鴻往說王恭道：「尚之兄弟，為會稽羽翼，權過國寶，欲借朝威，削弱方鎮，王愉又是國寶兄弟，前來督豫，公等若不早圖，恐必來報復前嫌，禍且不測了。」王國寶事，亦見七十八回。王恭本慮道子報怨，一聞此言，當然著急，忙遣人報告殷仲堪。仲堪即與桓玄商議，玄本是個闖禍的頭目，那有不勸令為亂，況當時又有一種刺激，更增玄忿，尤覺得躍躍欲動，乘隙尋仇。原來玄在荊州，料為道子所忌，特故意上書，

求為廣州刺史，果得朝廷允准，且敕令兼督交廣二州。當下佯為受命，暗中實無意啟行。湊巧遇著王恭來使，陰約仲堪，此時不慫恿起事，更待何時？乃與仲堪擬就覆書，願推恭為盟主，約期同趨建康。恭得書後，便欲發兵，司馬劉牢之進諫道：「將軍為國家元舅，義同休戚，恭為孝武后王氏之兄。會稽王乃天子叔父，又當國秉政，前因將軍責備，誅及王國寶王緒，自割所愛，為將軍謝過，將軍亦已可謂得志了。現在王愉出鎮江州，雖未愜人意，亦不為大失，就是豫州四郡，割配王愉，與將軍何損？晉陽兵甲，可一不可再呢。」牢之諫恭之言，不為不忠，可惜後來變卦。恭不肯從，即上表請討王愉，及尚之兄弟。

　　道子聞庾楷從恭，即使人說楷道：「孤前與卿恩如骨肉，帳中共飲，結帶與言，也好算是親密了。卿今棄舊交，結新援，難道竟忘王恭前日的欺侮麼？若欲委身事恭，使恭得志，恭也必疑卿反覆小人，怎肯誠心親信？身首且不可保，還望什麼富貴呢！」楷本為王國寶私黨，事見前文，故道子又有此言。楷聞言大怒，即令使人還報道：「王恭前赴山陵，相王憂懼無計，我知事急，發兵入衛，恭乃不敢猝發。去年恭勒眾內向，我亦櫜鞬待命，我事相王，未嘗有負，相王不能拒恭，反殺國寶兄弟，國寶且死，何人再為相王盡力？庾楷身家百口，怎能再不見幾，自取屠滅呢？相王今且責己，毋徒責人。」這一篇話報知道子，道子素來膽小，急得不知所為。獨世子元顯奮然道：「前不討恭，致有今日，今若再姑息，難道還有朝廷麼？我雖年少，願出當逆賊。」道子聽了，稍稍放懷，乃將兵馬大權，悉付元顯，自在府第中日飲醇酒，作為排遣罷了。殷仲堪聞恭已舉兵，也即勒兵出發，但平時素無將略，所有軍事，盡委南郡相楊佺期兄弟，使佺期率舟師五千，充作前鋒。桓玄繼進，自督兵二萬為後應。佺期到了溢口，王愉尚全然無備，惶遽奔臨川。桓玄遣偏將追愉，愉不及逃避，竟被擒去。

第八十三回　再發難王恭受戮　好惑人孫泰伏誅

　　建康聞報，很是震動，內外戒嚴，當即加會稽王道子黃鉞，命元顯為征討都督，遣衛將軍王珣，右將軍謝琰，率兵討王恭。譙王尚之率兵討庾楷。楷方出兵至牛渚，突遇尚之統眾殺來，一時驚惶失措，立致潰散，楷單騎奔投桓玄。會稽王道子，遂授尚之為豫州刺史。尚之有弟三人，除上文所敘的休之外，尚有恢之允之，此時均授要職。休之為襄城太守，恢之為驃騎司馬丹陽尹，允之為吳國內史，各擁兵馬，為道子聲援。不意桓玄乘銳殺入，所向無前，連破江東各戍，由白石直進橫江。尚之驅軍與戰，竟為所敗，倉皇遁走。恢之所領各舟軍，又被玄擣破，悉數覆沒，於是都城大震。道子自屯中堂，令王珣守北郊，謝琰屯宣陽門，嚴兵守備。元顯獨出守石頭城，英氣直達，毫不畏縮。當時會稽府中，多半諛媚元顯，說他聰明英毅，有明帝風。他亦自命不凡，居然以安危為己任，因見敵勢甚銳，遂多方探刺敵情，果被察出破綻，想就一條反間計來。

　　自王恭不用劉牢之言，貿然出兵，牢之雖尚隨著，卻不願為恭效死。恭又淡漠相待，越使牢之灰心。正在懊悵的時候，忽有廬江太守高素，借入報軍機為名，得與牢之密語，啗以厚利，大略勸牢之背恭，事成後即將恭位轉授。牢之自然心動，躊躇不答。素見牢之情狀，樂得和盤托出，便從懷中取出一書，交與牢之，作為憑信。牢之啟視，乃是會稽王道子署名，書中所說，也與素言相符，這封書是元顯手筆，託名乃父，牢之未嘗不知，但已聞元顯握有全權，足為道子代表，便深信不疑，因即遣素返報，願如所約。一面語子敬宣道：「王恭曾受先帝大恩，今為帝舅，不能翼戴王室，反屢發兵寇逼京師，我想恭蓄志不軌，事果得捷，尚肯為天子相王所制麼？我今欲奉國威靈，助順討逆，汝以為可行否？」敬宣答道：「朝廷近政，雖不能媲美成康，究竟沒有幽厲的殘暴，恭乃自恃兵威，陵蔑王室，大人與恭，親非骨肉，義非君臣，不過共事有年，略聯情好，但

彼既營私負國，大人原不宜黨逆叛君，今欲助順討逆，理應如此，何必多疑。」敬宣此言，原是正論。牢之乃與敬宣密謀，將乘間圖恭。

恭參軍何澹之，素與牢之不協，至是偵知機密，急入白恭。恭尚疑澹之挾嫌進讒，不肯遽信，且特置盛宴，邀請牢之，就在席間拜他為兄，所有精兵堅甲，悉歸牢之統領，使率帳下督顏延為先鋒，進攻建康。一誤再誤，且送死一個顏廷。牢之謝過了宴，立即登程。行至竹裡，即將顏延一刀兩段，送首入石頭城。並遣子敬宣，及女婿東莞太守高雅之，還軍襲恭。恭方出城閱兵，擬為牢之後繼，不防敬宣麾騎突至，縱橫馳驟，亂殺亂剁，霎時間將恭兵驅散。恭匹馬回城，城門已閉，城上立著一員大將，便是東莞太守高雅之。他已混入城中，據城拒恭。恭知不可入，忙縱馬奔往曲阿。他平時本不善騎，急跑了數十里，髀肉潰裂，流血淊淊，不得已下馬覓舟。適有曲阿人殷確，為恭故吏，乃用舟載恭，送往桓玄軍營；行至長塘湖，偏被邏吏截住，將恭擒送建康。恭至此還有什麼希望，眼見是引首就刑。唯臨死時，尚自理髮鬢，顏色自若，顧語刑吏道：「我誤信匪人，致遭此禍，但原我本心，豈真不忠？使百世以下，知有王恭，我死已值得了。」以此為忠，何人不忠？恭既受誅，所有子弟黨與，當然駢戮無遺。晉廷遂命劉牢之為輔國將軍，都督兗青冀幽並徐揚各州軍事，代恭鎮守京口。

俄而楊佺期桓玄至石頭，殷仲堪至蕪湖，俱上表為恭伸冤，請誅劉牢之。元顯見他勢盛，卻也生畏，遂悄悄的馳還京師，令丹陽尹王愷等發京邑士民數萬人，共往石頭。佺期與玄，方在石頭城下，耀武揚威，猖獗得很。忽見建康兵士，如蜂擁，如蟻攢，漫山遍野，踴躍前來。兩人不禁失色，當即麾軍倒退，回屯蔡州。唯仲堪尚在蕪湖，擁眾數萬，氣焰未消。晉廷不知虛實，尚以為憂。左衛將軍桓修，入白道子道：「西軍情實，修

第八十三回　再發難王恭受戮　好惑人孫泰伏誅

已瞭如指掌了，彼糾眾為逆，殷桓以下，單靠王恭，恭既破滅，西軍氣沮，今若以重利啗玄，並及佺期，二人必然心喜，桓玄已足制仲堪，再加一佺期，便可使倒戈取仲堪了。」道子乃令玄為江州刺史，召還雍州刺史郗恢，使為中書，即命佺期代刺雍州，並都督梁雍秦三州軍事。任修為荊州刺史，權領左衛文武，即日赴鎮。遣劉牢之帶領千人，護修前行。黜仲堪為廣州刺史，使仲堪叔父太常殷茂，齎詔敕仲堪回軍。

仲堪接詔，憤怒的了不得，便一再遣使，催促桓玄佺期進軍。玄等得著朝命，頗為所動，猶豫未決。仲堪防他生貳，急從蕪湖南歸，又著人傳諭蔡州軍士道：「汝輩若不早散歸，我至江陵，當盡誅汝等家屬了。」蔡州軍士，聽到此言，當然恟懼。佺期部將劉系，潛率二千人先歸，一軍已去，餘眾皆動。玄與佺期，不能禁遏，也只好隨眾西還。眾懼家屬被誅，倍道還趨，行至尋陽，得與仲堪相值。仲堪已經失職，不能不倚玄等為援，玄等見仲堪眾盛，一時也不便相離，雖是兩下猜嫌，表面上只好聯繫，所以彼此敘面，各無異言，且比前日較為親暱，你指天，我誓日，儼然有瀝肝披膽的情形，甚至各出子弟，互相抵質，就在尋陽築臺，歃血為盟，仍皆不受朝命，並連名上疏，提出三大條件：一是請申理王恭；二是求誅劉牢之，及譙王尚之；三是訴仲堪無罪，不應獨被降黜。明明興兵犯闕，如何說得無罪？不過玄與佺期同罪異罰，仲堪應也呼冤。這篇奏牘呈將進去，又令道子以下，無法抗辯，莫展一籌，統是酒囊飯袋。結果是召還桓修，仍將荊州給與仲堪，還要優詔慰諭，明示和解。成何體統！御史中丞江績，且劾桓修專為身計，貽誤朝廷，於是修被褫官爵，放歸田里。冤哉枉也！

仲堪等得了詔諭，雖尚未盡如願，但名位各得保全，已足令人意快，不如得休便休，受了詔命。偏佺期又來作怪，密語仲堪，謂：「將來玄必

為患，索性乘早襲擊，殺死了他，方免後憂。」仲堪非不忌玄，但尋陽聯盟，還是仗玄聲望，得嚇朝廷；且佺期素有勇略，兄廣及弟思平，又皆粗悍強暴，不易駕馭，若殺玄以後，必更囂張，勢益難制，所以不從佺期，且加禁止。佺期孤掌難鳴，只得罷手，辭別赴鎮。仲堪亦與玄相別，各就鎮所去了。

　　三鎮暫息戰雲，東南忽生妖霧，遂致建康都內，又復恐慌，正是禍端日出，防不勝防，這也是典午將亡，所以有此劇變呢。先是錢塘人杜子恭，挾有祕術，為眾所推，嘗就人借一瓜刀，數日不還。刀主向他索取，子恭道：「當即相還，但不必由我親交呢。」刀主似信非信，不過因刀為微物，未便強索，乃辭即去。會刀主有事赴吳，舟行至嘉興，忽有大魚一條，躍入舟中，當下將魚獲住，剖腹待烹，腹中有刀一柄，仔細審視，就是前日借與子恭的瓜刀。刀主很是驚異，免不得傳示他人，一傳十，十傳百，頓時鬨動遠近，大都稱子恭為神，多往就學，負笈盈門。國家將亡，必有妖孽。當時有琅琊人孫泰，系是西晉時孫秀的後裔，世奉五斗米道，漢張陵有異術，往學者必先奉五斗米，故稱五斗米道。聞子恭有異術，特南訪子恭，願為弟子。子恭即收泰為徒，便將生平祕技，一一傳授。已而，子恭病死，泰為子恭高弟，就將那師家祕傳，試演一二，便得愚民信仰，奉若神明。泰性狡獪，青出於藍，往往藉端斂錢，自供揮霍，甚且為人禳災祈福，見有年輕女子，便乘機引誘，據為婢妾。愚民有何知識，但教有福可求，有災可避，就使傾資竭產，也是甘心。至若女生外嚮，本要嫁給人家，何妨進奉仙師，可徼全家福利。於是泰既得財帛，又得子女，食必粱肉，衣必文繡，最快樂的是左擁嬌娃，右抱麗姝，日夜演那彭祖採戰的祕戲，生下六個紅孩兒。左僕射王珣，聞他妖言惑眾，即請諸會稽王道子，把泰流戍廣州。偏廣州刺史王懷之，為泰所惑，竟使為郁林太守。

第八十三回　再發難王恭受戮　妖惑人孫泰伏誅

他復借術欺人，名馳南越。太子少傅王雅，本與泰交遊，竟向孝武帝前推薦，說他養性有方，因復召還都城，使為徐州主簿，尋遷輔國將軍，兼新安太守。王恭發難，泰私集徒眾，得數千人，號為義兵，為國討恭。黃門郎孔道，鄱陽太守桓放之，驃騎諮議周勰等，都替泰揶揚，聲譽日盛。就是會稽世子元顯，也時常詣泰，求習祕術。泰見天下起兵，以為晉祚將終，乃聚資鉅億，號召三吳子弟，意圖作亂。朝士多知泰異謀，只因元顯與泰相契，憚不敢發。獨會稽內史謝輶，密白道子，揭發泰隱。道子乃使元顯誘泰入都，泰昂然進見，不防道子廳前，伏著甲士，見奉進來，一齊突出，立將泰拿下，推出斬首，併發兵捕泰六子，盡加誅戮。只泰兄子孫恩，逃奔入海，愚民尚說泰蟬蛻成仙，糾資送往海島中，接濟孫恩。恩得聚合亡命百餘人，潛謀復仇。小子有詩嘆道：

人道反常妖自興，瓜刀幻術有何憑？
渠魁雖戮餘支在，東海鯨波又沸騰。

究竟孫恩能否起事，待至下回再表。

王恭初次發難，以討王國寶兄弟為名。國寶兄弟，驕縱不法，討之尚屬有名，至罪人已誅，收軍還鎮，已可謂遂志矣！諺有之：「得意不宜再往。」況庾楷本國寶餘黨，王愉之兼鎮豫州，所損唯楷，於恭無與，恭奈何偏信楷言，竟為楷所利用乎？引兵犯順，一再不已，其卒至身首異處者，非不幸也，宜也。殷仲堪桓玄楊佺期，約恭進擊，罪與恭同，幸得無恙。晉固威柄下移，而仲堪等蔑視朝廷，自相猜忌，有不至殺身不止者。無操懿之功，而思為操懿之行，未有不身誅族滅者也。孫泰妖言惑眾，妄思借討恭之名，號召徒黨，乘機作亂，不旋踵而父子駢戮，同歸於盡。《書》曰：「惠迪吉，從逆凶。」亶其然乎？

第八十四回
戕內史獨全謝婦　殺太守復陷會稽

　　卻說孫恩逃往海島，還想糾眾作亂，只因亡命諸徒，陸續趨附，尚不過百餘人，所以未敢猝發。適會稽王道子有疾，不能視事。世子元顯，竟暗諷朝廷，解去道子揚州刺史兼職，授與元顯，朝廷竟允所請。及道子疾得少瘥，始知此事，未免懊惱，但事成既往，無可奈何，徒落得一番空恨罷了。誰教你溺愛不明。元顯既得領揚州，引廬江太守張法順為謀主，招集親朋，生殺任意，併發東土諸郡，凡免奴為客諸人民，盡令移置京師，充作兵士。免奴為客，是得免奴籍，僑居東土諸客戶，故有是稱。東土囂然苦役，各有怨言。孫恩因民心騷動，遂得乘勢號召，集眾至千餘人，從海島中出發，登岸入上虞境，戕官據城，沿途劫掠，復引眾進攻會稽。

　　會稽內史謝輶，已經去職，換了一個王凝之。凝之就是前右軍羲之的次子，由江州刺史調任，素性迂僻，工書以外，沒甚才能，但奉五斗米道，講習符籙祈禱諸事。他妻便是謝道韞，乃安西將軍謝奕女，素有才名，略見前文。少時已善屬詩文，叔父安嘗問道韞，謂《毛詩》中何句最佳？道韞答云：「全詩三百篇，莫若《大雅·嵩高篇》云，吉甫作頌，穆如清風。仲山甫永懷，以慰其心。」安一再點首，謂道韞有雅人深致。又嘗當冬日家宴，天適下雪，安問雪何所似？兄子謝朗道：「撒鹽空中差可擬。」道韞微哂道：「未若柳絮因風起。」安不禁大悅，極稱道韞敏慧。已而適王凝之，歸寧時謁見伯叔，很是怏怏。安問道：「王郎乃逸少子，

第八十四回　戕內史獨全謝婦　殺太守復陷會稽

義之字逸少見前。並不惡劣，汝有何事未快呢？」道韞悵然道：「一門叔父，有阿大中郎。群從兄弟，有封胡羯末，不意天壤中乃有王郎。」以鳳隨鴉，無怪不樂。安也為嘆息不置。阿大疑即指安，中郎係指謝萬。萬曾為西中郎將。萬長子韶，小字為封，曾任車騎司馬。胡係朗小字，父據早卒，朗官至東陽太守，乃終。羯即玄小字，乃是道韞胞兄，位望最隆，詳見上文。還有謝川小字，就叫做末，也是道韞從兄，青年早逝。這四人俱有才名，為謝氏一門彥秀，所以道韞提及，作為凝之的反比例。看官閱此，便可知凝之的本來面目了。

　　凝之弟獻之，雅擅風流，為謝安所器重，闢為長史。他本來善談玄理，有時與辯客敘議，或至詞屈，道韞在內室聞知，即遣婢白獻之道：「欲為小郎解圍。」賓客聞言，一座皆驚。少頃用青綾步障，施設屏前，即由道韞出坐帷內，再申獻之前議，與客辯難，客亦詞窮而去。才女遺聞，應該補敘。及凝之赴任會稽，挈家同行，才越半年，即由孫恩亂起，將逼會稽城下。凝之並不調兵，亦不設備，廳室中向設天師神位，每日焚香諷經，至是聞寇氛日逼，但在天師座下，日夕稽顙，且叩且誦，幾把那道教中無上寶咒，全體念遍，又復起立東向，仗劍焚符，好像瘋子一般，令人可笑。張天師以捉妖著名，恩雖為妖人餘裔，奈部眾統是強盜，並非妖怪，天師其如恩何？官吏入見凝之，請速發兵討賊。凝之大言道：「我已請諸道祖，借得神兵數千，分守要隘，就使有十萬賊眾，也無能為了。」哪知凝之雖這般痴想，神兵終未見借到，反致賊勢日逼日近，距城不過數里。屬吏連番告急，凝之方許出兵，兵未調集，賊已麇至，城中人民，奪門避難，凝之尚在道室叩禱，忽有隸役入報導：「賊已入城了。」凝之方才驚起，急挈諸子出走，連妻謝道韞都不暇帶去。才行至十里左右，已被賊眾追及，僕從駭散，天尊無靈，只剩下父子數人，無從逃避，徒落強人手

中，牽縛至孫恩面前，由恩責訊數語，但說他殃民誤國，叱令梟首。凝之尚唸唸有詞，不知誦什麼避刀咒，無奈咒語仍然沒效，但聽得幾聲刀響，那父子數人的頭顱，統已砍去了。好去見天師了。

謝道韞尚在內室，舉動自如，及得凝之父子凶聞，始失聲慟哭，下了數行痛淚。百忙中還有主宰，命婢僕等昇入小輿，自己挈著外孫劉濤，乘輿出走，棄去細軟物件，但使各攜刀械，防衛身體。甫出署門，即有數賊攔住，道韞使婢僕與鬥，殺賊二人，餘賊返奔，復去糾賊百餘，前來搶擄。道韞見不可敵，索性下輿持刃，憑著那生平氣力，也與賊奮鬥起來。賊猝不及防，竟被砍倒數人，後來一擁齊上，才為所執。外孫劉濤，尚止數齡，自然一併擄去。道韞毫無懼色，但請往見孫恩。既至恩前，從容與語，說得有條有理，反令恩暗暗稱奇，不敢加害；唯見了幼兒劉濤，卻欲把他殺斃，道韞又抗聲道：「這是劉氏後人，今日事在王門，何關他族？必欲殺兒，寧先殺我！」恩也為動容，乃不殺濤，各令釋縛，使她自去。

道韞自是釐居會稽，矢志守節，律身有法。後來孫恩被逐，會稽粗安，太守劉柳聞道韞名，特往求見。道韞素知柳才，亦坦然出來，素髻素褥，自坐帷中，與柳問答。柳整冠束帶，側坐與談。道韞風韻高邁，敘談清雅，先述家事，慷慨流漣，徐酬問意，詞理圓到。柳談了片時，乃告退自嘆道：「巾幗中罕見此人，但瞻察言氣，已令人心形俱服了。」強盜且不敢加害，何況劉柳？道韞亦云：「親從闊亡，始遇此士，聽他問語，亦足開人心胸。」這也是惺惺惜惺惺的意思。先是同郡張玄，亦有慧妹，為顧家婦。玄每向眾自誇，足敵道韞。有濟尼往遊二家，或問及謝張兩女優劣，濟尼道：「王夫人神情散朗，自有林下風，顧家婦清心玉映，也不愧為閨房翹秀哩。」道韞所著詩賦誄頌，輯成卷帙，至壽終後，遺集流傳，膾炙人口。但古來才女，總不免有些命薄，曹大家讀若姑，見《漢書》。中年

喪夫，謝道韞自傷不偶，且致守孀，難道天意忌才，果不使有美滿姻緣麼？感慨中寓鄭重之意。話休敘煩。

且說孫恩既陷入會稽，遂高張巨幟，號召遠近。吳國內史桓謙，臨海太守王崇，義興太守魏隱，皆棄郡竄去。凡會稽吳郡吳興義興臨海永嘉東陽新安八郡，土豪蜂起，戕吏附賊。吳興太守謝邈，永嘉太守司馬逸，嘉興公顧胤，南康公謝明慧，黃門侍郎謝沖張琨，中書郎孔道等，相繼被殺。沖邈皆謝安從子，明慧又是沖子，過繼南康公謝石，故得襲封。邈兄弟且至滅門，罹禍尤慘。邈先納妾郗氏，頗加寵愛，嗣娶繼室郗氏，貌美心妒，為邈所憚。妾郗氏竟致見疏，陰懷忿懟，遂作書與邈，淒詞訣絕。邈知文非妾出，疑為門下士仇玄達所作，因黜玄達。玄達竟投依孫恩，引賊執邈，逼令北面下跪。邈厲聲道：「我未嘗得罪天子，何用北面？」此時頗有丈夫氣，奈何前憚一婦。說畢被害。玄達復搜邈家族，屠戮無遺。

時三吳承平日久，兵不習戰，但知望風奔潰，或且降附孫恩。恩住會稽旬餘，得眾至數十萬，遂自稱征東將軍，脅士人為官屬，號為長生黨。士民或不肯相從，立屠家屬，戮及嬰孩。每拘邑令，輒醢為肉醬，令他妻子取食，一不從令，即支解徇眾。所過諸境，掠財物，毀廬舍，焚倉廩，無論男女，悉驅往會稽充役。婦人顧戀嬰兒，未肯即行，便把她母子盡投水中，且笑祝道：「賀汝先登仙堂，我當隨後就汝。」想是恩自知結果，故有此讖語。百姓橫遭酷虐，不可勝數。恩恐師出無名，未足動眾，乃上表罪會稽王父子，請即加誅。晉廷當然不許，遂內外戒嚴，復加會稽王道子黃鉞，進元顯為領軍將軍，命徐州刺史謝琰，兼督吳興義興諸軍事，徵兵討恩。青兗七州都督劉牢之，自請擊賊，拜表即行。謝琰為謝安次子，頗負重望，既奉詔督軍，即調集兵士，長驅直進。行至義興，與賊黨許允之，一場大戰，便將允之首級取來，義興城唾手奪還。召回前太守魏隱，

仍令照前辦事。再移兵進攻吳興，又破賊邱尪，可巧劉牢之亦麾軍到來，遂與他分頭征剿，轉鬥而前，所向皆克。琰留屯烏程，遣司馬高素助牢之，南臨浙江。有詔命牢之都督吳郡諸軍事，牢之引彭城人劉裕為參軍。看官聽說，這劉裕係亂世梟雄，就是將來的宋武帝。此時正當發軔，自然英武特出，比眾不同。相傳裕為漢楚王交二十一世孫，交嘗受封彭城，後裔就在彭城居住。嗣隨司馬氏東遷，方移居丹徒縣京口裡。裕字德輿，小名寄奴，幼時貧賤，粗識文字，好騎射，善樗蒱，無計謀生，沒奈何織屨為業。嘗至荻州伐荻作薪，忽遇著大蛇一條，長約數丈，他急拔箭射去，適中蛇兩目間，蛇負痛自去。次日復往，見有群兒搗藥，便問作何用？一兒答道：「我王為劉寄奴所傷，故遣我等採藥，搗敷傷痕。」裕又問：「汝王為誰？」兒答為山神。裕驚詫道：「山神豈不能殺一寄奴？」兒又謂：「寄奴王者不死。」裕聽了兒言，膽氣益壯，便叱退群兒，把臼中藥取歸，每遇傷痕，一敷即愈。自此襟期遠大，有出仕意，遂往投冠軍將軍孫無終麾下，充入行伍，未幾，即擢為司馬。裕為一朝主子，故敘明履歷。

　　牢之嘗聞裕智勇過人，因即引參軍事，與商計議，多出意表。牢之使裕率數十人，往探賊勢。裕毅然徑行，途次遇賊數千名，即挺身與鬥，從人多死，裕亦逼墜岸下。賊欲下岸刺裕，裕手中執著長刀，仰斫數人，復一躍登岸，大呼殺賊，賊竟駭走。適牢之子敬宣，見裕久出不歸，恐他遇險，因引兵往尋，及見裕孑身驅賊，不禁驚嘆，遂助裕進擊，斬獲賊黨千餘人，然後回營。

　　孫恩前據會稽，聞八郡響應，喜出望外，便笑語黨羽道：「取天下如反掌了，我當與諸君朝服至建康。」嗣因賊黨屢敗，又聞牢之兵已臨江，復對眾嘆息道：「我割浙江以東，尚不失為越勾踐哩。」至牢之引兵渡江，防賊相繼潰歸，恩扼腕道：「孤不羞走，將來再出未遲。」遂驅男女二十

第八十四回　戕內史獨全謝婦　殺太守復陷會稽

餘萬口，向東急奔，沿途拋散寶物子女，賺弄官軍。果然官軍從後追躡，見了珍奇的寶物，髻秀的子女，無不爭取，遂至趨路遲滯，不得及恩，恩復逃入海島中去了。高素亦連破賊黨，斬恩所署吳郡太守陸瑰，吳興太守邱尪，餘姚令孫穆夫。東土人民，稍稍還復舊居。唯官軍亦不免縱掠，以暴易暴，殊失民望。朝廷慮恩復至，用謝琰為會稽太守，都督五郡軍事，率領徐州文武，鎮守海浦。琰以資望守越，時論總道他駕馭有方，可無後患，那知他蒞任以後，荒廢職務，既不撫民，又不訓兵，鎮日裡閒居廳舍，飲酒自遣。將佐多入請道：「強賊在海，伺人形便，宜廣揚仁風，寬以濟猛，俾彼自新。」琰傲然道：「苻堅擁兵百萬，尚自送死淮南，況孫恩敗奔海島，怎能復出？如或出來，乃是天殲賊黨，令他速死了。」遂不從所請。

既而孫恩果復寇浹口，入餘姚，破上虞，進逼邢浦，距山陰北只三十五里。琰乃遣參軍劉宣之引兵往擊，得破賊眾，恩又退還海中。宣之還軍報琰，琰益以為賊不足慮，高枕無憂。偏孫恩探得官軍已返，復領眾登岸，再攻上虞。太守張虔碩驅兵出戰，為恩所破，敗走邢浦。恩乘勝進擊，戍兵多望風駭退，於是賊勢復張，人情大駭。警報紛至琰所，琰尚不以為意，將吏又請諸琰前，謂：「宜嚴加防堵，挫遏賊鋒。」琰還搖首道：「彼來送死，待我一出，便可立殲了。」談何容易。或謂：「賊頗猖獗，未可輕視，最好是預遣水軍，埋伏南湖，俟他到來，發伏邀擊，不患不勝。」此計最妙。琰付諸一笑，總道是賊黨烏合，容易破滅，不必多設機謀。

遷延了一兩日，賊已大至，琰尚未朝食，聞報即出，招集將士，便命擊賊。帳下督張猛，請食畢後行。琰瞋目道：「麼麼小醜，一鼓可平，我當先滅此寇，再來會食未遲。」猛又道：「眾皆枵腹，如何從戎？」琰不待說畢，便厲聲喝道：「汝敢違我軍令麼？左右快與我拿下，斬訖報來！」他

將見琰動怒，乃環跪帳前，為猛乞免。琰尚執著「死罪可免，活罪難饒」二語，令把猛笞杖數十，然後發放。一面出廳上馬，命廣武將軍桓寶為先鋒，匆匆出戰。行至江塘，與賊相遇，寶頗有膽力，前驅陷陣，殺賊甚多。琰見先鋒得勝，麾兵急進，怎奈塘路迫狹，不能四面直上，只好魚貫而前。琰尚恨遲慢，從後催趲，不防江外有賊艦驅至，艦中賊彎弓迭射，競向官軍射來。官軍無法避免，多被射倒，賊復從艦中登岸，上塘衝擊，把官軍截做兩段，官軍前後不能相顧，前面的賊黨，頓時起勁，圍住桓寶。寶雖稱驍悍，究竟不能久持，手下所領的兵士，又是飢敝得很，無力再戰，寶自知必死，索性下馬格鬥，殺賊數十人，刀缺力竭，自刎而亡。餘眾盡做了刀下鬼兵。

那謝琰領著後隊，不得前進，自然倒退，到了千秋亭，賊眾不肯相舍，還是惡狠狠的趕來。琰正在著忙，忽背後有一騎馳至，用刀斫琰馬尾，馬負痛倒地，琰亦墜下，頂上又著了一刀，便即歸陰。究竟是為何人所殺？原來就是帳下督張猛。猛既殺琰洩恨，逼官軍降賊，官軍或逃或降，賊得與猛同入會稽。一不做，二不休，可恨逆猛忍心，還要屠琰家眷。琰有二子肇峻，俱為所害，只有少子混曾尚晉陵公主，孝武帝女。就職都中，幸得免難。後來劉裕破賊左裡，活擒張猛，押送與混。混刳出猛肝，生食洩忿。有詔謂：「琰父子隕於君親，忠孝萃於一門，應並加旌典。」乃追贈琰為侍中司空，予諡忠肅。琰子肇得贈散騎常侍，峻得贈散騎侍郎。小子有詩嘆道：

謝家琪草本多栽，況復東山受訓來。
誰料驕兵遭敗劫，捐軀徒使後人哀！

孫恩再入會稽，轉寇臨海，晉廷當然遣將抵禦，欲知後事，請看官續閱下回。

第八十四回　戕內史獨全謝婦　殺太守復陷會稽

　　孫恩能殺王凝之，而不能殺謝道韞，非有幸有不幸也。凝之迷通道教，不知戰守，其死也固宜；道韞以一婦人，能從容抗賊，不為所屈，恩雖劇盜，亦詫為未有，縱之使去。林下高風，令人傾倒，是固《列女傳》中獨占一席者也。造物忌才而故阨之，又若憐才而特佑之，道韞有知，其亦可無遺恨歟？謝琰為安次子，資望並崇，當其奉詔討賊，累戰皆克，亦非真庸劣無能者比。厥後鎮守會稽，乃不聽將佐之謀，倉猝戰敗，致為忿將所戕，斯皆由驕之一字誤之耳。曹操苻堅，擁兵百萬，猶以驕盈復衆，況謝琰乎！

第八十五回
失荊州參軍殉主　棄苑川乾歸逃生

　　卻說晉廷聞謝琰戰歿，亟遣將軍孫無終、桓不才、高雅之等，分討孫恩。恩轉寇臨海，為雅之所擊，退走餘姚。雅之進兵再戰，竟至敗績，退保山陰，部眾十死七八，詔令劉牢之都督會稽五郡，率眾擊恩。恩頗憚牢之兵威，復走入海。牢之乃東屯上虞，使劉裕戍勾章，吳國內史袁崧，築壘滬瀆，作為後備，才得少安。唯荊州刺史殷仲堪，前次雖不聽佺期，未襲桓玄，但心中也恐玄跋扈，足為己患，所以與佺期仍相聯繫，互結姻緣。玄也頗聞佺期密謀，先事豫防，督兵屯戍夏口，用始安太守卞范之為長史，充作謀主；且引庾楷為武昌太守。楷嘗挾嫌尋釁，見嫉朝廷，故仲堪等免罪，楷獨不得遇赦。玄引罪人為心腹，已隱與朝廷反抗，偏又上告執政，謂：「殷楊必再滋事，請先給特權，以便控制」云云。會稽王道子等，亦欲三人自相構隙，使他乖離，乃加玄都督荊州四郡軍事。又以玄兄桓偉，代佺期兄廣為南蠻校尉，佺期原是不平，廣更忿恨的了不得，定要興兵拒偉。唯佺期尚未敢遽發，禁廣暴動，且出廣為宜都建平二郡太守。會後秦主姚興，寇晉洛陽，擒去河南太守辛恭靖，河洛一帶，相繼陷沒。佺期想出一條聲西擊東的計策，部署兵馬，陽言援洛，暗中實欲襲玄；自思兵力未足，仍遣使商諸仲堪。何苦尋釁？仲堪又恐佺期得勢，也非己利，因覆書苦勸，並遣從弟遹屯北境，防遏佺期。佺期不能獨舉，且未測仲堪命意，因此斂兵不動。仲堪多疑少決，諮議參軍羅企生，密語弟遵生

第八十五回　失荊州參軍殉主　棄苑川乾歸逃生

道：「殷公優柔寡斷，終必及禍，我既蒙知遇，義不可去，將來必與彼同死了。」遵生也為太息。但見兄已決死，不好勸他引退，只好聽天由命罷了。前時胡藩曾勸羅早去，羅終未決，雖士為知己者死，但仲堪非忠義臣，何必與同死生！是時，荊州水溢，洪流遍地，仲堪偏發倉廩，賑濟饑民。桓玄欲乘他空虛，先攻仲堪，繼及佺期，表面上也以救洛為名，籌備軍事，先遣人致書仲堪道：

「佺期受國恩而棄山陵，宜共罪之。今當入沔，討除佺期，已屯兵江口，若公與同心，可速收楊廣殺之。如其不爾，便當率兵入江，公其毋悔！」

仲堪得書，不答一詞。玄遂遣兵襲入巴陵，奪取積穀，作為軍糧。適梁州刺史郭銓，奉命赴官，道經夏口，玄把銓留住，詐稱朝廷遣銓助己，使為前鋒，撥給江夏部曲，督同諸軍並進，且密報兄偉，使為內應。偉毫不預備，急切不知所為。仲堪亦稍有所聞，便迫偉入見，詰問桓玄消息。偉恐為所殺，只好和盤說出，謂與自己無干。仲堪將偉拘住，使與玄書，說得情詞迫切，籲乞退軍。玄覽書微笑道：「仲堪為人，素少決斷，必不敢加害我兄，我可無憂，儘管準備進兵便了。」遂使部將郭銓苻宏，掩至江口，與殷遹軍相值。遹倉猝接戰，敗還江陵。仲堪再遣楊廣，及從子道護等往拒，又為玄軍所敗，江陵震駭；且因城中乏食，用胡麻代糧，權時充飢，偏桓玄乘勝進逼，前鋒距江陵城，僅二十里，仲堪大懼，急召楊佺期過援。佺期道：「江陵無糧，如何待敵？可請來相就，共守襄陽。」仲堪得報，不欲棄州他往，乃復遣人給佺期道：「現已收儲糧米，不虞無食了。」此事豈可騙得？佺期信以為真，即率步騎八千，直趨江陵，仲堪無糧可給，但使人挑出數擔胡麻飯，餉佺期軍。莫非使他盡去登仙？佺期始知被紿，勃然大怒道：「這遭又敗沒了！」遂不暇入見仲堪，忙與兄廣一同

擊玄。玄聞佺期挾銳前來，暫避凶鋒，退屯馬頭，但令郭銓留戍江口。佺期殺將過去，銓兵少勢孤，怎能抵敵？險些兒被他擒住，幸虧逃走得快，才保性命。佺期等既得勝仗，休息一宵，銳氣已減，誰知桓玄領著大兵，突然殺到，闖入佺期營內。佺期兵立時譁散，單剩佺期兄弟二人，如何退敵？沒奈何拚命逃生，奔往襄陽。途次被玄將馮該，引兵追到，佺期及廣，無處可奔，束手受死。馮該怎肯容情，便將他兄弟縛去獻玄。玄立命梟斬，傳首建康。佺期弟思平，與從弟尚保孜敬，逃入蠻中。

　　仲堪聞佺期敗走，即出奔酇城，旋接佺期死耗，又率數百人西奔。將赴長安，行至冠軍城，為玄軍追及，數百人逃避一空，只有從子道護隨著，四顧無路，兩叔姪被捉去一雙，還至柞城，逼令仲堪自殺。道護撫屍慟哭，也為所害。仲堪嘗信奉釋道，不吝財賄，唯專務小惠，未識大體；及桓玄來攻，尚求仙禱佛，毫無戰守方略，終致敗死。後由仲堪子簡之，覓得遺骸，移葬丹徒，廬居墓側，有復仇志，事且慢表。先是仲堪出走時，文武官屬，無一人送行，獨羅企生隨與同往。路經家門，適弟遵生待著，便語企生道：「今日作這般分離，何可不握手言別？」企生乃停轡授手，遵生素有膂力，竟將企生牽腕下馬，且與語道：「家有老母，去將何往？」企生揮淚道：「我決與殷公同死，不宜失信，但教汝等奉養老母，不失子道，便是羅氏一門忠孝兩全，我死亦無遺恨了。」遵生仍然牽住，不令脫身。仲堪回頭遙望，見企生被弟掖住，料無脫理，因即策馬自去，故企生尚得不死。及桓玄已殺仲堪，唾手得了荊州，自然急詣江陵。江陵人士，統去迎謁，唯企生不往，專為仲堪辦理家事。有友人馳語企生道：「君為何不識時務？恐大禍就在目前了。」企生道：「殷公以國士待我，我何忍相負？前為我弟所制，不得隨行，共除醜逆，今有何面目去見桓玄，屈志求生呢？」這數語為玄所聞，當然忿恨，但頗憐惜企生材具，乃使人傳語

第八十五回　失荊州參軍殉主　棄苑川乾歸逃生

道：「企生若肯來謝我，必不加罪。」企生慨然道：「我為殷荊州屬吏，殷荊州已死，我還去謝何人？」玄因企生不屈，遂將他收繫獄中，復遣人問企生，尚有何言？企生道：「前文帝嘗殺嵇康，康子紹仍為晉忠臣，今我不求生，只乞活一弟，終養老母。」玄乃引企生至前，自與語道：「我待汝素厚，何故見負？難道真不怕死麼？」企生道：「使君興音陽甲，出次尋陽，與殷荊州並奉王命，各還本鎮，當時升壇盟誓，言猶在耳。今口血未乾，乃遽生奸計，食言害友。企生自恨庸劣，不能翦滅凶逆，死已嫌遲，還怕什麼！」玄被他詰責，益覺惱羞成怒，因令左右將企生斬訖，總算釋免遵生，不使連坐。企生母胡氏，嘗由玄贈一羔裘，及企生遇害，胡母即日焚裘。玄雖然聞知，也置諸不理，企生嘗列《晉書‧忠義傳》中，非不足以風世，但企生出處，亦欠斟酌。唯上表歸罪殷楊，自求兼領荊州。晉廷但務羈縻，並不責玄專殺，只調玄都督荊司雍秦梁益寧七州軍事，領荊州刺史，另起前將軍桓修為江州刺史。玄得了荊州，失去江州，心仍不甘，再上疏固求江州。於是加督八州，兼領江荊二州刺史。玄兄偉未曾被害，由玄擅授為雍州刺史，且令從子振為淮南太守。朝廷不敢違忤，遂致玄肆無忌憚，越要恃勢橫行了。為下文謀逆伏案。

是時，河北諸國，後秦最強。秦主姚興，禮耆碩，登賢俊，講求農政，整飭軍容，嘗遣弟姚崇寇晉洛陽。晉河南太守辛恭靖，固守百餘日，援絕糧盡，城乃被陷。恭靖被執至長安，得見姚興。興與語道：「卿若肯降我，我將委卿以東南重任，可好麼？」恭靖厲色道：「我寧為國家鬼，不願為羌賊臣。」再敘辛恭靖事，無非稱美忠臣。興雖不免動怒，將他幽錮別室，但也未嘗加刑。後來恭靖逾垣逃歸，興也不欲追趕，由他自返江東。唯自洛陽陷沒，淮漢以北諸城，多半降秦，姚興並不矜誇；且因日月薄蝕，災眚屢見，自削帝號，降稱秦王。凡群公卿士，將帥牧守，俱令降級一等，

存問孤寡，簡省法令，清察獄訟，嚴定賞罰，遠近肅然，推為美政。

西秦主乞伏乾歸，自殺退涼主呂光後，與南涼主禿髮烏孤和親，互結聲援；又討服吐谷渾，攻克支陽鸇武允吾三城，威焰日盛。接應七十九回。只因所居西城南景門，無故忽崩，慮及不祥，乃復自西城遷都苑川。後秦主姚興，恐乾歸逼處西陲，勢大難制，乃擬先發制人，特遣徵西大將軍隴西公姚碩德，統兵五萬攻西秦，趨南安峽。乾歸出次隴西，督率將士，抵禦碩德。俄聞興潛軍將至，因召語諸將道：「我自建國以來，屢摧勁敵，乘機拓土，算無遺策，今姚興傾眾前來，兵勢甚盛，山川阻狹，未便縱騎與敵，計唯誘入平川，待他懈怠，然後縱擊，國家存亡，在此一舉，願卿等努力殺賊，毋少退縮。若能梟滅姚興，關中地便為我有了。」於是遣衛軍慕容允，率中軍二萬屯柏陽。鎮軍將軍羅敦，率外軍四萬屯侯辰谷。乾歸自引輕騎數千，前候秦軍。

會大風驟起，陰霧四霾，軍士無故自駭，東奔西散，致與中軍相失。姚興卻驅軍追未，乾歸忙馳入外軍。詰旦，天霧少晴，開營出戰，敵不過秦軍銳氣，前隊多半傷亡，後隊便即奔潰。乾歸見勢不佳，棄軍急走，逃歸苑川，餘眾三萬六千，盡降姚興。興遂進軍枹罕，乾歸不能再戰，復自苑川奔金城，泣語諸豪帥道：「我本庸才，謬膺諸軍推戴，叨竊名號，已逾一紀。今敗潰至此，不能拒寇，只好西趨允吾，暫避寇焰，但欲舉眾前往，勢難速行，倘被寇眾追及，必致俱亡。卿等且留居此城，萬一不能保全，儘可降秦，免屠家族，此後可不必念我了。」何前倨而後恭？諸豪帥齊答道：「從前古公杖策，豳人歸懷，玄德南奔，荊楚襁負，臨歧泣別，古人所悲，況臣等義深父子，怎忍相離？情願隨著陛下，誓同生死！」乾歸道：「從古無不亡的國家，如果天未亡我，再得興復，卿等復可來歸，何必今朝俱死呢？況我將向人寄食，亦不便攜帶多人。」諸豪帥見乾歸志

第八十五回　失荊州參軍殉主　棄苑川乾歸逃生

決，乃送別乾歸，慟哭而返。乾歸遂率著家屬，數百騎西走允吾，一面遣人至南涼，奉書乞降。

南涼主禿髮烏孤，因酒醉墜馬，傷脅亡身，僭位僅及三年。遺命宜立長君，乃立弟涼州牧利鹿孤為嗣主，改元建和，追諡烏孤為武王。才閱半年，即得乾歸降書，乃令弟廣武公傉檀，往迎乾歸，使居晉興，待若上賓。鎮北將軍禿髮俱延，入白利鹿孤道：「乾歸本我屬國，妄自尊大，今勢窮來歸，實非本心，他若東奔姚氏，必且引兵西侵，為中國患，故不如徙置西陲，使他不得東往，才可無憂。」利鹿孤道：「我方以信義待人，奈何疑及降王，徙置窮邊？卿且勿言！」俱延乃退，已而乾歸得南羌梁弋等書，謂：「秦兵已撤回長安，請乾歸還收故土。」乾歸即欲東行，偏為晉興太守陰暢所聞，馳白利鹿孤。利鹿孤遣弟吐雷，率騎三千，屯紮天嶺，監察乾歸。乾歸恐為利鹿孤所殺，因囑子熾磐道：「我因利鹿孤誼兼姻好，情急相投，今乃忘義背親，謀我父子，我若再留，必為所害。今姚興方盛，我將往附，若盡室俱行，必被追獲，現唯有送汝兄弟為質，使彼不疑，我得至長安，料彼也不敢害汝呢。」熾磐當然從命。乾歸即送熾磐兄弟至西平，作為質信。果然利鹿孤不復加防，乾歸得潛身東去。去了二日，利鹿孤始得聞知，急遣俱延往追，已是不及。

那乾歸徑詣長安，往降姚興。興喜得乾歸，即命他都督河南軍事，領河州刺史，封歸義侯。尋復遷還苑川，使收原有部眾，仍然留鎮。乞伏熾磐質押西平，常思乘間竊逃，奔依乃父。一日已得脫行，偏被利鹿孤探知，遣騎追還。利鹿孤欲殺熾磐，還是廣武公傉檀，替他解免，說是：「為子從父，乃是常情，不足深責，宜加恩寬宥，表示大度。」利鹿孤乃赦免熾磐，不復加誅。熾磐心終未死，過了年餘，竟得逃還苑川。乾歸大喜，使他入朝姚興。興命為振忠將軍，領興晉太守。熾磐父子，總算共事

姚氏，暫作秦臣。虎兒終難免出柙。唯南涼禿髮氏，與後涼呂氏，常有戰爭，小子宜就此補敘，表明後涼衰亂情形。呂光晚年，政刑無度，土宇分崩，除北涼段業，另行建國，已見前文外，見七十九回。尚有散騎常侍太史令郭䴡，讀若賁。連結西平司馬楊統，叛光為亂，借兵南涼，於是兩涼構兵，差不多有一年餘。䴡頗識天文，素善占候，為涼人所信重。會熒惑星守東井，䴡語僕射王詳道：「涼地將有大兵，主上老病，太子闇弱，太原公指呂光庶長子纂。又甚凶悍，我等為彼所忌，倘或亂起，必為所誅。現田胡王乞基兩部最強，東西二苑衛兵，素服二人，我欲與公共舉大事，推乞基為主帥，俟得據都城，再作計較。」詳頗以為然，與䴡約期起事。不料事尚未發，謀已先洩，王詳在內，首被捕誅。䴡即據東苑，集眾作亂。涼主呂光，急召太原公纂討䴡，纂司馬楊統，為䴡所誘，密告從兄桓道：「郭䴡舉事，必不虛發，我欲殺纂應䴡，推兄為主，西襲呂弘，據住張掖，號令諸郡，這卻是千載一時的機會哩。」桓勃然道：「臣子事君，有死無貳，怎得稱兵從亂？呂氏若亡，我為弘演，尚是甘心哩。」弘演係春秋時衛人，見《列國志》。統見兄不從，恐為所訐，遂潛身奔䴡。太原公纂，初擊䴡眾，為䴡所破。嗣由西安太守石元良來援，方得殺敗䴡兵。䴡先入東苑，拘住光孫八人，及兵敗生憤，把光孫一併殺死，肢分節解，飲血盟眾。眾皆掩目，慘不忍睹。識天文者果如是耶？

適涼人張捷宋生等，糾眾三千，起據休屠城，與䴡勾通，共推涼後軍楊軌為盟主。軌遂自稱大將軍涼州牧西平公，令司馬郭偉為西平相，率步騎二萬人，往助郭䴡。䴡已打了好幾個敗仗，遣人至南涼乞援。南涼利鹿孤傉檀，先後發兵赴救，兩路兵共逼姑臧，涼州大震，虧得呂纂已驅䴡出城，嚴兵把守。䴡兵十死五六，餘眾因䴡性殘忍，盡已離心。䴡不禁氣奪。至楊軌進營城北，欲與纂決一雌雄，反被䴡從旁阻住，屢引天道星

第八十五回　失荊州參軍殉主　棄苑川乾歸逃生

象，作為證據，只說是不宜急動，急動必敗。此時想又換過一天，故前後言行不符。看官試想！行兵全仗一股銳氣，若久頓城下，不戰自疲；還有南涼兵遠道前來，攜糧不多，利在速戰，但因楊軌等未嘗動手，也只好作壁上觀，不但兵糧日少一日，軍心也日懈一日，相持至數閱月，已有歸志。會涼常山公呂弘，為北涼沮渠男成所攻，擬自張掖還趨姑臧。涼主呂光，令呂纂發兵往迎，楊軌聞報，語將士道，「呂弘有精兵萬人，若得入姑臧，勢且益強，涼州萬不可取了。」乃與南涼兵邀擊纂軍。纂正防此著，驅軍大殺一陣，南涼兵先退，軌亦敗退，於是紛紛潰散。郭黁先東奔魏安，軌與王乞基等南走廉川。南涼兵當然歸國，姑臧解嚴，纂與宏安然入都。唯呂光受了一番虛驚，老病益甚，要從此歸天了。小子有詩嘆道：

重瞳肉印並奇聞，誰料耄昏治日棼。
十載光陰徒一瞥，五胡畢竟少賢君。

欲知呂光臨死情形，且至下回說明。

殷仲堪與楊佺期，皆非桓玄敵手，仲堪之失在畏玄，佺期之失在忌玄。畏玄者終為所制，忌玄者不能制玄，終必失敗，其結果同歸一死而已。羅企生不從胡藩之言，甘心殉主，徒死無益，殊不足取。唯當世道陵夷之日，猶得一視死如歸之烈士，不可謂非名教中人，《晉書》之列入《忠義傳》，良有以也。乞伏乾歸，承兄遺業，斬楊定，殺呂延，拓地西陲，幾若一鮮卑霸王，然姚興兵至，一敗即奔，又何其怯也？姚興能屈服乾歸，而呂光反為所屈，此後涼之所以一蹶不振也夫。

第八十六回
受逆報呂纂被戕　據偏隅李暠獨立

卻說後涼主呂光，老病已劇，自知不起，乃立太子紹為天王，自稱太上皇，命庶長子纂為太尉，纂弟弘為司徒，且力疾囑紹道：「我之病勢日增，恐將不濟，三寇窺窬，指南涼北涼西秦。迭伺我隙，我死以後，汝宜使纂統六軍，掌朝政。委重二兄，尚可保國，倘自相猜貳，起釁蕭牆，恐國祚從此殄滅了。」說畢，又召纂弘入囑道：「永業紹字永業。非撥亂才，但因正嫡有常，使為元首，今外有強寇，人心未寧，汝兄弟能互相輯睦，自可久安，否則內自相圖，禍不旋踵，我死亦難瞑目呢。」乘亂竊國，怎得久存？纂與弘受命而退。未幾光死，享年六十三，在位十年。已算久長。紹恐有內變，祕不發喪。已忘父訓。纂已聞知，排闥入哭，盡哀乃出。紹所忌唯纂，恐為所害，乃呼纂與語道：「兄功高年長，宜承大統，我願舉國讓兄。」纂答道：「臣雖年長，但陛下係國家塚嫡，不能專顧私愛，致亂大倫。」紹尚欲讓纂，纂終不從，紹乃嗣位，為父發喪，追諡光為懿武皇帝，廟號太祖。

光有從子二人，長名隆，次名超，皆為軍將。此次送葬已畢，超即乘間白紹道：「纂連年統兵，威震內外，臨喪不哀，步高視遠，看他舉止，必成大變，宜設法早除，方安社稷。」紹搖首道：「先帝顧命，音猶在耳，況我年尚少，驟當大任，方賴二兄安定家國，怎得相圖？就使彼若圖我，我亦視死如歸，終不忍自戕骨肉，願卿勿言！」超又道：「纂威名素盛，安

第八十六回　受逆報呂纂被戕　據偏隅李暠獨立

忍無親，今不早圖，後必噬臍。」勸人殺兄，難道非安忍無親麼？紹半晌答道：「我每念袁尚兄弟，未嘗不痛心忘食，寧可待死，不願相戕。」恐非由衷之言。超嘆息道：「聖人嘗言，知幾其神，陛下臨幾不斷，臣恐大事去了。」既而紹在湛露堂，適纂進來白事。超持刀侍側，屢次顧紹，用目示意，欲紹下令收纂。紹終不為動，纂得從容退去。

　　弘前得光寵，望為世子，及紹得嗣立，弘常懷不平，至是遣尚書姜紀，私下語纂道：「先帝登遐，主上闇弱，兄嘗總攝內外，威震遠邇，弟欲追蹤霍子孟，即漢霍光。廢暗立明，即推兄為中宗，兄以為何如？」又是一個亂首。纂尚覺躊躇，再經姜紀慫恿數語，動以利害，不由纂不從弘議，遂夜率壯士數百人，潛逾北城，攻廣夏門。弘亦率東苑衛士，斫洪範門，與纂相應。左衛將軍齊從，方守融明觀，聞禁門外有諠譟聲，即孑身出視，問為何人？纂手下兵士齊聲道：「太原公有事入宮。」從抗聲道：「國有大故，主上新立，太原公行不由道，夜入禁門，莫非謀亂不成？」說著，即抽劍直前，向纂剁去。纂連忙閃過，額已被傷，左右爭來救纂，與從對敵。從雙手不敵四拳，終為所擒。纂稱為義士，宥從勿殺。紹在宮中聞變，乃遣武賁中郎將呂開，率禁兵出戰端門。呂超亦引眾助戰，偏兵士都憚纂聲威，相率潰散。纂得入青光門，升謙光殿，紹知不可為，趨登紫閣，自刎而亡，超獨出奔廣武去了。

　　弘入殿見纂，纂見弘部眾強盛，也不得不佯為推讓，勸弘即位。弘微笑道：「紹為季弟，入嗣大統，所以人心未順，因有此變。我違先帝遺訓，愧負黃泉，若復越兄僭號，有何面目偷息人間？大兄年長才高，威名遠振，宜速就大位，安定人心。」纂遂僭稱天王，改元咸寧，諡紹為隱王，命弘為侍中大都督大司馬車騎大將軍，錄尚書事，封番禾郡公。此外封拜百官，不勝具述。唯前左衛將軍齊從，仍令復職。纂引從入見，且與語

道：「卿前次砍我，未免太甚。」從泣答道：「隱王為先帝所立，臣當時唯知有隱王，尚恐陛下不死，怎得說是太甚呢？」纂仍嘉從忠，優禮相待，且遣人慰諭呂超，說他跡不足取，心實可原。超乃上疏陳謝，得復原官。

唯弘因功名太盛，恐不為纂所容，時有戒心，纂亦不免加忌。兩下裡猜嫌已久，弘竟從東苑起兵，圍攻禁門。纂遣部將焦辨，率眾出擊，弘戰敗出奔，逃往廣武。纂縱兵大掠，所有東苑將士的婦女，悉充軍賞。弘妻女不及出走，也被纂兵掠去，任意淫汙。纂自鳴得意，笑語群臣道：「今日戰事，卿等以為何如？」侍中房晷應聲道：「天禍涼室，釁起蕭牆，先帝甫崩，隱王幽逼，山陵甫訖，大司馬驚疑肆逆，京邑交兵，骨肉相戕，雖由弘自取夷滅，究竟陛下亦未善調和。今宜省己責躬，慨謝百姓，乃反縱兵大掠，汙辱士女，釁止一弘，百姓何罪？況弘妻為陛下弟婦，弘女為陛下姪女，奈何使無賴小人，橫加凌侮？天地鬼神，豈忍見此？」讜直可風。說罷，唏噓泣下。纂亦不禁改容，乃禁止騷擾，召還弘妻及男女至東宮，妥為撫養。已被人汙辱得夠了。尋由征東將軍呂方，執弘繫獄，飛使告纂。纂使力士康龍，馳往殺弘。康龍將弘拉死，還歸覆命。身為戎首，宜其先亡。纂妻楊氏，為弘農人楊桓女，美豔絕倫，纂即立為皇后，授后父桓為散騎常侍，尚書左僕射，封金城侯。且因內亂已平，侈圖遠略，遂擬興兵往攻南涼。中書令楊穎進諫道：「禿髮利鹿孤，上下用命，國未有釁，不宜遽伐。今且繕備兵馬，勸課農桑，待至有機可乘，然後往伐，乃可一舉蕩平。今日國家多事，公私兩困，若非先固根本，內患恐將復起，願陛下計出萬全，毋輕用兵。」纂不肯從，竟引兵渡浩亹河，侵入南涼境內，果為利鹿孤弟傉檀所敗。纂尚未肯罷休，復移兵西襲張掖。尚書姜紀又諫道：「今當盛夏，農事方殷，若廢農用兵，利少害多，且逾嶺攻虜，虜亦必乘虛來襲都下，不可不防，還請回軍為是。」纂尚不以為然，侈然

第八十六回　受逆報呂纂被戕　據偏隅李暠獨立

說道：「利鹿孤有什麼大志，若聞朕軍大至，自守尚且不暇，還敢來攻我都麼？」已經一敗，還要自誇。遂進圍張掖。偏僞檀不即赴援，竟引兵入逼姑臧，當由姑臧守將，飛報纂軍。纂慌忙馳還，僞檀乃收兵退去。

先是纂弒紹據國，姑臧城內，有母豬生一小豬，一身三頭；又有黑龍出東箱井中，蟠臥殿前，良久方去。纂目為祥瑞，改殿名為龍翔殿。俄而黑龍又升懸九宮門，纂復改名九宮門為龍興門。大約是條黑蛇，纂強名為黑龍。時西僧鳩摩羅什，尚在姑臧，因呂光父子，不甚聽從，所以閒居寺中，無所表白，至是聞纂用兵不已，才入殿告纂道：「前時潛龍屢出，豕且為妖，恐有下人謀上的隱禍，宜亟增修德政，上挽天心。」纂雖當面應諾，卜令罷兵；但性好遊畋，又耽酒色，越是酣醉，越是喜遊。楊穎一再諫阻，終不少改；再經殿中侍御史王回，中書侍郎王儒，叩馬極諫，仍然不從。好容易過了一年，呂超調任番禾太守，擅發兵擊鮮卑思盤。思盤遣弟乞珍，至姑臧訴纂謂超無故加兵。纂乃徵超與思盤，一同入朝。超至姑臧，當然懼罪，先密結殿中監杜尚，求為內援，然後進見。纂怒目視超道：「汝仗著兄弟威勢，敢來欺我，我必須誅汝，然後天下可定。」超叩首求免，纂乃將超叱退。欲斬即斬，何必虛張聲勢，況超固有可誅之罪耶！

超趨出殿門，心下尚跳個不住，乃急往兄第。兄隆為北部護軍，此時正返姑臧，便與超密商多時，決定異謀，伺機待發。也是纂命已該絕，不能久待，越日即引入思盤，與群臣會宴內殿，又召隆超兩人，一同預席，意欲為超與思盤，雙方和解。當下和顏與語，談飲甚歡。超佯向思盤謝過，思盤亦不敢多求，宴至日旰，大家都已盡興，謝宴辭出，思盤亦隨著退去。唯隆超兩人，懷著異圖，尚留住勸酒，纂是個酒中餓鬼，越醉越是貪飲，到了神志昏迷，才乘車入內。隆與超託詞保護，跟入內庭，車至琨華堂東閣，不得前進。纂親將竇川駱騰，置劍倚壁，幫同推車，方得過

閣。超順便取劍,上前擊纂,因為車軾所隔,急切不得刺著。偏纂恃著勇力,一躍下車,徒手與搏,怎奈醉後暈眩,一陣眼花,被超刺入胸間,鮮血直噴,急返身奔入宣德堂。川騰與超格鬥,超持劍亂斫,劈死二人。纂后楊氏,聞變趨出,忙命禁兵討超,哪知殿中監杜尚,不奉后命,反引兵助超,匯入宣德堂,把纂殺死,且梟首徇眾道:「纂背先帝遺命,殺害太子,荒耽酒獵,暱近小人,輕害忠良。番禾太守超,屬在懿親,不敢坐視,所以入除僭逆,上安宗廟,下為太子復仇。凡我臣庶,同茲休慶。」這令一下,眾皆默然,不敢反抗。

　　唯巴西公呂他,隴西公呂緯,居守北城,擬約同討賊。他妻梁氏,阻他不赴,緯又為超所誘,佯與結盟,偽言將奉緯為主。緯欣然入城,立被拿下,結果性命。超徑入宮中,搜取珍寶。纂后楊氏,厲聲責超道:「爾兄弟不能和睦,乃致手刃相屠,我係旦夕死人,尚要金寶何用?現皆留儲庫中,一無所取,但不知爾兄弟能久享否?」倒是個巾幗鬚眉。超不禁懷慚;又見她華色未衰,起了歹心,因暫退出。少頃,又著人索交玉璽。楊氏謂已毀去,不肯交付,自與侍婢十餘人,收殮纂屍,移殯城西。超召后父楊桓入語道:「后若自殺,禍及卿宗。」桓唯唯而退,出語楊后。楊氏知超不懷好意,便毅然語桓道:「大人本賣女與氏,冀圖富貴,一次已甚,豈可至再麼?」遂向殯宮前大哭一場,扼吭自盡。烈婦可敬。

　　還有呂紹妻張氏,前因紹被弒,出宮為尼,姿色與楊氏相伯仲,並且年才二八,正是嬌豔及時,前為呂隆所見,久已垂涎,此次已經得志,即自造寺中,逼她為妾。張氏登樓與語道:「我已受佛戒,誓不受辱。」隆怎肯罷手,竟上樓脅迫,強欲行淫。張氏即從窗外跳出,跌得頭青額腫,手足俱斷,尚宛轉誦了幾聲佛號,瞑然而逝。足與楊氏並傳不朽。隆掃興乃返,超遂請隆嗣位。隆有難色,超忙說道:「今譬如乘龍上天,怎好中途

第八十六回　受逆報呂纂被戕　據偏隅李暠獨立

墜下呢？」隆遂僭即天王位，擬改年號。超在番禾時，曾得小鼎一枚，遂以為神瑞，勸隆改元神鼎。隆當然依議，追尊父寶呂光之弟。為皇帝，母衛氏為皇太后，妻楊氏為皇后，命弟超為輔國大將軍，都督中外諸軍事，封安定公。一面為纂發喪，追諡為靈皇帝，與楊后合墓同葬，總計纂在位不過年餘，唯自晉安帝隆安三年冬季僭號，至五年仲春被弒，先後總算三年。纂平時與鳩摩羅什弈棋，得殺羅什棋子，輒戲言斫胡奴頭。羅什從容答道：「不斫胡奴頭，胡奴斫人頭。」纂聽了不以為意，誰料呂超小字胡奴，竟將纂斫死，後人才知羅什所言，寓著暗謎。真是玄語精深，未易推測呢。話分兩頭。

　　且說北涼主段業，雖得乘時建國，卻是庸弱無才，威不及遠，當時出了一個敦煌太守李暠，起初是臣事北涼，後來也居然自主，另建年號，變成一個獨立國，史家叫做西涼。不過他本是漢族華裔，與五胡種類不同。十六國中有三漢族，前涼居首，西涼次之，其三為北燕見下文。相傳暠為漢李廣十六世孫，係隴西成紀人。高祖雍，曾祖柔，皆仕晉為郡守。祖弇仕前涼為武衛將軍，受封安世亭侯。父旭少有令名，早年逝世，遺腹主暠。暠字玄盛，幼年好學，長習武略，嘗與後涼太史令郭黁，及同母弟宋繇同宿。想是母已改嫁宋氏。黁起謂繇道：「君當位極人臣，李君且將得國，有騧馬生白額駒，便是時運到來了。」黁明於料人，暗於料己。已而段業自稱涼州牧，調敦煌太守孟敏為沙州刺史。敏署暠為效谷令，宋繇獨入任中散常侍。及孟敏病歿，敦煌護軍郭謙，沙州治中索仙等，因暠溫惠服人，推為敦煌太守。暠尚不肯受，適宋繇自張掖告歸，即語暠道：「段王本無遠略，終必無成，兄尚記郭黁遺言麼？白額駒今已生了。」暠乃依議，遣使向業請命。業竟授暠為敦煌太守，兼右衛將軍。至業僭稱涼王，右衛將軍索嗣，向業譖暠道：「李暠難恃，不可使居敦煌。」業乃遣嗣為敦

煌太守，令騎兵五百人從行。將到敦煌，移文至暠，使他出迎。暠頗欲迎嗣，宋繇及效谷令張邈，同聲勸阻道：「段王闇弱，正是豪傑有為的機會，將軍已據有成業，奈何拱手讓人？」暠問道：「若不迎嗣，當用何策？」宋繇遂與暠密談數語，暠點首許可，乃即遣繇往見索嗣。繇與嗣晤談，滿口獻諛，說得嗣手舞足蹈，得意揚揚。繇辭歸語暠道：「嗣志驕兵弱，容易成擒，請即發兵擊嗣便了。」暠遂使二子歆讓，及宋繇張邈等引兵出擊，出嗣不意，殺將過去。嗣不知所措，急忙拍馬返奔，逃回張掖，五百人死了一大半，歆讓等得勝回軍。暠與嗣本來友善，此次反被讒間，當然痛恨，遂上書段業，請即誅嗣。業遲疑未決，適輔國將軍沮渠男成，亦與嗣有嫌，從旁下石藉端復仇，於是業竟殺嗣；且遣使謝暠，進蓋都督涼興巴西諸軍事，領鎮西將軍。即此可知業之庸弱。

時有赤氣繞暠後園，龍跡出現小城，眾以為瑞應在暠，交相傳聞。疑是暠捏造出來。晉昌太守唐瑤，首先佐命，移檄六郡，推暠為大都督大將軍涼公，領秦涼二州牧。暠既得推戴，便頒令大赦。是年，歲次庚子，係晉安帝隆安四年。即以庚子紀元。追尊祖弇為涼景公，父旭為涼簡公，命唐瑤為征東將軍，郭謙為軍諮祭酒，索仙為左長史，張邈為右長史，尹建興為左司馬，張體順為右司馬，宋繇為從事中郎，兼折衝將軍。即遣繇東略涼興，並拔玉門以西諸城，屯田積穀，保境圖強，是為西涼。北涼主段業，聞暠獨立，也欲發兵出討，無如庸柔不振，力未從心，再加沮渠蒙遜等從中作梗，連自己位且不保，怎能顧及敦煌，所以李暠背業自主，安穩連年，那段業非但不能往討，甚至大好頭顱，也被人取去。看官欲問業為何人所殺？便是那尚書左丞沮渠蒙遜。小子有詩嘆道：

　　文弱終非命世才，因人成事反招災。
　　須知禍福無常理，大禍都從幸福來。

第八十六回　受逆報呂纂被戕　據偏隅李暠獨立

　　究竟蒙遜如何弒業，非一二語所能詳盡，欲知底細，請至下回看明。
　　觀本回後涼之亂，全由兄弟互鬩而成，實則自呂光啟之。光既知永業之非才，則舍嫡立長，未始非權宜之舉；況纂有卻敵之功，豈肯受制乃弟乎？光以為臨危留囑，可無後患，詎知口血未乾，內釁即起，紹忌纂，纂亦忌紹，又有超與弘之隱相構煽，雖欲不亂，烏得而不亂？然纂之弒紹，弘實首謀，首禍者必先罹禍，故弘即被誅；纂不能逃弒主之罪，卒授手於超以殺之。胡奴斫頭，何莫非因果之報應耶？唯紹妻張氏，纂妻楊氏，寧死不辱，並足千秋，呂宗之差強人意者，只此巾幗二人，餘皆不足道也。西涼李暠，乘勢自主，猶之呂光段業諸人。呂光氐也，段業籍隸京兆，雖非胡裔，而不得令終。暠為漢族，能崛起於河朔腥羶之日，亦未始非志在有為，庸中佼佼之稱，暠其猶足當此也夫。

第八十七回
掃殘孽南燕定都　立奸叔東宮失位

　　卻說北涼主段業，用沮渠蒙遜為尚書左丞，貌似信用，暗實猜嫌，蒙遜窺業意，深自晦匿。業授門下侍郎馬權為張掖太守，甚見親重。權自恃豪略，蔑視蒙遜，蒙遜遂伺隙譖權，業信以為真，將權殺死。蒙遜既除去一患，還想設法除業，因復語從兄男成道：「段業愚闇，非濟亂才，信讒愛佞，鑑斷不明，前有索嗣馬權，為業心腹，未可急圖，今已皆誅死，我正可下手，除業奉兄，兄以為何如？」男成道：「業本孤客，為我家所擁立，彼得我兄弟，情同魚水，人既親我，我不應揹人，揹人不祥。」蒙遜即默然趨出。越宿，即向業而陳，願出為西安太守。業正慮蒙遜內逼，巴不得他離開眼前，既得此請，當即樂從。蒙遜佯赴外任，致書男成，約與同祭蘭門山，暗中卻先使司馬許成，入告段業道：「男成將乞假為亂，若求祭蘭門山。便見臣言不虛了。」業疑信參半，到了次日，果由男成請假，謂須出祭蘭門山。業遂信許成言，把他拿下，勒令自殺。耳軟若此，不死何為？男成道：「蒙遜先與臣謀反，臣因兄弟至親，但加斥責，不忍遽發。今與臣共約祭山，反誣臣為逆，臣若朝死，彼必夕發，為大王計，不若詐言臣死，暴臣罪惡，待蒙遜倡亂，然後出臣往討，名正言順，無憂不克了。」業竟不肯聽，迫使速死。愚憒之至。

　　蒙遜聞男成死狀，便泣告部眾道：「我兄男成，忠事段王，反被枉殺，豈不可恨？況我等擁段為主，本欲安土息民，今段王如此無道，戮害忠

第八十七回　掃殘孽南燕定都　立奸叔東宮失位

良，試想我等還能安枕麼？諸君如肯為我兄復仇，請速從我來。」殺兄求逞，心術之險，自古罕聞。部眾未悉陰謀，並懷男成舊恩，便即泣涕應命，踴躍從行，霎時間已得萬人。便由蒙遜引逼氏池，鎮軍臧莫孩，率眾請降，羌胡亦多響應。蒙遜又進屯侯塢，業至此悔殺男成，亟授梁中庸為武衛將軍，飭使專征。右將軍田昂，得罪被囚，業復將他釋放，令與中庸共討蒙遜。別將王豐孫入諫道：「昂貌恭心險，不宜重用。且羈囚有日，定必懷仇，奈何反使他討逆呢？」業蹙然道：「我亦未嘗無疑，但事至今日，非昂不能討蒙遜，卿且勿言！」疑人勿用，業乃反是，真是該死！昂奉命出發，一至侯塢，即率騎五百，歸降蒙遜。中庸麾下各將士，不戰先潰，害得中庸無法可施，也只好向蒙遜請降。

　　蒙遜毫不費力，長驅直進，竟到張掖。昂兄子承愛，願為內應，就斬關納蒙遜軍。業惶急萬狀，號召左右，已皆奔散，頓時抖做一團，沒法擺布。俄而蒙遜率兵進來，業越加驚慌，不得已流涕語蒙遜道：「孤孑然一身，為君家所推，勉居此位，今願推位讓國，但乞全我一命，使得東還，與妻子相見，便是再造宏恩了。」還想求生，徒形其醜。蒙遜回顧部眾道：「彼殺人時，並未加憐，今死在目前，倒想人憐惜，汝等以為可恕麼？」部眾聽了，都說是可殺可殺，殺聲一起，便由蒙遜順手一揮，眾刃齊進，就使段業銅頭鐵額，到此也裂成數段了。蒙遜既得斬業，便召集梁中庸等，擬立嗣主。全是詐偽。中庸等當然推立蒙遜，蒙遜尚謙讓三分，但自稱大都督大將軍涼州牧張掖公，改元永安，署從兄伏奴為鎮軍領張掖太守，封和平侯，弟挈為建忠將軍，封都谷侯，田昂為鎮南將軍，領西郡太守，臧莫孩為輔國將軍，梁中庸房晷為左右長史，張騭、謝正禮為左右司馬，布赦安民，臣庶大悅。看官！你到蒙遜竊位的方法，善不善呢？刁不刁呢？

小子一支禿筆，演述這邊，又不得不演述那邊。當時南燕王慕容德，已自滑臺徙都廣固，竟由王稱帝了，回應八十二回。說來又有一段表白，請看官瀏覽下去。五胡十六國時，實是頭緒紛繁，不能不特筆表明。先是秦主苻登，為姚興所滅，事見前文。登弟廣收拾殘眾，奔依南燕。慕容德令為冠軍將軍，使居乞活堡，會熒惑守東井，有人謂秦當復興，廣遂自稱秦王，擊敗南燕北地王慕容鍾。德乃留魯王慕容和守滑臺，自率精騎討廣，竟得蕩平，斬廣了事。不意滑臺留守慕容和，竟為長史李辯所殺，舉城降魏。德聞報大怒，即欲引兵還攻。前鄴令韓范諫阻道：「前時魏為客，我為主，今日我為客，魏為主，客主情形，大不相同，人心危懼，不可再戰。今宜先據一方，自立根本，然後養足兵力，取還滑臺，方為上計。」正議論間，帳外報稱右衛將軍慕容雲到來。此慕容雲與高雲不同。德即傳入。雲獻上李辯首級，並言已救出將士家屬二萬餘口，一併帶來。德軍正繫念家眷，得了此信，統去分別認領，聚首言歡。

德又集將佐商議道：「苻廣雖平，滑臺復失，進有強敵，退無所依，將用何策？」給事中書令張華進言道：「彭城為楚舊都，依山帶川，地廣民饒，可取作基本，急往勿延。」德不甚贊成，猶豫未答。慕容鍾慕輿護封逞韓㲿等，謂不如仍攻滑臺。獨尚書潘聰獻議道：「滑臺四通八達，不易安居，且北通大魏，西接強秦，兩國環伺，防不勝防。彭城土廣人稀，坦平無險，又距晉甚近，晉必與我相爭，我長陸戰，彼長水戰，就使我幸得彭城，到了秋夏霖潦的時候，江淮水漲，千里為湖，晉人鼓棹前來，如何抵禦？故欲取彭城，亦非久計。唯青齊沃壤，向號東秦，地方二千里，戶口十餘萬，右控山河，左負大海，可謂用武勝地；況廣固為曹嶷所營，曹嶷事見前。山形險峻，足為皇都，今被闢閭渾據住，渾本燕臣，辜負國恩，今宜遣辯士先往招諭，再用大兵在後繼進，彼若不從，一戰可下。既

第八十七回　掃殘孽南燕定都　立奸叔東宮失位

得廣固，然後閉關養銳，伺釁乃動，這也好似西漢的關中，東漢的河內呢。」德尚以為疑，特遣牙門蘇撫，往詢齊州沙門僧朗。朗素善占候，與撫相見，撫即自陳來意，並述群臣各議。朗答道：「三策中莫如潘議。按諸天道，亦無不合。今歲彗星起自奎婁，遂掃虛危，奎婁二星，當魯分野，虛危二星，當齊分野，彗星適現，正是除舊布新的天象。今請先定兗州，巡撫琅琊，待至秋風戒令，乃可北轉臨齊，應天順人，正在此舉。」撫又密問道：「將來歷年幾何？」朗微笑不言。撫再三固問，朗乃布蓍占易，詳審卦兆，才密告道：「燕衰庚戌，年適一紀，傳世及子。」為後文南燕敗亡張本。撫驚起道：「有這般短促麼？」朗說道：「卦兆如是，無關人事，但留證後來便了。」人果不能勝天嗎？撫當即告別，還報慕容德，但說當進取廣固，所有年數長短，不敢遽述。

　　德遂決意東行，引兵入薛城。兗州北鄙諸郡縣，望風迎降。德另置守宰，禁兵侵掠，百姓安堵，統齎牛酒犒軍。德又遣諭齊郡太守辟閭渾，辟閭渾抗命不從，乃命慕容鍾率步騎二萬，即日進攻，自率兵進據琅琊。徐兗人民，陸續歸附，數達十餘萬戶。兗州守將任安，棄城遁去。渤海太守封孚，就是後燕的吏部尚書，前次蘭汗作亂，孚南奔辟閭渾，渾令他署守渤海。蘭汗亂事，見八十二回。及德至莒城，孚乃出降。德大喜道：「我得平青州，尚不足喜，所喜者在得卿呢。」遂委任機密，事輒與商。再擬進軍廣固，為鍾後援。辟閭渾聞德將至，徙八千餘家守廣固，遣司馬崔誕守薄荀，平原太守張豁守柳泉，誕豁俱遣子奉書，向德投誠。渾孤立無助，當然驚駭，急挈妻子奔魏。行至莒城，被德將劉剛追及，擒住斬首。渾有少子道秀，自詣德營，願與父俱死。德嘆息道：「父雖不忠，子獨能孝，我何忍加誅呢？」遂赦免道秀，只殺渾參軍張瑛，隨即入據廣固，作為都城，併為僧朗建神通寺，酬絹百匹。越年，德自稱皇帝，即位南郊，

改元建平。因人民不易避諱，特在德字上加一備字，叫做備德，即援二名不偏諱故例，詔示境內。名果能副實麼？覆在宮南建築祖廟，遣使致祭，奉策告成，追諡前燕主慕容暐為幽皇帝，用慕容鍾為司徒，慕輿拔為司空，封孚為左僕射，慕輿護為右僕射，立妻段氏為皇后。后即段儀次女季妃，自誓不作庸夫婦，見六十回。至此果得為南燕后，也可謂如願以償了。

　　唯備德為前燕主慕容皝少子，母公孫氏嘗夢日入臍，因致懷孕。生備德時，尚晝寢未醒，及侍女驚呼，方醒寤起床。皝謂此兒寤生，頗似鄭莊公，將來必有大德，乃以德為名。鄭莊亦未見有德。及為范陽王，由後秦太史令高魯，遣贈玉璽一紐，上有篆文鐫著，係「天命燕」三字。又圖讖祕文，載有四語云：「有德者昌，無德者亡，德受天命，柔而復剛。」此外尚有童謠云：「大風蓬勃揚塵埃，八井三刀卒起來，四海鼎沸中山頹，唯有德人據三臺。」為了種種徵驗，所以備德入廣固，終稱尊號。獨母公孫氏及兄慕容納，陷落長安。備德前時別母，曾留金刀與訣，及從慕容垂起兵背秦，秦苻昌收捕備德家屬，殺納及備德諸子，公孫氏因老免死。納妻段氏方娠，下獄待刑，獄掾呼延平，為備德故吏，私釋二人，同奔羌中。納妻段氏，生下一男，就是慕容超。超年十歲，祖母公孫氏方歿，臨危時取出金刀，付超垂囑道：「這是汝叔留下的紀念。若天下太平，汝可東往尋叔，齎刀送還便了。」超自然受教。呼延平代為理喪，復恐秦人掩捕，轉挈超母子往投後涼。備德屢遣使入關，訪問母兄，杳無下落，後由故吏趙融從長安東來，具述前情，才知母兄凶聞，備德連番慟哭，甚至嘔血，寢疾數日，經良醫調治，始得漸癒。但兄納妻子，逃入後涼，不但備德無從探悉，就是趙融亦未嘗聞知。後來超得東歸，容至下文表明，敘入此段，為立超嗣位伏案。小子卻要敘入後燕了。

第八十七回　掃殘孽南燕定都　立奸叔東宮失位

　　後燕主慕容盛，苛刻少恩，前文中已經敘過，見八十三回。勉強過了二年，宗族親舊，多半攜貳。盛尚不知恩撫，單靠著暗地鉤考的思想，尋隙索瘢，不遺餘力，獨有一種曖昧的事情，發自太后宮中，盛雖自矜明察，反被她始終瞞著，毫無所聞。丁太后為盛伯母，看官應早閱悉，見八十二回。她本是個燕中的尤物。到了中年，還是豐容盛鬋，雪貌花膚，就中有個河間公慕容熙，索性漁色，又仗著皇叔懿親，驃騎重任，時常出入宮廷，謁問太后。丁氏見他年甫逾冠，綽有豐儀，好一個翩翩公子，免不得另眼相看。熙就此勾引，朝挑暮撥，惹動丁氏情腸，你有情，我有意，彼此不顧嫂叔名義，竟湊成一番露水緣。宮中大小婦寺，就使得知，總教利誘勢驅，自然不敢多口，只礙著主子慕容盛，不好明目張膽，夜夜交歡。盛又嘗調熙遠征，東伐高句驪，北討奚契丹，情郎行役，閨婦懷愁，個中況味，唯有兩人親嘗，不能與外人訴說，所以兩人視盛，已似眼中釘一般，恨不得置盛死地，好讓他日夜歡娛。謀夫殺子，多由縱奸所致。可巧燕主盛長樂三年，盛往伐庫莫奚，大獲而還，飲至行賞，宮廷交慶。左將軍慕容國，與秦興段讚等，謀率禁兵襲盛，熙與丁氏，稍有所聞，但望他一舉成功，偏偏機事未密，被盛察覺，竟將慕容國等先行拿斬，連坐至五百餘人，唯興子興讚子泰等，幸得逃脫。過了數日，興與泰串同思悔侯段璣，見八十三回。夜入禁中，鼓譟大呼，響震屋瓦。盛聞變起床，亟率左右出戰，擊退亂黨，璣亦被創，走匿廂屋間。忽有一賊潛躡盛後，用刀斫盛。盛聞聲躍起，身雖閃免，足已受傷，回顧那賊，卻一閃兒不見了。此賊恐係丁氏所遣。盛忍不住痛苦，忙乘輦出升前殿，申約禁衛，宣召叔父河間公熙，擬囑後事。熙尚未至，盛已暈倒座上，經左右舁入內廷，便即斷氣。中壘將軍慕容拔，冗從僕射郭仲，急入白太后丁氏。丁氏裝出一副淚容，顰眉與語道：「嗣主不測，為賊所傷，現唯有亟立新

君，捕誅賊黨，方足安慰先靈。」慕容拔道：「太子在外，請即迎立。」丁氏道：「國家多難，宜立長君，太子年幼，恐不堪承祚呢。」郭仲從旁插入道：「太子即不可立，不如迎立平原公。」丁氏又復搖首。再由慕容拔等請示，丁氏乃推出那心上人兒，說他名望素隆，足靖國難。又溫言籠絡拔等，即令他乘夜往迎，休得漏洩。拔等奉命而出，適值慕容熙進來，遂導令入宮，準備即位。又好與丁氏續歡了。

　　轉眼間，便是天明，群臣聯翩入朝，才知盛已暴歿。內廷有擇立長君的消息，當時平原公慕容元，係盛季弟，曾任司徒尚書令，群望相屬，總道是不立太子，必立太弟，就是郭仲所說，也屬此人。偏待了半晌，由內侍傳出太后手詔，乃是繼立河間公熙，竟使叔承姪統，大眾未免驚愕。但因熙職掌兵權，不好反抗，只得聯名上書，向熙勸進。熙尚謂元宜嗣位，故意推讓。元當然固辭，熙遂僭即尊位，捕誅叛臣段璣，及秦興段鬚等人，並夷三族。且將平原西元，亦牽入案內，只說是與璣同謀，迫令自盡。真是辣手。乃下令大赦，為盛營葬。盛在位三年，歿時只二十九歲，追謚昭武皇帝，廟號中宗，出葬興平陵。丁氏亦出都送葬，尚未還宮，中領軍慕容提，及步軍校尉張佛等，謀立故太子定，乘間發難。偏有人報知慕容熙，熙忙發兵捕獲慕容提張佛，立即斬首，並將定一併賜死。又下了一次毒手。及丁氏回來，宮廷已安靜如常了。熙再頒赦令，改元光始，把北燕臺改稱大單于臺，置在右輔，位次尚書，每日除視朝外，唯與太后丁氏調情取樂，儼然與伉儷相似。丁氏亦華裝盛飾，日夜陪著，還道天長地久，生死不離，那知男子心腸，本多薄倖；再加丁氏華年，要比熙加長十餘齡，熙未免嫌她年老，暗囑左右倖臣，採選美人兒入宮。湊巧有一對姊妹花，流寓龍城，得被選入。經熙仔細端詳，端的是面似桃花，眉似柳葉，目如點漆，髮如堆雲，齒若瓠犀，領若蝤蠐，再加一副輕盈體態，畫

第八十七回　掃殘孽南燕定都　立奸叔東宮失位

筆難描，真令熙喜極欲狂，真把魂靈兒交付兩美，惹得顛倒迷離，慢慢地按定了神，訊明姓氏，方知是前中山尹苻謨女兒，長名娀娥，次名訓英。見八十一回。熙也不暇再問來歷，便命左右擺起盛宴，令兩美左右侍飲。紅燈綠酒，翠鬢朱顏，真個是春色撩人，無情不醉。況熙係登徒子一流人物，怎得不讒涎欲滴？才飲數觥，已按不住慾火，便摟住兩美，同入歡幃，去做那陽臺夢了。小子有詩嘆道：

冶容本是誨淫媒，況復嬌雛並翼來。
一箭雙鵰原快事，誰知極樂即生哀。

熙既得了大小苻女，左擁右抱，歡愛的了不得，當然將丁氏冷淡下去，欲知後事，且看下回便知。

典午之季，五胡雲擾，無禮無義，其淆亂也甚矣！沮渠蒙遜欲廢主而竊國，雖賣兄亦所不恤，兄可賣，主亦何不可弒乎？慕容德之下青齊，入廣固，定都稱帝，似奪之於亂臣之手。於後燕絕不相關，然德既為後燕臣，後燕未亡，德烏能稱帝？是德固無君也。若慕容熙更不足責矣。太后可烝，太子可殺，淫凶暴戾，凌侮孤寡，此而畀之以國，天道果真無知乎？但稔惡必亡，近報在身，遠報在兒孫，覺於慕容熙之結果，不及慕容德，又不及沮渠蒙遜，乃知惡愈甚者亡愈速，天道固非盡無憑也。

第八十八回
呂隆累敗降秦室　劉裕屢勝走孫恩

　　卻說大小苻女，並邀寵幸，與慕容熙歡愛數宵，大苻女娀娥，受封貴人，小苻女訓英，受封貴嬪，兩姊妹輪流伴寢，說不盡的鳳倒鸞顛。但小苻女年既嬌小，態愈鮮妍，更足令人生愛，所以得熙專寵，比阿姊還突過一籌。看官試想，兩苻女貌本相同，只為了年齡上長幼，略有區別，便覺大不如小，何況這太后丁氏，已過中年，任她如何美豔，究竟殘花敗葉，不及嫩柳嬌枝，自從兩苻女入宮，熙遂與丁氏斷絕關係，好幾月不去續歡。丁氏忍耐不住，嘗遣侍女請熙，熙哪裡肯往，有時還要謾罵侍女，侵及丁氏。痴心女子負心漢，教丁氏如何不惱？如何不怨？七兵尚書丁信，為丁氏兄子，當由丁氏召他入議，密謀廢熙。天道禍淫，不使丁氏再得快意，竟至密謀發洩，信被執下獄，所有丁氏定策功勞，一筆鉤消，反說她是謀逆首犯，活活的脅使自盡，還算保全太后臉面。丁氏至此，悔也無及，只有一死罷了。是淫婦結局，後之婦女其鑑諸。熙命用后禮殯葬，諡曰獻幽皇后，想還念舊日恩情。唯將丁信處斬了事。高而不危之言，奈何忘卻？越年，進大苻女為昭儀，嗣復立小苻女為皇后，阿妹竟高出阿姊麼？大苻女好微行遊宴，熙為鑿曲光海，清涼池，盛暑興工，役夫多半渴死。小苻女好騎馬遊畋，熙嘗與她並輦出獵，北登白鹿山，東過青嶺，南臨滄海，沿途徵索供億，不堪騷擾。士卒多為豺狼所害，並因路上遇寒，凍死至五千餘人。熙全不顧卹，但教得兩美人的歡心，還管什麼兵民，眼

第八十八回　呂隆累敗降秦室　劉裕屢勝走孫恩

見是要好色亡國了。好色未必亡國，好色不愛兵民，國必亡。

且說後涼主呂隆，僭稱天王，一意逞威，收捕內外叛黨，不遺餘力。楊軌王乞基等，早自廉川奔降南涼，郭黁亦自魏安奔依西秦。應八十五回。南涼主利鹿孤，本收納楊軌等人，既而楊軌陰有異謀，為利鹿孤所殺。了卻楊軌。西秦主乞伏乾歸，服屬後秦，勢力方衰，郭黁雖然投奔，不過苟延殘喘，未能唆使乾歸，進圖後涼。呂隆本可少安，偏他尚疑忌群臣，只恐為呂纂復仇，稍涉嫌疑，即加誅戮，因此內外騷然，各有戒心。魏安人焦朗，遣人至後秦，慫恿隴西公姚碩德道：「呂氏自武皇棄世，後涼諡呂光為懿武皇帝，見前文。諸子相攻，政治不修，但務威虐，百姓饑饉，死亡過半。明公位尊分陝，威振遐方，何不棄呂氏衰殘，弔民伐罪，救此一方塗炭呢？」也是一個虎倀。碩德遂轉告秦主姚興，興令率步騎六萬人，進攻後涼。乞伏乾歸亦領七千騎從軍。碩德自金城渡河，直逼姑臧，部將姚國方獻策道：「今懸軍深入，後無援應，乃是危道，宜乘我銳氣，與他速戰，他總道我遠來疲乏，可以力拒，我若得將他殺敗，他自然生畏，無慮不克了。」碩德遂嚴申軍律，準備廝殺。呂隆遣弟呂超，及龍驤將軍品邈等，出城迎戰。兵刃甫交，秦軍如潮湧進，十蕩十決，殺斃涼兵無數，超慌忙遁回，邈遲走一步，已被秦軍打倒馬下，活捉去了。姑臧大震，巴西公呂他，率東苑兵二萬五千，出降秦營。隆驚惶得很，急忙收集離散，嬰城拒守。西涼主李暠，北涼主沮渠蒙遜，南涼主禿髮利鹿孤，俱遣使貢秦，且賀秦勝涼。涼尚書姜紀，前因隆超僭奪，懼奔南涼。南涼廣武公傉檀，與談兵略，甚相契合，坐必同席，出必同車。利鹿孤常語傉檀道：「姜紀原有美才，但我看他目動言肆，必不肯在此久留。倘若入秦，必為我患，不如趁早除去。」傉檀聞言大驚，忙接口道：「臣以布衣交待紀，料紀必不負我，請勿他疑。」未免過信。利鹿孤乃止。不意秦涼戰

起，紀竟潛奔秦軍，往說碩德道：「呂隆孤城乏援，明公率大軍圍攻，城中危急，勢必乞降，但乞降乃是虛文，非真心服，公若班師，彼又抗命，現請給紀步騎三千，與焦朗等互為犄角，箝制呂隆，隆必無能為了。否則禿髮在南，兵強國富，若乘公退兵，入據姑臧，威勢益振，李暠沮渠蒙遜等，必且折入禿髮，豈非公將來大患麼？」碩德大喜，遂表為武威太守，給兵三千，使屯晏然，再督兵進攻姑臧。城中多謀外叛，將軍魏益多，且煽惑兵士，謀殺隆超，事洩被誅，連坐至三百餘家。於是群臣多向隆上書，請與秦軍通和。隆尚不許，再經超一再進勸，略說「強寇外逼，兵糧內竭，上下嗷嗷，勢難自固，不如遣使乞和，卑辭退敵。敵果退去，完境息民，若卜世未終，自可復舊，萬一天命已去，亦得保全宗族」等語。隆乃依議，派使出城，乞降秦營，願遣子弟為質。碩德不欲苛求，允如所約，一面轉報長安。秦主興即使鴻臚卿桓敦，冊拜隆為鎮西大將軍，都督河西軍事，領涼州刺史，封建康公。隆對使受命，乃遣母弟愛子，及文武舊臣慕容築楊穎等五十餘家，入質長安。碩德振旅而還，往返皆嚴肅部伍，秋毫無犯，西土皆稱為義師。

　　過了兩日，呂超又引兵攻姜紀，因紀嚴守不下，轉攻焦朗。朗向南涼求救，南涼廣武公傉檀，率兵赴援，到了魏安，見城下並無一人，只城門還是緊閉，一些兒沒有影響。傉檀大是驚疑，即在城下大呼，促朗出迎，但聽城上有人應聲道：「寇已退走，無勞援軍費心，也請退還，恕不送迎。」好似一種調侃語。傉檀勃然怒起，便欲麾兵攻城，部將俱延諫阻道：「朗但靠孤城，總難久持，今歲不降，明年自服，何必多勞士卒，同他拚命？且為叢驅雀，轉非良策，不如退兵數里，發使曉諭，令他自知無禮，定然出來謝罪了。」傉檀依議而行，果由朗復使謝過，乃仍與朗連和，順道進軍姑臧，就胡坑立營。夜間防涼兵掩襲，蓄火戒嚴，兵不解

甲。到了夜半，營外突然火起，涼將王集，果來劫壘，傉檀徐起，縱兵出擊，內外火炬齊明，光同白晝。集部下不過千人，敵不住傉檀大營，便欲返奔。偏傉檀驅兵殺上，集措手不及，竟被砍死。敗兵逃回姑臧，呂隆驚駭，與超密謀，想出一條詐計，致書傉檀，偽與修好，且請傉檀入盟。傉檀也恐有詐，因使將軍俱延往代。俱延入城，由超引至東苑，發伏出攻。俱延不及上馬，徒步急奔，還虧城寔兩旁，有南涼將軍郭祖，引兵待著，讓過俱延，截住超兵，且戰且走，才得退歸營中。傉檀大憤，遂攻顯美城。昌松太守孟禕，固守待援，呂隆遣將苟安國石可等，領兵往救，中道卻還。孟禕守了數旬，援軍不至，竟被傉檀陷入，禕巷戰被擒。傉檀問他何不早降？禕抗聲道：「禕受呂氏厚恩，分符守土，若明公大軍甫至，便即歸附，如何對得住呂氏？想明公亦必斥為不忠呢。」傉檀改容禮禕，命即釋縛，面授為左司馬。禕固辭道：「呂氏將亡，聖朝必取河右，可無疑義。但禕為人守，城不能全，若再忝居顯任，益增愧恧。果使明公加惠，令禕就戮姑臧，禕死且知感了。」詞婉意誠，不失為忠，傉檀稱為義士，縱使歸去。且恐師勞糧絕，收兵自歸。

會姑臧大飢，斗米值錢五千，人自相食，餓莩盈途。呂隆恐有變禍，飭閉城門，日夜不開，樵採路絕。百姓乞出城覓食，願為胡虜奴婢，日有數百。隆恨他煽動眾心，索性把他拘住，盡行坑死，屍積如山。北涼主沮渠蒙遜，乘隙攻姑臧，隆不得已卑辭厚幣，向南涼乞援。南涼再使傉檀赴急。蒙遜聞傉檀將至，勒兵挑戰，為隆所敗，乃與隆講和結好，留谷萬餘斛，賑濟涼民，然後退還。傉檀到了昌松，得知蒙遜回兵消息，因亦引軍折回，途次接到利鹿孤命令，囑他移討魏安，乃改轍北行，再攻魏安守將焦朗。朗無力守城，不得已面縛出降。傉檀送朗赴西平，徙魏安人民至樂都。嗣是復屢寇姑臧，再加沮渠蒙遜，與呂隆背了前盟，也去侵擾。傉檀

在南，蒙遜在北，恰好似喝著同心酒，共圖後涼，累得隆南防北守，奔走不遑。偏後秦又來作祟，遣使徵呂超入侍，隆急得沒法，只好令超齎著珍寶，奉獻秦廷，情願將姑臧歸秦，請兵相迎。秦主興遂遣左僕射齊難等，率步騎四萬人迎隆。軍至姑臧，隆素車白馬，出候道旁。難令司馬王尚署涼州刺史，給兵三千，權守姑臧，分置守宰，鎮守倉松番禾二城。隆使呂胤告辭光廟道：「陛下前抒遠略，開建西夏，德被蒼生，威震遐裔，後嗣不肖，迭相篡弒，二虜交迫，將歸東京，謹與陛下訣別，從此長離。」早知今日，何必當初？胤告畢覆命，隆即率宗族僚屬，及民萬戶至長安。秦主興授隆為散騎常侍，超為安定太守，其餘文武三十餘人，量才錄用，不使向隅。但後涼自呂光開基，至隆亡國，共歷四主，合十九年。

　　先是太史令郭䴏，占得術數，謂代呂者王，故叛涼起兵，先推王詳，後推王乞基。及呂隆東遷，代以王尚，恰如䴏言，可惜䴏徒算得一半，知姓不知名，所以終歸失敗。且奔投西秦後，從乞伏乾歸降秦，又暗中推算，以為滅秦者晉！卻是算著，但不能自算存亡，終歸差了半著。乃復潛身東奔，偏被秦人追獲，割去頭顱，這叫做人有千算，天教一算，算到盡頭，徒落得身首兩分，追悔無及了。了過郭䴏。那呂隆仕秦數年，亦連坐亂黨，終至伏誅，待後再表。此處卻要補述晉事了。自孫恩被逐入海後，餘灰復燃，又糾眾進寇勾章，轉攻海鹽。接應八十五回。勾章守將劉裕，隨地抵禦，且就海鹽添築城堡。恩屢來攻城，由裕麾兵出擊，得破孫恩，陣斬恩黨姚盛，然後收兵還城。唯恩雖敗挫，餘焰未衰，城中兵少勢孤，恐難久持；裕乃想出一法，待至夜半，把城上旗幟，一齊拔去，密遣精兵伏住城闉。到了天明，竟把城門大開，只遣幾個老弱殘兵，囑付數語，登城立著。恩探得城內空虛，驅兵復進，將到城下，遙見城門開著，便厲聲喝問道：「劉裕何在？」城上羸卒答應道：「昨夜已引兵出走了。」賊眾信

為真言，擁眾入城，陡聽得一聲鼓響，城門左右，突出兩路伏兵，大刀闊斧，向賊亂斫。賊擠住城闉，進退無路，除被裕軍殺死外，多半由自相蹴踏，倒斃無數。恩尚在城外，掉頭急奔，幸逃性命，餘眾死了一半，一半隨恩北走，徑趨滬瀆。

裕復棄城追擊，海鹽令鮑陋，遣子嗣之率吳軍一千，從裕討賊。嗣之年少，自恃驍勇，請為前驅。裕與語道：「賊眾善戰，非吳軍所能與敵，卿為前驅，倘或失利，必至牽動我軍，不如隨著我後，可作聲援。」嗣之勃然道：「將軍亦未免小覷後生了。嗣之決意前行，效力殺賊，雖死無怨。」確是前去送死。說著，引兵即去。裕明知不佳，沒奈何從後繼進，但便兩旁多伏旗鼓，作為疑兵，等到前驅遇賊，兩下交鋒，裕令伏兵揚旗吶喊，擂鼓助威，賊果疑他四面有軍，倉皇引退。偏嗣之不肯少停，策馬急追，竟致裕軍落後，無人相助，冒冒失失的闖將進去，被賊眾翻身殺轉，圍住嗣之。嗣之獨力難支，竟至戰歿。賊眾既得勝仗，便乘勢來擊裕軍。裕見來勢凶猛，也只得且戰且走，走了數里，賊尚未肯捨去，麾下兵卻死傷多人。裕索性下馬，令左右脫去死人衣，故示閒暇。賊眾見了，倒不禁生疑，勒馬停住。裕反上馬大呼，麾兵殺賊，賊始駭退，裕得從容引歸。劉裕用兵彷彿曹阿瞞。孫恩知裕不易敵，竟北赴滬瀆，攻入守將袁山松營壘，將山松殺死，山松部下傷斃四千人。恩劫掠三吳丁壯，脅使為賊，遂航海直往丹徒。黨羽十餘萬，樓船千餘艘，烽火夜逼建康，都城大駭，內外戒嚴。

百官入命省內，使冠軍將軍高素等守石頭，輔國將軍劉襲堵淮口，丹陽尹司馬恢之戍南岸，冠軍將軍桓謙等備白石，左衛將軍王嘏等屯中堂，徵豫州刺史譙王尚之入衛京師。會稽都督劉牢之，自山陰發兵邀擊孫恩，已是不及，乃使劉裕從海鹽入援。裕聞命即行，部兵不滿千人，偏兼程前

進。恩甫至丹徒，裕亦踵至，丹徒守軍，本無鬥志，百姓多荷擔欲逃。恩率眾登岸，鼓譟登蒜山，聲震江流，兵民益駭。獨裕曉諭兵民，叫他勿懼，自率步兵上山奮擊，一當十，十當百，竟把恩眾擊退，復乘勝殺下，大破恩眾。恩狼狽遁回船中，賊黨投崖溺水，不下萬人。唯恩尚有餘眾八九萬，勢還猖獗，他想丹徒有劉裕守住，未可輕進，不如直趨建康，遂駛艦西上，步步進逼。會稽世子後將軍元顯，發兵拒戰，並皆失利。會稽王道子，無他謀略，但向蔣侯廟中焚香禱禳，日日不休。蔣侯名叫子文，係東漢時廣陵人，嗜酒好色，嘗自謂骨具青色，死當為神。及漢末為秣陵尉，逐賊至鐘山下，受創而死。吳據江東，有故吏見子文出現，乘白馬，執白扇，遮道與語道：「我當為此間土神。」言訖不見。後來土地祠中，果常見靈異，吳主乃封為都中侯，加印綬，立廟堂，改鐘山為蔣山，表示神靈。說明蔣侯來歷，亦不可少。道子很是敬信，所以鎮日祈禱，只望他暗中顯靈，驅除賊寇，哪知寇氛甚惡，日逼日緊，宮廷內外，恟懼的了不得。幸虧譙王尚之，率銳馳至，入屯積弩堂。恩樓船高大，又遇逆風，不得疾行，莫非就是蔣侯顯靈了。好幾日才到白石，探得尚之已至建康，都城有備，倒也不敢徑進。又恐劉牢之截住後路，或至腹背受敵，因浮海北走鬱洲，另遣黨羽攻陷廣陵，殺斃守兵三千人。朝旨調劉裕為下邳太守，集兵討恩。裕仗著謀力，與恩大小數十戰，無一不勝。恩逃至滬瀆，再走海鹽，俱由裕督兵尾追，好似颶迅電掃一般，殺得恩抱頭狂奔，仍然竄入海中。到了安帝六年，改年元興，恩還想出來騷擾，入寇臨海，被太守辛景一場痛擊，幾乎殺盡賊黨，恩投海自溺，方才畢命。親黨及妻妾等，從死百人，殘眾還稱他為水仙。小子有詩嘆道：

　　黃巾左道盡虛誣，篝火狐鳴嚇腐儒。
　　若果水仙通妙術，海濱何事伏兵誅。

第八十八回　呂隆累敗降秦室　劉裕屢勝走孫恩

　　恩既溺死，尚有殘眾數千，未曾解散，又由眾推出一個頭目來了。欲知頭目為誰，容至下回報明。

　　呂隆呂超，篡逆得國，兄為君，弟為相，躊躇滿志，謂可安享天年，孰知焦朗姜紀，為秦作倀，竟導姚碩德之進攻乎？超戰敗請降，秦軍即返，威雖盡殺，國尚倖存，孰知北有沮渠，聲有禿髮，相逼而來，竟欲分割後涼而後快乎？隆超兩人，無術保全，不得已棄國降秦，此非鄰國之不肯容隆，實天意之不肯恕隆也。孫恩以海島餘孽，招集亡命，騷擾東南，得良將以撲滅之，原非難事，乃一誤於王凝之，再誤於謝琰，遂致匪黨日盛。當時尚疑其妖術勝人，未可力敵，然觀於劉寄奴之累戰累勝，乃知恩固無術，徒為脅從之計而已。寄奴非能破法者，胡為足使水仙之返劫乎？

第八十九回
覆全軍元顯受誅　奪大位桓玄行逆

　　卻說孫恩溺死，尚有妹夫盧循，未曾從死，為眾所推，奉為頭目。循係晉從事中郎盧諶從孫，雙眸炯徹，眉宇清揚，少時工草隸書，並善弈棋。沙門惠遠，有相人術，嘗語循道：「君可謂風雅士，可惜志存不軌，終乏善果，奈何奈何！」盧循聽了此言，倒也不以為意。及長，娶孫恩妹為妻。恩糾眾作亂，與循通謀。循常勸恩撫綏士卒，故人樂為循用。恩死後即奉循為主，仍然蟠踞海島，不服晉命。晉廷還想命劉牢之等，出兵剿循，偏長江上游，突起了一場大亂，幾乎把東晉江山，席捲了去，於是不暇顧循，但期掃清長江亂事，好幾年才得就緒。

　　看官欲問亂首為誰？就是都督八州，兼領荊江二州刺史的桓玄。應八十五回。玄先令兄偉為雍州刺史，晉廷不敢駁議，他遂得步進步，表移偉為江州刺史，鎮守夏口。司馬刁暢為輔國將軍，監督八郡軍事，鎮守襄陽。且遣部將桓振皇甫敷馮該等，並戍溢口。移沮漳蠻二千戶至江南，為立武寧郡，更招集流民萬人，為立綏安郡。兩郡俱增設郡丞。晉廷徵廣州刺史刁逵，及豫章太守郭昶之入都，俱被玄留住不遣。玄自謂地廣兵強，勢壓朝廷，遂欲篡奪晉祚，屢上書報告禎祥，隱諷執政。更向會稽王道子上箋，再為王恭訟冤。會稽王父子，見了玄箋，當然惶懼。盧江太守張法順，進白元顯道：「玄始得荊州，人心未附，若使劉牢之為先鋒，再用大軍繼進，取玄不難了。」激成亂釁，斯為厲階。元顯本倚法順為謀主，聽

第八十九回　覆全軍元顯受誅　奪大位桓玄行逆

　　了此言，自然心動。適武昌太守庾楷，密使人自結元顯，請為內應，反覆小人，最為可惡。元顯大喜，即遣法順至京口，轉告牢之，牢之頗有難色。法順還報元顯道：「牢之無意效命，看他詞色，將來必且叛我，不如召他入京，先斬此人，否則反多一敵，難免誤事。」元顯聽了，不以為然，竟不從法順所請。此議偏獨不從，也是該死。一面大治水軍，準備討玄。

　　元興元年元旦，竟由晉廷頒詔，數玄罪狀。即授元顯為驃騎大將軍，征討大都督，加黃鉞，節制十八郡軍馬。小船怎可過載。使劉牢之為前鋒，譙王尚之為後應，剋日出發，前往討玄。加會稽王道子為太傅，居中秉政。元顯欲盡誅諸桓，驃騎長史王誕，為中護軍桓修舅，力向元顯解免，謂修等與玄，志趣不同，元顯乃止。法順又入請道：「桓謙兄弟，謙即修兄。每為上流耳目，應速即加誅，借杜奸謀，況兵事成敗，繫諸前軍，牢之居前，一或有變，禍敗立至，最好令劉牢之殺謙兄弟，示無貳心，彼若不肯受命，隱情已露，我也好預先防備了。」元顯怫然道：「今非牢之不能敵玄，且三軍甫出，先誅大將，人情亦必不安，這事怎可行得？」法順再三固請，元顯只是不從，且因謙父桓衝，遺惠及荊，特授謙荊州刺史，都督荊益寧涼四州軍事，冀撫荊人。不殺反賞，真是顛倒。桓玄坐踞江陵，自思東土未靖，朝廷不暇西顧，可以蓄力觀釁。及聞元顯已統軍出討，也不禁意外驚心，因欲完城聚甲，為自固計。長史卞范之道：「明公聲威，傳聞遠近，元顯口尚乳臭，劉牢之大失物情，若進逼近畿，示以禍福，勢必瓦解。明公自可得志，怎可延敵入境，自取窮蹙呢？」玄依范之言，遂抗表傳檄，罪責元顯。留兄偉守江陵，自舉大兵東下。途次尚未免卻顧，及行過尋陽，並不見有官軍，才放大了膽，驅軍急進，部眾亦勇氣加倍。又探悉庾楷詭謀，分兵誘襲，把他拘住，於是江東大震。元

顯甫出都門，接得桓玄來檄，已經心慌，再得庾楷被囚消息，免不得驚上加驚，勉強下船，終不敢發。晉廷上下，也不免著忙，特遣齊王柔之，原故南頓王宗之子，過繼齊王咺，承祀襲封。執著騶虞幡，出告荊江二州，諭令罷兵。途中遇著桓玄前鋒，不服朝命，竟將柔之殺死。玄順流直至姑孰，使部將馮該等，往攻歷陽。襄城太守司馬休之，即譙王尚之弟。嬰城固守，玄軍堵截洞浦，縱火焚豫州軍艦。豫州刺史譙王尚之，率步卒九千，列陣浦上，又遣武都太守楊秋，屯兵橫江。秋竟降玄軍，反引玄軍攻尚之，尚之眾潰，自奔塗中，避匿數日，終被玄軍擒去。休之出戰敗績，棄城遁走。

劉牢之本來觀望，不附元顯，他想利用桓玄，除去元顯父子，再伺玄隙，把玄翦除，然後好職掌大權，唯所欲為，算盤太精明瞭。所以牢之雖為前驅，始終未肯效力。下邳太守劉裕，此時也奉調從軍，為牢之參謀，請牢之亟往擊玄。牢之搖首不答。可巧牢之的族舅何穆，陰受玄囑，進說牢之道：「從古以來，功高必危，試看越文種，秦白起，漢韓信，俱身事明主，盡忠戮力，功成以後，且不免誅夷，何況為暗主所任使呢？君如今日戰勝，亦必傾宗，戰敗當然夷族。勝敗俱不能自全，何若幡然改圖，尚得長保富貴。古人射鉤斬袪，還不害為輔佐，今君與桓玄，素元嫌隙，難道不好相親麼？」牢之正有此意，便令何穆報玄，陰與相通。劉裕再諫不從，牢之甥何無忌，為東海中尉，也極諫牢之，終不見聽。裕又使牢之子敬宣入諫，以漢董卓比玄，請牢之急擊勿失。牢之反怒叱道：「我也知桓玄易取，但平玄以後，試問驃騎能容我否？」敬宣不好違父，只得唯唯聽受。牢之遂遣敬宣潛詣玄營，奉上降書。玄佯為優待，授任諮議參軍，乘勢進迫建康。

元顯將要出發，忽有急報傳到，謂玄已至新亭，嚇得魂不附體，棄船

第八十九回　覆全軍元顯受誅　奪大位桓玄行逆

返奔，退屯國子學。越日，出陣宣陽門外，軍中自相驚擾，俄而玄軍前隊，鼓譟前來，大呼放仗。元顯拍馬急奔，還入東府，元顯討王恭時，曾以果銳見稱，此時竟如此頹靡，到已死得半截了。將佐統皆逃散，唯張法順一騎隨歸。元顯前曾錄尚書事，與乃父東西對居，道子所居稱東錄，元顯所居稱西錄，西府車騎輻輳，東府門可張羅，後來星孛天津，元顯解職，仍加尚書令。吏部尚書車胤，密白道子，請抑元顯。元顯聞悉，謂胤離間父子，意欲害胤，胤竟惶急自殺。自是公卿以下，無一敢與元顯抗禮。至元顯敗還，大都袖手旁觀，無人顧卹，只有道子是情關骨肉，狼狽相依，雖平時亦隱恨元顯，到此丟去前嫌，想替兒子設法。怎奈想了多時，不得一籌，唯有相對泣下。俄而從事中郎毛泰，導引玄軍，闖將進來，七手八腳，把元顯抓了出去，送往新亭，縛諸舫前，由玄歷數元顯罪惡。元顯也不多言，但自稱為王誕張法順所誤，懊悔不休。玄覆命將王誕張法順拿住，與元顯同付廷尉，置諸獄中，一面整仗入京，矯詔解嚴，自為丞相，總掌百揆，都督中外諸軍，錄尚書事，領揚州牧。令桓偉為荊州刺史，桓謙為尚書左僕射，桓修為徐兗二州刺史，桓石生為江州刺史，卞范之為丹陽尹，王謐為中書令。新安太守殷仲文，係玄姊夫，棄郡投玄，星夜入都，玄即授為諮議參軍。晉安帝本同木偶，未曉國事，內政一切，統由琅琊王德文代理，德文又無兵無權，如何能制服桓玄？玄得獨斷獨行，不過藉著天子的名目，號令四方，當下將元顯等牽出獄外，先將元顯開了頭刀，次及譙王尚之，又次及庾楷張法順。唯王誕本應同斬，桓修為舅乞憐，才得免死，流戍嶺南。再收捕元顯家屬，得元顯子六人，一併處死。只因道子為安帝叔父，不得不欺人耳目，先行奏聞，然後處置。奏中有「道子酗縱不孝，罪應棄市」等語。復詔援議親故例，貸道子死，徙居安成郡，使御史杜竹林，偕往管束。竹林密承玄旨，鴆死道子，父子代握

政權，威嚇已極，至此相繼遇害，這叫做自作孽，不可活呢。法語之言。

　　劉牢之留次溧州，靜待好音，好幾日才見朝命，但授為會稽內史。牢之驚嘆道：「今日便奪我兵權，禍在目前了。」已而敬宣自建康馳至，乃是討差出來，佯稱替玄慰諭，暗中卻為父設謀，進襲桓玄。牢之遲疑未決，私召劉裕入商道：「我悔不用卿言，致為桓玄所賣。今欲北趨廣陵，聯結高雅之等，起兵討逆，卿可從我去否？」裕答道：「將軍率勁卒數萬，望風降玄，今玄已得志，威震天下，朝野人士，已失望將軍，將軍豈尚能再振麼？裕只有棄官歸里，不敢再從將軍。」言畢即退，出外遇著何無忌。無忌密問道：「汝將何往？」裕與語道：「我觀劉公必不能免，卿不若隨我至京口。桓玄若守臣節，我與卿不妨事玄，否則與卿圖玄便了。」無忌依議，也不向牢之告辭，竟偕裕同往京口去了。牢之大集僚佐，擬據住江北，糾眾討玄。參軍劉襲進言道：「天下唯一反字，最悖情理，將軍前反王兗州，指王恭。近日反司馬郎君，指元顯。今又欲反桓玄，一人三反，如何自立？」這數句話說得牢之瞪目結舌，無言可答。襲亦退出，飄然自去。佐史亦多半散走。牢之驚懼，使敬宣至京口迎家眷。敬宣愆期不還，牢之還道是機謀已洩，為玄所殺，乃率部曲北走。到了新洲，部眾散盡，牢之悔恨已極，且恐玄軍追來，竟解帶懸林，自縊而死。真是死得不值。尚有左右數人，代為棺殮，草草了事。及敬宣奔至，驚悉牢之早死，無暇舉哀，匆匆渡江，逃往廣陵。桓玄聞報，命將牢之斲棺梟首，曝屍市中。牢之驍勇過人，當時推為健將，唯故太傅謝安在日，嘗說牢之器小，不可獨任，獨任必敗，至是果如安言。

　　桓玄又偽示謙恭，讓去丞相，改官太尉，兼領豫州刺史，餘官如故。國家大事，俱就諮詢，小事乃決諸尚書令桓謙，及丹陽尹卞范之。自從安帝嗣位以來，會稽父子，秉權亂政，鬧得一蹋糊塗。玄初入建康，黜奸

第八十九回　覆全軍元顯受誅　奪大位桓玄行逆

佞，攬賢豪，都下人民，欣然望治。過了月餘，玄即奢侈無度，政令失常，朋黨互起，凌侮朝廷，甚至宮中供奉，亦隱加尅扣。安帝以下，不免飢寒；再加三吳大飢，民多餓死。臨海永嘉，又遭孫恩盧循等侵掠，十室九空，百姓流離死亡，苦不勝言。桓玄出屯姑孰意欲撫安東土，乃遣人招致盧循，使為永嘉太守。循雖然受命，仍是暗中劫奪，騷擾不休。玄卻自詡有功，隱諷朝廷，錄取前後勳績，加封豫章桂陽諸郡公。又復表辭不受，暗囑有司為子姪請封。晉廷怎敢不依，因封玄子昇為豫章公，玄兄子濬為桂陽公。樂得炫赫。一面鉤求異黨，再殺吳興太守高素，將軍竺謙之劉襲等人。數子皆牢之舊將，故一併遇害。襲兄冀州刺史劉軌，邀同司馬休之劉敬宣高雅之等，共據山陽，欲起兵攻玄，被玄先期察覺，發兵控御。軌等自知無成，走投南燕去了。

　　越年二月，玄上表申請，願率諸軍討平關洛，有詔授玄為大將軍。玄命整繕舟師，先制輕舸數艘，裝載服玩書畫。有人問為何因？玄答道：「兵凶戰危，倘有意外，當使輕便易運，免為敵人所掠呢。」這語一傳，大眾始知他飾辭北伐，其實為求封大將軍起見。果然不到數日，朝旨復下，飭玄緩進。玄借朝命宣示將士，不復出兵。一味詐偽。已而荊州刺史桓偉病死，玄令桓修繼任。從事中郎曹靖之說玄道：「謙修兄弟，專據內外，權勢太重，不可不防。」玄乃令南郡相桓石康為荊州刺史，石康為玄從弟，仍係桓氏親屬，曹靖之徒費唇舌，反多為桓氏增一羽翼罷了。侍中殷仲文，散騎常侍卞范之，為玄心腹，密勸玄早日受禪，且由仲文起草，代撰九錫文及冊命，玄當然心喜。朝右大臣，統是玄黨，便即迫安帝下詔，冊命玄為相國，總百揆，晉封楚王，領南郡南平宜都天門零陵營陽桂陽衡陽義平十郡，加九錫典禮，得置丞相以下官屬。桓謙進任衛將軍，錄尚書事。王謐為中書監，領司徒，桓胤為中書令，桓修為撫軍大將軍。

時劉裕為彭城內史，修因召裕密問道：「楚王勳德崇隆，中外屬望，聞朝廷將俯順人情，仿行揖讓故事，卿意以為何如？」裕應聲道：「楚王為宣武令嗣，溫諡宣武，見前文。勳德蓋世，宜膺大寶。況晉室衰弱，民望久移，乘運禪代，有何不可？」看到後文，實是請君入甕。修欣然道：「卿以為可，還有何人敢云不可呢？」裕暗笑而退。

　　新野人庾仄，為殷仲堪舊黨，聞玄謀篡逆，即糾眾襲擊襄陽，逐走刺史馮該。當下闢地為壇，祭晉七廟祖靈，禡師誓眾，傳檄討玄，也是漢翟義流亞，故特敘入。江陵震動。適值桓石康涖鎮，引兵攻襄陽，仄出戰敗績，奔投後秦。玄偽欲避嫌，自請歸藩。桓修等入白安帝，請帝手詔慰留，安帝不得不從。玄又詐言錢塘臨平湖忽開，江州有甘露下降，使百僚集賀廟堂，矯詔謂：「相國至德，感格神祇，所以有此嘉瑞」云云。玄復自思前代受命，多得隱士，乃特徵前朝高隱皇甫謐六世孫希之，為著作郎，又使希之固辭不就，然後下詔旌禮，號為高士，時人譏為充隱。都人士有法書好畫，及佳園美宅，必為玄所垂涎，嘗誘令賭博，使作孤注，得勝便取為己有。生平尤愛珠玉，玩不釋手，至逆謀已成，遂假傳內旨，加玄冕十有二旒，建天子旌旗，出警入蹕，車駕六馬，樂舞八佾，妃得稱王后，世子得稱太子。卞範之便代草禪詔，迫令臨川王司馬寶，持入宮中，脅安帝照文謄錄，蓋用御印，當即發出。越宿，逼帝臨軒，交出璽綬，遣令司徒王謐齎給楚王，復徙帝出居永安宮。又越宿，遷太廟神主至琅琊廟，逼何皇后係穆帝后，嘗居永安宮。及琅琊王德文，出居司徒府。何皇后行過太廟，停輿慟哭，哀感路人；後來為玄所聞，勃然怒道：「天下禪代，不自我始，與何氏婦女何涉，乃無端妄哭呢？」你既要笑，何後怎得不哭？

　　王謐既將璽綬獻玄，百官又統至姑孰，聯名勸進。玄命在九井山北，築起受禪臺來，便於元興二年十二月朔旦，僭即帝位，改國號楚，紀元永

第八十九回　覆全軍元顯受誅　奪大位桓玄行逆

始，廢安帝為平固王，王皇后為平固王妃，降何后為零陵縣君。琅琊王德文為石陽公，武陵王遵為彭澤縣侯，追尊父溫為宣武皇帝，母南康公主為宣皇后，封子昇為豫章王。餘如桓氏子弟族黨，一律封賞，大為王，次為公，又次為侯。過了數日，玄乘法駕，設鹵簿，馳入建康宮。途中適遇逆風，旌旗皆偃，及登殿升座，猛聽得豁喇一聲，御座陷落，好似有人在後推玄，險些兒跌將下來。小子走筆至此，因隨書一詩道：

唐虞禪位傳文德，漢魏開基本武功。
功德兩虧謀盜國，任他狡獪總成空。

究竟玄曾否跌下，待至下回續表。

會稽父子，相繼為惡，實為東晉厲階。桓玄之起兵作亂，禍實啟於元顯一人，而道子之不能制子，亦寧得謂其無咎？故元顯之梟首，與道子之鴆死，理有應得，無足怪也。唯劉牢之欲收鷸蚌之利，卒死於桓玄之手，黨惡亡身，欲巧反拙，天下之專圖利己者，其亦可自返乎？桓玄才智，不及乃父，徒乘晉室之衰，遍樹族黨，竊人家國，彼方以為人可欺，天亦可欺，篡逆詐奪，任所欲為，庸詎知冥漠之中，固自有主宰在耶？蓋觀於逆風之阻，御座之傾，而已知天意之誅玄矣。

第九十回
賢孟婦助夫舉義　勇劉軍敗賊入都

　　卻說桓玄上登御座，忽致陷落，幾乎跌下。左右慌忙扶住，才得站住。群下統皆失色，獨殷仲文向前道：「這是聖德深厚，地不能載，所以致此。」虧他善諛。玄乃易驚為喜，出殿還宮，徙安帝出居尋陽，納桓溫神主於太廟中，立妻劉氏為皇后。散騎常侍徐廣，請依據晉典，建立七廟。玄自以為祖彝以上，名位未顯，不欲追尊，但詭詞辯駁道：「禮云三昭三穆，與太祖為七，是太祖應為廟主，昭穆皆在太祖以下。近如晉室太廟，宣帝反列在昭穆中，次序錯亂，怎得奉為定法呢？」廣乃默然退出，適遇祕書監卞承之，述及前言。承之喟然道：「宗廟祭祀，上不及祖，眼見是楚德不長了。」桓彝忠晉，桓玄篡晉，祖孫志趣不同，無怪玄之不願追尊。承之謂楚德不長，豈尊祖便能長久麼？

　　玄性苛細，好自矜伐，朝令暮更，群下無所適從，遂致奏案停積，紀綱不治；唯素好遊畋，日必數出。兄偉葬日，旦哭晚遊。且出入未嘗預告，一經命駕，傳呼嚴促，侍從奔走不暇，稍或遲慢，即遭斥責，所以眾情咸貳，怨氣盈廷。玄心中也不自安，時常戒備。一夕，有濤水湧至石頭城下，奔騰澎湃，突如其來，岸上人不及奔避，多被狂濤捲去，頓時天昏地黯，鬼哭神號。玄在建康宮中，也有聲浪傳到，矍然驚起道：「敢是奴輩發作麼，如何是好？」說著，即命左右出外探聽。及接得還報，方知巨濤為祟，才得放心。

第九十回　賢孟婦助夫舉義　勇劉軍敗賊入都

　　尋遣使至益州，加封刺史毛璩為散騎常侍，兼左將軍。璩不肯服玄，竟將來使拘住，扯碎玄書。因授桓希為梁州刺史，令他分派諸將，調成三巴，嚴防毛璩。璩索性傳檄遠近，列玄罪狀，慷慨誓師，剋日東討。彷彿似雷聲一震。當下遣巴東太守柳約之，建平太守羅述，徵虜司馬甄季之，會攻桓希，大得勝仗，遂引兵進屯白帝城。玄又命桓弘為青州刺史，鎮守廣陵，刁逵為豫州刺史，鎮守歷陽。弘令青州主簿孟昶，入都報政，玄見他詞態雍容，很加器重，便語侍臣劉邁道：「素士中得一尚書郎，與卿同一州裡，卿可相識否？」邁與昶皆下邳人，素不相悅，至是即應聲道：「臣在京口，不聞昶有異能，但聞他父子紛紛，互相贈詩哩。」玄付諸一笑，乃遣昶仍返青州。昶行至京口，止與劉裕相遇，彼此敘談，頗覺投機。裕笑語道：「草澤間當有英雄崛起，卿可聞知否？」昶接口道：「今日英雄為誰，想便應屬卿了。」看官聽說，昶因劉邁從中媒糵，隱懷憤恨，所以見了劉裕，樂得乘間挑釁，要他去做個衝鋒，推倒桓玄。

　　裕乃與昶共議匡複方法，當時有好幾處機會，可以聯絡，一是弘農太守王元德，與弟仲德皆有大志，不服桓玄，此時卸職入都，正好使他內應。還有前河內太守辛扈興，振威將軍童厚之，亦寓居建康，與裕素有往來，亦可密令起應元德，做個幫手；二是裕弟道規，方為青州中兵參軍，正好使他暗襲桓弘，當令孟昶還白道規，佐以沛人劉毅合約舉事；三是豫州參軍諸葛長民，也是裕一個密友，正好使他同時舉發，襲取豫州刺史刁逵，據住歷陽。安排已定，便分頭通知。

　　孟昶立即辭行，返至青州，即向妻周氏說道：「劉邁在都中毀我，使我一生淪落，我決當發難，與卿離絕，倘然得遇富貴，迎汝未遲。」周氏接口道：「君有父母在堂，理應奉養，今君欲建立奇功，亦非婦人所能諫阻，萬一不成，當由妾謹事舅姑，死生與共，義無歸志，請君不必多

心。」好婦人。昶沉吟多時，欲言不言，因抽身起座，意欲外出。周氏已瞧破情形，抱兒呼昶，復令返座道：「看君舉措，並非欲謀及婦人，不過欲得我財物呢。」說著，又指懷中兒示昶道：「此兒如可質錢，亦所不惜。」昶乃起謝。原來周氏多財，積蓄頗饒，至此遂傾資給昶，昶得與劉道規等聯同一氣，相機下手，一面預報劉裕。裕與何無忌同居京口，無忌嘗思為舅復仇，當然與裕同志，事必預謀。裕既決計起兵，令無忌夜草檄文，無忌母為劉牢之姊，從旁瞧著，不禁流涕道：「我不及東海呂母，王莽時人，見《漢書》。汝能行此，還有何恨？」隨即問同謀為誰？無忌答稱劉裕。母大喜道：「得裕為主，桓玄必滅了。」孟昶有妻，何無忌有母，卻是無獨有偶。

　　過了兩日，無忌偕裕出行，託詞遊獵，號召義徒，共得百餘名，就中選得志士二十人，使充前隊，自己冒作敕使，一騎當先，揚鞭入丹徒城。徐兗二州刺史桓修，聞有敕使到來，便出署相迎。兜頭遇著無忌，正要啟問，偏被無忌順手一刀，頭隨刀落，當下大呼討逆，眾皆駭散。劉裕得無忌捷報，即馳入府舍，揭榜安民，片時已定。當將桓修棺殮，埋葬城外。召東莞人劉穆之為府主簿，穆之直任不辭。徐州司馬刁弘，得知丹徒有變，方率文武佐吏，來探虛實。裕登城與語道：「郭江州指前刺史郭昶之。已奉乘輿，反正尋陽，我等並奉密詔，誅除逆黨，今日賊玄首級，已當梟示大眾，諸君皆大晉臣子，來此何干？」弘等聞言，信以為真，當即退去。適值孟昶劉毅劉道規，誘殺桓弘，收眾渡江，來會劉裕。裕令劉毅追襲刁弘，殺死了事。

　　青徐兗三州已經略定，只有建康及豫州二路，尚未發作。裕令毅作書報告乃兄，乃兄就是劉邁，得了毅書，躊躇未決。致書人周安穆，見邁懷疑，恐謀洩罹禍，匆匆告歸。邁正受玄命為竟陵太守，意欲黿夜出行，冀

第九十回　賢孟婦助夫舉義　勇劉軍敗賊入都

得避難，忽由桓玄與書，謂：「北府人情云何？卿近見劉裕，彼作何詞？」邁閱書後，還道玄已察裕謀，竟默然待旦，自行出首。玄頓覺大驚，面封邁為重安侯，立飭衛兵出宮，收捕王元德辛扈興童厚之等，駢戮市曹。已而有人向玄譖邁，謂邁縱歸周安穆，不免同謀。玄遂收邁下獄，亦處死刑。邁亦該死。

那劉裕已為眾所推，作為盟主，總督徐州軍事，用孟昶為長史，檀憑之為司馬，當下號召徐兗二州眾士，得一千七百人，出次竹裡，傳檄遠近，聲討桓玄。玄因命揚州刺史桓謙為征討都督，並令侍中殷仲文，代桓修為徐兗二州刺史，會同拒裕。謙請發兵急擊，玄皺眉道：「彼眾甚銳，向我致死，我若一挫，大事去了，不若屯兵覆舟山下，以逸待勞，彼空行至二百里，無從一戰，銳氣必挫。忽見我大軍屯守，勢必卻顧，我再按兵堅壘，勿與交鋒，使彼求戰不得，自然散去，這乃是今日的上計哩。」謙尚執定前議，仍然固請。玄乃請頓邱太守吳甫之，右衛將軍皇甫敷，北擊裕軍。各軍陸續出發，玄心下還帶著驚慌，繞行宮中，徬徨不定。左右從旁勸慰道：「裕等不過烏合，勢必無成，至尊何必多慮？」玄搖言道：「裕乃當世英雄，劉毅家無擔石，樗蒱且一擲百萬，何無忌酷似彼舅，共舉大事，何謂無成？」說至此，又憶從前不聽妻言，懊悵不置。原來裕為彭城內史，曾在桓修麾下，兼充中書參軍。修嘗入都謁玄，裕亦從行。玄見裕風骨不凡，稱為奇傑，待遇甚優，每值宴會，必召裕入座。玄妻劉氏，從屏後窺見裕貌，謂裕龍行虎步，瞻顧非凡，將來必不可制，因勸玄趁早除裕。玄欲倚裕為助，故終不見從，誰知裕還京口，果然糾眾發難，做了桓玄的對頭，玄怎得不悔？怎得不恨？但已是無及了。劉寄奴王者不死，蛇神且無如之何，玄夫婦怎能死裕。劉裕率軍徑進，攻克京口，用朱齡石為建武參軍。齡石父綽，曾為桓衝屬吏，至是齡石雖受裕命，自言受桓氏厚

恩，不欲推刃。裕嘆為義士，但令隨著後隊，不使前驅。行至江乘，正值玄將吳甫之，引兵殺來。甫之向稱驍勇，全不把劉裕放在眼中，拍馬直前，挺槊急進。裕軍前隊，卻被撥落數人，正在殺得興起，驀有一將馳至，厲聲大呼道：「吳甫之敢來送死嗎？」甫之未曾細瞧，已被來將大刀一劈，剁落馬下。看官道是何人？原來就是劉裕。裕乘甫之不備，把他劈死，便即殺散餘眾，進軍羅落橋。對面有敵陣列著，乃是玄將皇甫敷。裕又欲親出接戰，獨司馬檀憑之，縱馬先出，與敷交鋒，戰了數十回合，憑之力怯，一個失手，為敷刺死。裕不禁大怒，自出接仗，敷素聞裕名，不敢輕與交手，唯麾眾圍裕，繞裕數重。裕毫不畏縮，倚著大樹，與敷力戰。敷呼裕道：「汝欲作何死？」說著，即拔戟刺裕。裕大喝一聲，嚇得敷倒退數步，不敢近前。可巧裕黨共來救應，擊破敷眾，敷解圍欲走，裕令軍士一齊放箭，射中敷額，敷遇創僕地，裕持刀直前，將要殺敷，但聽敷淒聲語道：「君得天命，敷應受死，唯願以子孫為託。」裕一面允諾，一面下手斬敷，隨令軍吏厚恤敷家，安撫孤寡，示不食言。且因檀憑之戰死軍中，特令他從子檀祗，代領遺眾，仍然進薄建康。

桓玄聞二將戰死，越覺驚心，忙召諸術士推算吉凶，併為厭勝詛咒諸術，並問及群臣道：「朕難道就此敗亡麼？」群臣皆不敢發言。獨吏部郎曹靖之抗聲道：「民怨神怒，臣實寒心。」玄瞿然道：「民或生怨，神有何怒？」靖之道：「晉氏宗廟，飄泊江濱，大楚祭不及祖，怎得不怒？」玄又道：「卿何不先諫？」靖之道：「輦下君子，統說是時逢堯舜，臣何敢多言。」玄無詞可答，只長嘆了好幾聲。威風掃盡。尋使桓謙出屯東陵，卞范之出屯覆舟山西，共合二萬人。裕至覆舟山東，使軍士飽餐，棄去餘糧，期在必死，先令老弱殘兵，登高張旗，作為疑兵，然後與劉毅等分作數隊，突進謙陣。毅與裕俱身先士卒，拚死直前，將士亦踴躍隨上，喊聲

第九十回　賢孟婦助夫舉義　勇劉軍敗賊入都

動地。適有大風從東北吹來，裕軍正在上風，便放起一把火來，火隨風勢，風助火威，燒得桓謙部下，都變了焦頭爛額的活鬼，那裡還敢戀戰，紛紛大潰。謙與范之，也一溜煙似的跑去，苟延生命。

玄因兩軍交戰，時遣偵騎探報，偵騎見了疑兵，即返報裕軍四塞，不知多少。玄亟遣武衛將軍庾賾之，帶領精兵，往援謙軍，暗中卻使領軍將軍殷仲文，至石頭城預備船隻，以便逃走。忽有探馬跟蹤入報，說是桓謙卞范之兩軍，俱已敗潰。玄忙集親信數千人，倉皇出奔，口中還聲言赴戰，挈同子昇及兄子濬，出南掖門。適遇前相國參軍胡藩，叩馬諫阻道：「今羽林射手，尚有八百，非親即故，彼受陛下累世厚恩，應肯效力，乃不驅令一戰，偏捨此他去，究竟何處可以安身？」玄不暇對答，但用鞭向天一指，便即策馬西走。馳至石頭，見仲文已備齊船隻，即下船駛行。船中未曾備糧，經日不食。及駛至百里外，方從岸上覓得粗糲，刈葦為炊，大眾才得一飽。玄勉強取食，咽不能下，由子昇代為撫胸，惹得玄涕泣俱下，復恐追兵到來，徑往尋陽去了。

唯建康城內，已無主子，司徒王謐等，當然背玄，迎裕入都。王仲德抱元德子方回，出城候裕。裕接見後，便將方回抱入懷中，與仲德對哭一場，面授仲德為中兵參軍，追贈元德為給事中，然後將方回繳還仲德，引兵馳入都中。越日，移屯石頭城，設立留臺，令百官照常辦事，取出桓溫神主，至宣陽門外毀去，另造晉室新主，奉入太廟。又派劉毅等追玄，所有桓氏族黨，留居建康，盡行捕誅。再使部將臧熹入宮檢收圖書器物，封閉府庫，熹一一斂貯，毫無所私。裕乃倡言迎駕，使尚書王嘏，率百官往尋陽，迎還安帝。嘏與百官奉令去訖，唯王謐居守留臺，推裕領揚州軍事。裕一再固辭，讓謐為揚州刺史，仍領司徒，兼官侍中，錄尚書事。謐復推裕都督揚徐兗豫青冀幽並八州，領徐州刺史，裕即受任不辭。辭揚州

而不辭八州，其意可知。當下令毅為青州刺史，何無忌為琅琊內史，孟昶為丹陽尹，劉道規為義昌太守。凡軍國處置，俱委任劉穆之，倉猝辦定，無不就緒，朝野翕然。只諸葛長民前與裕約，謀據歷陽，事尚未發，為刺史刁逵所聞，將他拘住，檻送建康。行亞當利，聞得桓玄出走，建康已屬劉裕，解差樂得用情，破檻放出長民，還趨歷陽。歷陽兵民，乘機反正，逐去刺史刁逵，逵棄城出走，正與長民相值，再經城中兵士追來，無從逃避，只好下馬受縛，由他解送石頭，一刀處死。子姪等亦皆駢戮，唯季弟給事中刁聘，幸得赦免。裕令魏詠之為豫州刺史，鎮守歷陽，諸葛長民為宣城內史。先是裕少年微賤，輕狡無行，名流多不與往來，唯王謐素來重裕，嘗語裕道：「卿當為一代英雄。」裕亦因此自負。會與刁逵賭博，輸資不償，逵縛諸樹上，責令還值，嗣由謐代為償還，方得釋裕。裕感謐愈深，恨逵亦愈甚，至是酬恩報怨，才得伸志。唯桓玄簒位時，謐實助玄為虐，手解安帝璽綬，獻與桓玄。見前回。時論皆不直王謐，謂宜聲罪伏誅，獨裕力為保全，謐才得無恙。因私廢公，終屬非是。

　　桓玄奔至尋陽，將要息肩，聞得劉毅等又復追來，他急脅迫安帝兄弟，及何王二后，乘舟西行。安帝被徙尋陽，事見上文。留龍驤將軍何澹之，與前將軍郭銓，刺史郭昶之等，堵仗溢口。劉毅等不能前進，尚書王嘏等，無從迎駕，只好還報劉裕。裕乃託稱受帝密詔，迎武陵王司馬遵為大將軍，暫居東宮，承制行事。遵父名晞，就是元帝第四子，受封武陵，由遵襲爵，留官建康，任中領軍。桓玄簒位，降遵為彭澤侯，勒令就鎮。遵甫出石頭，裕軍已至，乃退還就第，此時總攝百揆，稱制大赦，唯桓玄一族，不在赦例。可巧劉敬宣司馬休之，自南燕奔歸，遂令休之領荊州刺史，監督荊益梁寧秦雍六州軍事，敬宣為晉陵太守。他兩人奔往南燕時，曾與劉軌高雅之同行，見前回。後欲密圖南燕王慕容備德，事洩南奔，軌

第九十回　賢孟婦助夫舉義　勇劉軍敗賊入都

與雅之被南燕兵追斬,獨休之敬宣得脫,還為晉臣。休之奉命赴鎮,但此時的荊州,尚為桓石康所據,怎肯讓與休之,再加桓玄自尋陽奔赴,當然迎納桓玄,與晉反抗。玄仍稱楚帝,即以江陵為楚都,眼見得桓玄雖敗,還有一片尾聲。小子有詩詠道:

石頭城內慶安全,半壁江山得少延。
只有荊襄還未靖,尚勞兵甲掃殘煙。

欲知江陵如何攻克,待至下回再表。

劉裕起兵討玄,主謀者實為孟昶,昶之慫恿劉裕,為私怨而發,非真知有公義也。觀其對妻之言,全為劉邁一人,而周氏獨能傾囊相助。且謂義無歸志,彼知從夫之義,寧不能知報國之忠,其所由慨然給資者,正欲昶之乘間除逆耳。周氏誠賢矣哉!本回特舉以標目。所以揚巾幗,愧鬚眉也。何無忌母,為弟復仇,猶其次焉者耳。劉裕一舉,桓氏瓦解,師直為壯,曲為老,復得裕以統率之,何患不成?玄之懼裕,譬諸賊膽心虛,不寒自慄耳。然裕誅刁逵而不誅王謐,裕已第知有私,不知有晉矣,寧待篡位而始見裕之心哉?

第九十一回
蒙江洲馮遷誅逆首　陷成都譙縱害疆臣

　　卻說桓玄退居江陵，仍稱楚帝，署置百官，用卞范之為尚書僕射，倚作心腹，自恐奔敗以後，威令不行，乃更加嚴刑罰，好殺示威。殷仲文勸玄從寬，玄發怒道：「今因諸將失律，天文不利，故還都舊楚。今群小紛紛，妄興異議，方當嚴刑懲治，奈何反說從寬呢？」仲文不便再勸，只好退出。玄兄子歆，賄結氐帥楊秋，進寇歷陽，為魏詠之諸葛長民劉敬宣等擊敗，追至練固，將秋殺斃。玄再使武衛將軍庾雅祖，江夏太守桓道恭，率數千人助何澹之，共守湓口。見前回。晉將何無忌劉道規，引兵至桑落洲，與澹之等乘舟交戰。澹之平時的坐船，羽儀旗幟，很是輝煌，無忌語眾將道：「澹之必不居此，無非虛張聲勢，搖惑我軍，我當先奪此船。」眾將道：「澹之既不在此船，就使奪得，也屬無益。」無忌道：「彼眾我寡，勝負難料，澹之既不居此船，戰士必弱，我用勁兵往攻，定可奪取，奪取以後，彼衰我盛，乘勢迫擊，破賊無疑了。」以實攻虛，也是一策。道規也以為然，遂遣精兵往攻。船中果無健將，立被晉兵奪來。無忌即令軍士傳呼道：「我軍已擒得何澹之了。」是謂以虛欺實。澹之軍中，聞聲大驚，自相諠擾。就是晉軍也道是已得澹之，勇氣百倍，當由無忌道規，麾軍進攻澹之等。澹之各軍，已經氣奪，怎禁得晉軍猛撲，奮勇殺來，頓時逃的逃，死的死，澹之等一齊遁去。無忌道規，得駛入湓口，進屯尋陽，取得晉宗廟主祐，奉還京師。

第九十一回　蒙江洲馮遷誅逆首　陷成都譙縱害疆臣

桓玄接得澹之等敗報，復大集荊州士卒，得眾二萬人，樓船數百艘，再挾安帝東下，親來督戰。使散騎常侍徐放先行，入說劉裕等道：「若能旋軍散甲，當共同更始，各授爵位，令不失職。」裕等當然不從，更撥青州刺史劉毅，及下邳太守孟懷玉，會師尋陽，與何無忌劉道規兩軍，西出拒玄。兩軍相遇崢嶸洲，毅軍尚不滿萬人，見玄軍軍容甚盛，各有懼色，意欲退還尋陽。獨劉道規挺身道：「行軍全在氣勢，不在多寡，今欲畏怯不進，必為所乘，就使得返尋陽，亦豈遂能固守？玄雖外示聲威，內實恇怯，並且前次已經奔敗，眾無固志，臨機決勝，在此一舉，怕他什麼！」說著，即麾眾前進，毅等乃鼓棹隨行。兩下方才交鋒，忽江面颼起一陣大風，吹向玄舟，道規人喜，即令軍士縱火，順風燒賊。毅等亦助薪揚威，煙焰迷濛，統望玄舟撲去。玄眾本無鬥志，再加大火衝來，船多被焚，哪裡還敢對敵，當下散舟大潰。玄坐舫邊備有小舸，慌忙挾帝換船，飛槳西走。時何王二后，亦被玄脅令從軍，避火亂奔，行至巴陵，殷仲文收集散卒，背叛桓玄，奉二后奔往夏口，旋即東入建康。唯桓玄挾住安帝，再返江陵，玄將馮該，請再整兵拒戰，無如人情離沮，號令不行。玄不得已乘夜出走，欲奔漢中，往依梁州刺史桓希。甫至城闉，忽暗中有數人閃出，持刀斫玄。玄手下尚有心腹百餘人，慌忙代玄格住，玄才得免傷。彼此互相刺擊，天又昏黑，不能細辨，但亂殺了一回，徒落得肝腦塗地，屍首塞途。玄單騎逃出，幸得下船，待了片刻，唯卞范之踉蹌奔來，尚有嬖人丁仙期萬蓋等，也隨後趨至，偕玄西行。好算是桓玄患難朋友。安帝才免挾去，由荊州別駕王康產，奉帝入南郡府舍。南郡太守王騰之，率領文武，為帝侍衛。琅琊正德文，始終隨著安帝，不離左右。安帝至此，才覺驚魂粗定，稍安寢食了。慢著。益州刺史毛璩，前曾移檄討玄，因為桓希所阻，未曾東下。事見前回。有姪修之，為漢中屯騎校尉，與璩交通，他聞

玄戰敗西奔，正好設法除奸，便親詣玄舟，詐言蜀地無恙，不妨前往。玄已如漏網魚，脫籠鳥，但教有路可奔，無不願行，再加子姪輩陸續奔集，船中也有數十人，樂得一同西往，權尋一個安身窠。日暮途窮，還想擇地安身麼？適寧州刺史毛璠，在任病歿，璠係璩弟，由璩遣從孫毛祐之，及參軍費恬，督護馮遷等，護喪歸江陵，道出枚回洲，正與桓玄遇著。兩邊俱係舟行，祐之眼快，看見玄坐在舟中，便遙問道：「逆賊何往？」一聲喝著，舟中競起，統彎弓放箭，射向玄舟。玄驚慌得很，嬖人丁仙期萬蓋，挺身蔽玄，俱被射死。益州督護馮遷，索性督同壯士，躍過玄舟，持刀徑入。玄戰聲道：「汝，汝何人？敢殺天子？」遷應聲道：「我來殺天子的賊臣。」道聲未絕，刀光一閃，已將玄首劈下。玄子昇忙來救護，已是不及，反被馮遷等打倒，捆綁起來。毛祐之費恬等，一齊到玄舟中，劈死桓石康桓濬，唯卞范之鳧水逃去。毛修之持了玄首，毛祐之鎖住桓昇，同赴江陵，即遣人迎入安帝，暫借江陵為行宮，下詔大赦。唯桓氏不赦，命將桓昇牽出市曹，一刀斬訖。進毛修之為驍騎將軍，餘亦封賞有差，一面傳送玄首，懸示大桁。

　　劉毅等聞乘輿反正，總道江陵已平，不必速進，且連日為逆風所阻，未便行舟，所以沿途逗留。哪知死灰復燃，餘孽再熾。玄從子桓振，自華容浦糾眾出來，掩襲江陵城。桓謙本避匿沮中，也聚黨應振，眾又逾千。江陵空虛，只有王康產王騰之守著，驀被桓振等陷入，慌忙抵敵，已是不及，兩人相繼戰死。桓振躍馬操戈，直入行宮，向安帝追索桓昇，張目奮須道：「臣門戶何負國家，乃屠滅至此？」安帝面如土色，連一句話都說不出來。還是琅琊王德文，從旁代答道：「這豈我兄弟本意麼！」語亦可憐。振尚不肯斂手，奮戈指帝。可巧桓謙馳入，斥振無禮，苦加禁阻。振乃斂容下馬，再拜而出。越宿為玄發喪，偽諡武悼皇帝。又過一宵，桓謙等率

第九十一回　蒙江洲馮遷誅逆首　陷成都譙縱害疆臣

領群臣，奉還璽綬，且上言道：「主上法堯禪舜，德媲唐虞，今楚祚不終，民心仍還向晉室，謹將璽綬奉繳，借副眾望。」琅琊王德文，接了璽綬，交與安帝，又不得不婉言羈縻，令他退候詔旨，謙等奉命退出。未幾，即有詔命頒發，授德文為徐州刺史，桓振為荊州刺史，都督八郡軍事，桓謙復為侍中衛將軍，加江豫二州刺史。於是桓氏又得專政，侍御左右，皆振爪牙。振少時無賴，為玄所嫉，至是振嘆息道：「我叔父不早用我，遂致敗亡；若使叔父尚在，我為前鋒，天下已早定了。今局居此地，果將何歸？看來是不能久持呢。」頗有自知之明。謙勸振引兵東下，自守江陵。振方縱情酒色，肆行殺戮，欲安享幾日的威福，怎肯再行赴敵？謙只得招募徒眾，出堵馬頭，使桓蔚往戍龍泉。

劉毅何無忌劉道規等，接得江陵警耗，方鼓行西進，擊破桓謙，又分兵再破桓蔚，兵勢大振。無忌欲乘勝直趨江陵，道規諫阻道：「兵法屈伸有時，不可輕進。諸桓世居西楚，群小皆為竭力，振又勇冠三軍，難與交鋒，今且息兵養銳，佯為示弱，待他驕怠，不患不勝。」無忌不從，引軍直進。桓振果傾眾出戰。馮該卞范之等，又先後趨集，與無忌交戰靈溪。無忌抵擋不住，前隊多死，沒奈何退保尋陽，與劉毅等上箋請罪。劉裕仍命毅節度諸軍，唯奪去青州刺史官職。毅整署兵甲，修繕船械，再圖西進。劉敬宣豫儲糧食，撥給各軍，所以無忌等雖然敗退，不致大挫。休養數日，復從尋陽出發，前往復口。桓振遣馮該守東岸，孟山圖據魯山城，桓仙客守偃月壘。共計萬人，水陸互援。劉毅攻孟山圖，道規攻偃月壘，無忌遏住中流，抵禦馮該，自辰至午，晉軍大勝，擒住山圖仙客，獨馮該走往石城。毅等進拔巴陵，軍令嚴整，不準侵掠，百姓安堵如常。

劉裕覆命毅為兗州刺史，規復江陵。時益州刺史毛璩，從白帝城引兵出發，襲破漢中，得誅桓希。桓氏勢力日蹙，唯荊襄尚為所據。桓振令桓

蔚駐守襄陽，勉強過了殘年。一交正月，南陽太守魯宗之，起兵討逆，掩入襄陽城。桓蔚走還江陵，劉毅並集各軍，再攻馬頭。桓振挾安帝出屯江津，遣使求割江荊二州，然後送還天子。劉毅不許。振正欲拒戰，不防魯宗之殺入柞溪，擊破振將桓楷，進駐紀南。振不得不還防宗之，留桓謙馮該卞范之守住江陵，監視安帝兄弟。謙令馮該堵截豫章口，為劉毅等所擊敗，再奔石城。毅等直至江陵城下，縱火焚門，謙等棄城西遁。唯卞范之遲走一步，被晉軍攔住，拿下處斬。隨即撲滅餘火，麾軍入城。卞范之到此才死，總算桓氏的異姓忠臣。桓振到了紀南，殺退魯宗之軍，返救江陵，途中望見火起，料知城已被陷，部眾潰散，振無路可歸，逃往涓川。安帝再得正位，改元義熙，復下赦詔，唯桓氏仍不得赦。前豐城公桓沖，有功王室，特赦免沖孫胤一人，徙居新安。進劉毅為冠軍將軍，所有行宮政令，悉歸毅主持。授魯宗之為雍州刺史，毛璩為徵西將軍，都督益梁秦涼寧五州軍事。璩弟瑾為梁秦二州刺史，瑗為寧州刺史，遣建威將軍劉懷肅，追剿桓氏餘黨，陣斬馮該。桓謙桓蔚桓楷何澹之等，都西奔後秦。

會建康留臺，備齊法駕，來迎安帝。何無忌奉帝東還，留劉毅劉道規居守夏口，江陵歸荊州刺史司馬休之入守，不意桓振再收遺眾，又從涓川進襲江陵。司馬休之未曾豫備，倉皇出敵，吃了一個敗仗，奔往襄陽。振再入江陵，自稱荊州刺史。建威將軍劉懷肅，急引軍救江陵城，劉毅又遣廣武將軍唐興為助，夾攻桓振。振出戰沙橋，還靠著一把大刀，盤旋飛舞，亂劈晉軍。懷肅素知桓振厲害，早備著強弓硬箭，與他對敵，兵刃初交，便令軍士彎弓迭射，箭如驟雨一般。振眾死了一半，逃去一半，那時振亦沒法支持，拍馬欲逃，偏偏馬已中箭，掀倒地上，振亦墜馬。懷肅急搶前一步，手起刀落，把振剁作兩段。桓氏後起悍將，至此才盡。江陵城當然奪還。

第九十一回　蒙江洲馮遷誅逆首　陷成都譙縱害疆臣

　　唯益州刺史徵西將軍毛璩，得了江陵再陷消息，集眾三萬，東出討振。使弟瑗出外水，參軍譙縱出涪江，偏蜀人不樂遠征，多有怨言，縱將侯暉，與巴西人陽昧聯謀，逼縱為主。縱不敢承受，自投水中，又為暉等撈起，再三固請，脅縱登車，往攻秦梁二州刺史毛瑾。瑾在涪城，聞變調兵，一時無從召集，即被侯暉等陷入，把瑾殺死，遂推縱為梁秦二州刺史。毛璩行至略城，才知縱等為亂，慌忙趕還成都。亟使參軍王瓊，率三千人討縱，又令弟瑗領兵四千，作為後應。瓊至廣漢，適值侯暉引眾攔阻，當由瓊麾兵殺去，擊斃暉眾數十名，暉即引退。瓊乘勝急追，瑗亦從後趨進，馳至綿竹，不意譙縱弟明子，奉了兄命，暗設兩重伏兵，悄悄待著。瓊陷入第一重伏中，尚然未覺，及深入第二重，前後胡哨大作，伏兵齊起，把瓊困在垓心，瓊拚命衝突，竟不得出。至毛瑗兵到，殺開血路，救瓊出圍，瓊眾已十死八九，就是毛瑗麾下，也戰死了一半。瑗與瓊奔還成都，侯暉譙明子等追至成都城下，日夕攻撲。益州營戶李騰，潛開城門，引入外寇，毛璩及瑗，不及逃避，均為所戕。侯暉譙明子，遂據住成都，迎縱為主。縱令從弟洪為益州刺史，明子為征東將軍，領巴州刺史，使率部眾五千，出屯白帝城，於是全蜀大亂，漢中空虛。氐帥仇池公楊盛，得遣兄子楊撫，乘虛襲據漢中，餘地多歸入譙氏。晉廷方搜捕桓氏餘孽，不遑西顧，譙縱得安然為成都王，霸占一隅了。譙縱據蜀，不在十六國之列。且說晉安帝東還建康，留臺諸官，詣闕待罪，有詔令一律復職，命琅琊王德文為大司馬，武陵王遵為太保，劉裕為侍中，兼車騎將軍，都督中外諸軍事，領青徐二州刺史。劉毅為左將軍，何無忌為右將軍，分督揚州豫州諸軍事。劉道規為輔國將軍，督淮北諸軍事。魏詠之為徵虜將軍，兼吳國內史。餘官亦進職有差。唯劉裕固讓不受，安帝還道他未足償願，優詔慰勉，再加裕錄尚書事。裕又表辭，且懇請歸藩。安帝復遣百僚

敦勸，並親倖裕第，面加勸諭，裕仍不受命，始終請調任外鎮。居心可知。乃改授裕都督荊司梁益寧秦雍涼諸州軍事，並前時揚徐等八州，合成十六州都督，駐守京口，裕始拜命而去。已將東晉江山，一大半歸諸掌握了。

先是，劉毅嘗為劉敬宣寧朔參軍，時人或稱毅為雄傑，獨敬宣說他「內寬外忌，誇己輕人，將來得志，必致陵上取禍」云云。毅得聞此言，啣恨甚深。及敬宣因功加賞，擢任江州刺史，毅使人白裕道：「敬宣未預義謀，授為郡守，已屬過優，今超任至江州刺史，豈不令人駭愕麼？」是即誇己輕人之一斑。裕卻未依毅議。敬宣已稍有所聞，自請解職，乃召還為宣城內史。毅復與何無忌等，分討桓氏餘黨，所有桓亮桓玄等遺孽，一概蕩平。荊湘江豫四州，從此肅清。有詔命毅都督淮南五郡，無忌都督江東五郡，晉室粗安。唯永安何皇后自巴陵還都後，年已六十有六，累經跋涉，飽受虛驚，便即一病去世，追諡為章皇后。了結何后，筆不滲漏。當時，宮廷雖經喪亂，但大憝已除，人心自然思治，共望昇平。唯有一個彭澤令陶潛，係是故大司馬陶侃曾孫，表字元亮，一字淵明，獨因郡中遭到督郵，縣吏謂應束帶出迎。潛慨然太息，謂不能為五斗米折腰，遂於義熙二年，解印去縣，歸隱慄裡，自作《歸去來辭》表明高志。後來詩酒自娛，屢徵不起；到了劉宋開國，還去徵召，仍然不就，竟得壽終，這也是危邦不居，無道則隱的意思。不沒高士。小子有詩讚道：

擺脫塵纓且掛冠，何如歸隱尚堪安。
北窗醉臥東皋嘯，能效陶公始達觀。

陶潛歸隱，寓有深衷，實在是江左亂端，未曾平定，試看下回盧循等事，便可分曉。

第九十一回　蒙江洲馮遷誅逆首　陷成都譙縱害疆臣

桓玄無赫赫之功，足以名世，但乘會稽父子之亂政，闖入建康，竊取大位，其為輿情之不服也可知。劉裕劉毅何無忌等，奮臂一呼，玄即敗潰，始則猶挾安帝為奇貨，及一失所挾，即被誅於枚回洲。計其僭位之期，不過半年，其亡也忽，誰曰不宜？論者謂玄挾主而不敢弒主，至桓振再起，欲弒主矣，而卒為桓謙所阻，是桓氏猶有敬主之心，雖曰為逆，尚可少原。不知彼欲借主以逃死，並非活主以鳴恭，假使玄得在位一二年，安帝寧尚得再生乎？唯毛璩首先倡義，不愧為忠，至聞桓振復陷江陵，又率眾東下，報主之心，可謂摯矣。乃其後卒為叛徒所戕，禍及滅門，忠而搆難，是亦當與劉越石同一嘆惜也。然觀於譙縱之速亡，璩亦可無遺恨也乎？

── 第九十二回 ──
貪女色吞針欺僧侶　戕婦翁擁眾號天主

　　卻說盧循侵掠海濱，連年未已，雖前應桓玄招撫，受職永嘉太守，仍然未肯斂鋒。見八十九回。當時為劉裕堵擊，一再敗循，循棄去永嘉，浮海南走。及裕起義討玄，循復轉寇南海，攻陷番禺，執住廣州刺史吳隱之，自稱平南將軍，攝廣州事，使姊夫徐道復往襲始興，掩入城中，把始興相阮腆之拘住，於是，循據廣州，道復據始興。及安帝反正，得平逆黨，循亦未免畏忌，乃使人入貢晉廷，窺探虛實。晉廷方欲休兵息民，無暇南討，因令循為廣州刺史，道復為始興相。實屬不當。循復貽劉裕益智粽，裕報以續命湯。前琅琊內史王誕，時在廣州，為循所迫，令為平南長史。誕因說循道：「誕未習戎旅，留此無用，不若遣誕北上。誕與劉鎮軍素來友善，前去必蒙委任，倘與將軍交際，定當從中相助，仰答厚恩。」循頗以為然，正要使誕啟行，忽接劉裕來書，令循釋還吳隱之。循尚不肯從，誕復語循道：「將軍今留吳公，實非良策。孫伯符即孫策。豈不欲留華子魚？即華歆。但一境不容二主，所以縱還，將軍獨未聞此義麼？」好口才。循乃釋出隱之，使與誕同還建康。裕因隱之既歸，得休便休，奈何忘卻阮腆之。且暫時羈縻盧徐，容後再圖。小子亦暫擱循事，到後再表。

　　且說後秦主姚興，自收納呂隆後，應八十八回。聞西僧鳩摩羅什，道行甚高，也即遣人迎入，尊為國師，鳩摩羅什散見前文。令居西明閣及逍遙園，翻譯佛經。羅什博通經典，所有西域梵音，無不熟誦，及見關中通

第九十二回　貪女色吞針欺僧侶　戕婦翁擁眾號天主

行諸佛書，多半錯謬，乃召集沙門僧睿僧肇等八百餘人，傳授奧旨，筆述經綸三百餘卷。沙門慧睿，才識高明，嘗隨羅什傳寫，羅什每與慧睿詳論西方辭體，商榷異同，且云：「天竺國俗，甚重文制，大約以宮商聲韻，可入管絃，最為美善，所以臣民覲見國王，必有贊德經中偈頌等，語皆葉調，無不諧音。唯因中土流傳，多非大乘教旨。」因特撰實相論二卷，呈諸姚興。興奉若神明，親率朝臣及沙門千餘人，肅容靜聽。羅什登座談經，從容演講。一日講了多時，忽下座白興道：「有二小兒登我肩上，致生慾障，不得不求御婦人。」興欣然道：「大師聰明超悟，海內無雙，若一旦入定，怎可使法種無嗣呢？」因即罷講還宮，撥遣宮女一人，使伴羅什住宿。羅什一與交媾，果生二子，嗣是不住僧房，別立廨舍。興敬禮不衰，優加供給，更撥女使十名，為充服役。羅什得了眾女，索性肉身說法，與結大歡喜緣。高僧亦如是耶。僧徒等從旁豔羨，免不得互相效尤，作狹邪遊。羅什乃持出一缽，召語僧徒道：「汝等能將缽內貯物，取食淨盡，方可蓄養妻妾，否則不得效我。」僧徒聽了，都向缽中瞧著，不禁咋舌。原來缽中並非他物，乃是七大八小的繡花針，當下無人敢食，面面相覷。羅什卻舉匕箸針，一一進食，好似食韭一般，到口便軟，自然熔化。恐怕是遮眼術。僧徒等不禁嘆服，方才斂跡，相戒淫遊。佛子佛孫，想已有許多傳出了。後來，羅什居秦九年，年已七十有四，自覺不適，因口出三番神咒，令外國弟子傳誦，意圖自救。偏是大命該絕，誦禱無靈，到了病危時候，與眾僧訣別，但言「傳譯諸經，俱係真旨，當使焚身以後，舌不燋爛」云云。西俗向用火葬，故羅什留有此語。羅什既死，姚興令在逍遙園中，依西域法，用火焚屍，薪滅形碎，唯舌尚存。僧肇為作誄文，說得羅什非常神悟，共計有數千言。小子不忍割愛，特節錄誄詞如下：先覺登遐，靈風緬邈，通仙潛凝，應真衝漠。叢叢九流，是非競作，悠悠盲

子，神根沉溺。時無指南，誰識冥度？大人遠覺，幽懷獨悟。衝悟靜默，抱此玄素，應期乘運，翔翼天路。既曰應運，宜當時望，受生乘利，形標奇相。襁褓俊遠，齠齔逸量，思不再經，悟不待匠。投足八道，遊神三向，玄根挺秀，宏音遠唱。又以抗節，忽棄榮俗，從容道門，尊尚素樸。有典斯尋，有妙斯錄，弘無自替，宗無擬族。霜結如冰，神安如岳，外跡彌高，內朗彌足。恢恢高韻，可模可因，愔愔沖懷，唯妙唯真。靜以通玄，動以應人，言為世寶，默為時珍。華風既立，二教亦賓，誰謂道消？玄化玄新。自公之覺，道無不弘，靈風遐扇，逸響高騰。廓茲大力，燃斯慧鐙，道音始唱，俗網以崩。痴棍彌拔，上善彌增，人之寓俗，其徒無方。統斯群有，紐茲頹乂，順以四恩，降以慧霜。如彼維摩，跡參城坊，形雖圓應，神衝帝鄉。來教雖妙，何足以臧？偉哉大人，振隆圓德。標此名相，顯彼沖默，通以眾妙，約以玄則。方隆般若，以應天北，如何運邅，幽裡冥克。天路誰通？三途誰塞？嗚呼哀哉！至人無為，而無不為，擁網遐籠，長途遠羈。純恩下釣，客旅上擒，恂恂善誘，肅肅風馳。道能易俗，化能移時，奈何昊天，摧此靈規？至真既往，一道莫施，天人哀泣，悲慟靈祇。嗚呼哀哉！公之云亡，時維百六，道匠韜斤，梵輪摧軸。朝陽頹景，瓊嶽顛覆，宇宙晝昏，時喪道目。哀哀蒼生，誰撫誰育？普天悲感，我增摧岨。嗚呼哀哉！昔吾一時，曾遊仁川，遵其餘波，纂承虛玄。用之無窮，鑽之彌堅，躍日絕塵，思加數年。微情未敘，已隨化遷，如何贖兮？貿之以千。時無可待，命無可延，唯身唯人，靡憑靡緣，馳懷罔極，情悲昊天。嗚呼哀哉！自從鳩摩羅什講經以後，尚有道恆道標道融曇無成等，具為羅什高徒廣傳佛法。西僧佛陀耶舍，弗若多羅，及覺賢法明，亦開關入秦，與羅什辯疑析難，多所發明。秦人沿為風氣，佞佛啑經，十居八九。姚興迷信釋氏，煦煦為仁。關中臣民，頗免刑虐。

第九十二回　貪女色吞針欺僧侶　戕婦翁擁眾號天主

但小信未孚，大體已失，姚氏國運，已啟衰機。佛教是一種哲學，究非治平之道。晉十六州都督劉裕，因桓氏餘孽，奔入關中，恐他引秦入寇，特遣參軍衡凱之，詣秦通好。秦亦遣吉默報聘，由是使節往來，東西不絕。裕復求南鄉諸郡，興慨然許諾。廷臣多半諫阻，興遍諭道：「天下善惡，彼此從同。劉裕拔萃起微，匡輔晉室，乃能討平逆黨，修明政治，這正是當世英雄，我何惜數郡土地，不成彼美呢？」這也是信佛所致。遂將南鄉順陽新野舞陰等十二郡，割與東晉。唯仇池公楊盛，附魏抗秦，興乃遣隴西公姚碩德，及冠軍將軍徐洛生等，往伐仇池，連得勝仗。盛窮蹙乞降，遣子難當及僚佐等數十人，入質長安。興因署盛為征南大將軍益州牧，都督益寧二州軍事，召碩德等還帥。碩德為姚氏勳戚，獨具忠忱，興亦特別待遇，每見碩德，必具家人禮，語必稱字，車馬服御，賞給甚豐。至此碩德凱旋，順道入覲，興盛筵相待，歡宴數日。待碩德辭行返鎮，興親送至雍，然後與別，這也是興優禮勳戚的好處。一節之長，不忍略過。

是時，南涼王禿髮利鹿孤，已早去世，由弟廣武公傉檀嗣立，傉檀少時機警，頗有才略，乃父思復鞬，嘗語諸子道：「傉檀器識，非汝等所及。」因此烏孤傳位利鹿孤，利鹿孤傳位傉檀，兄終弟及，有吳子諸樊兄弟遺意。誰知傉檀竟至亡國，可見小時了了，大未必佳。傉檀既嗣兄位，自號涼王，遷居樂都，改元弘昌。他見姚秦勢盛，不能不與為聯繫，因此上表秦廷，報稱嗣立。秦主興遣使冊拜傉檀為車騎將軍，封廣武公。已而，傉檀欲得姑臧，特向秦格外輸誠，自去年號，罷尚書丞郎官，乃遣參軍關尚詣秦入貢。秦主興與語道：「車騎投誠獻款，為國屏藩，今聞他擅興兵眾，自造大城，究屬何意？」尚答道：「王公設險守國，係是古來成制，預備不虞，試想車騎僻處遐藩，密邇勍寇，南方逆羌未賓，西方蒙遜跋扈，一或有失，不但危及車騎，並且有害大秦，陛下奈何反啟猜嫌呢？」

興聞言始笑道：「卿言甚是，朕不免錯怪了。」尚歸報傉檀，傉檀乘機用兵，使弟文支出破南羌，向秦告捷，並求涼州。姚興不許，但加傉檀散騎常侍，增邑二千戶。傉檀再發兵攻北涼，沮渠蒙遜登陴固守，傉檀芟割禾苗，掠得牲畜數千頭，引兵退還。於是再遣使至秦，獻馬三千匹，羊二萬口，復乞給涼州城。秦王興以傉檀為忠，始命都督河右諸軍事，進車騎大將軍，領涼州刺史，鎮守姑臧。召涼州留守王尚還長安。王尚守姑臧，見八十八回。

涼州人申屠英等，遣主簿胡威赴長安，請留王尚仍守涼州，興不肯從，威流涕白興道：「臣州奉戴王化，迄今五年，仰恃陛下威德，良牧仁政，士民戮力固守，才得保全，陛下何故賤人貴畜，以臣等易馬羊呢？若軍國須馬，但煩尚書一符，令臣州三千餘戶，各輸一馬，朝下夕辦，並非難事。昔漢武傾天下財力，開拓河西，截斷匈奴右臂，今陛下無故棄五郡士民，俾資暴虜，竊恐虜情狡詐，不但虐我百姓，且勞聖朝旰食呢。」說得有理。興始有悔意，使人止住王尚，並諭令傉檀緩進，哪知傉檀已率眾三萬，倍道行至五澗，逼尚出城。尚不得已讓去姑臧，自還長安，傉檀遂入姑臧城，就宣德堂宴集群僚，酒至半酣，仰視建築，很覺崇閎，便感嘆道：「古人謂作者不居，居者不作，今果然了。」涼州故吏孟禕進言道：「從前張文王指前涼張駿，張祚嘗尊駿為文王。築造城苑，繕治宮廟，無非欲傳諸子孫，永垂久遠，乃秦兵渡河，全州瓦解；梁熙據有此州，擁兵十萬，喪師酒泉，亡身彭濟，呂氏掩入，勢可排山，稱王西夏，再傳以後，率土崩離，銜璧秦雍。事並見前。昔人有言，富貴無常，忽亂易人，此堂建設，已將百年，共歷十有二主，大約信順乃可久安，仁義才能永固，願大王慎圖遠久，無間始終。」傉檀改容稱謝，推為讜言。先令弟文支鎮守姑臧，自還樂都，旋即遷居姑臧城，車服禮儀，統如王制，不過向秦稱藩罷了。

第九十二回　貪女色吞針欺僧侶　戕婦翁擁眾號天主

　　先是魏主拓跋珪稱帝，暫不立后，前文八十三回，敘述魏事未及立后，至此補足數語。珪本來好色，所得妃妾，不下十百，大都恃嬌倚寵，想做一個正宮娘娘，無如舊不敵新，後來居上，那慕容寶的季女，被虜入魏，竟因年輕貌美，得寵專房。見八十一回。魏俗欲立皇后，必先范銅為像，像成乃得冊立。慕容氏鑄像適成，遂得立為魏后。約莫過了三五年，珪又想另選嬌娃，特遣北部大人賀狄幹，向秦求婚。秦王興聞魏已立后，當然不從，且將賀狄幹拘留，不令歸魏。珪聞報大怒，便親自督兵，出攻秦屬沒奕於諸部。當時，北狄有柔然國，為東胡苗裔，姓鬱久閭氏，始祖名木骨閭，本為代王猗盧騎卒，遁匿廣漠。子車鹿會勇武過人，始糾眾立國，號為柔然。後裔社崙，止與拓跋珪同時，連結後秦，屢侵魏境，至是復援秦拒魏，為珪所破，遠徙漠北，奪高車為根據地，自號豆代可汗，不勞瑣敘。唯秦主興也遣弟姚平，率兵攻魏平陽，陷入乾壁。珪移眾擊平，將平圍住。平向興乞援，興自統兵往救，被珪邀擊蒙坑，殺退興軍。姚平乃不得出圍，糧竭矢盡，投水殉難。餘將狄伯支等，盡被擒去。興力不能救，舉軍慟哭，因遣使向魏請和。珪尚不許，且進攻蒲坂。守將姚緒，用了堅壁清野的計策，固壘扼守，珪無從抄掠，方才引還。嗣因柔然復盛，又為魏患，魏乃與秦通好，放還秦俘。秦亦遣歸賀狄幹，釋怨罷兵，誰知反惱了一個降臣，恨秦通魏，居然叛秦自立，獨霸一方。看官道是何人？原來是劉衛辰子勃勃。

　　衛辰為魏所滅，勃勃輾轉入秦，奔依秦高平公沒奕於。事見前文。沒奕於妻以愛女，使謁姚興。興見他身高八尺，腰帶十圍，儀容偉岸，應對詳明，禁不住暗暗稱奇，便面授驍騎將軍兼奉車都尉，所有軍國大議，常使參謀。興弟邕入諫道：「勃勃天性不仁，未可輕近，願陛下留意。」興怫然道：「勃勃有濟世才，我方欲與平天下，何為見疏？」這叫做養虎自衛。

尋命勃勃為安遠將軍，封陽川侯，使助沒奕於鎮高平。且令朔方雜夷，及衛辰遺眾三萬人，撥歸勃勃節制，使他伺魏間隙，報復宿仇。姚邕復與興固爭，力言不可。興又道：「卿如何知他性氣？」邕答道：「勃勃奉上慢，御眾殘，貪暴無親，輕為去就，如欲過寵，必為邊害。」興乃罷議。未幾，復拜勃勃為安北將軍，封五原公，配以三交五部鮮卑，及雜虜三萬餘落，使鎮朔方。勃勃既得專方面，號令一隅，免不得暗蓄雄心，躍躍思逞。會聞秦魏通和，遂與秦有嫌，起了叛意。適值柔然部酋社崘，遣使貢秦，有馬八千匹，路過大城，竟被勃勃截住，奪為己有。又復召集部眾三萬餘人，偽獵高平川，誘令沒奕於出會。沒奕於以女夫入境，定無歹心，便即坦然相迎。不料勃勃生成戾性，不顧婦翁，竟暗囑部眾，刺死沒奕於，並有高平部曲，眾至數萬。晉安帝義熙二年，便僭稱天王大單于，建元龍升，署置百官，自謂係出匈奴，乃夏后氏苗裔，因以夏為國號。也列入十六國中。命長兄右地代為丞相，封代公，次兄力俟提為大將軍，封魏公，弟阿利羅引為征南將軍，兼司隸校尉。異姓依次授任，尊卑有差。當下出擊鮮卑薛乾等三部，收降萬餘人，復進攻三城以北諸戍壘。

　　三城為秦要塞，由秦將楊丕姚石生等守著，既聞勃勃來攻，當然督兵堵擊。偏勃勃兵鋒甚銳，勢不可當，楊姚二將，連戰失利，相繼敗亡。勃勃尚隨地侵掠，不肯少休。部將請定都高平，自固根本，勃勃道：「我新創大業，士眾未多，姚興亦一時英雄，諸將用命，未可驟圖，我若專恃一城，彼必併力攻我，亡可立待，不如東西飊突，攻他無備，彼顧後必失前，顧前必失後，勞碌奔波，不戰亦敝，我得遊食自如，不出十年，嶺北河東，可盡為我有。待興既死，然後進攻長安，興子泓庸弱小兒，怎能敵我？我自有擒他的計策。古時軒轅氏亦遷居無常，至二十多年，始定國都，何必以我為怪呢？」確是狡謀。部將相率拜服。勃勃遂攻秦嶺北諸

第九十二回　貪女色吞針欺僧侶　戕婦翁擁眾號天主

城，忽來忽去，害得諸城門終日關閉，白晝不開。種種警報，傳入長安，秦主興方自嘆道：「我不用黃兒言，致生此患，今已無及了。」小子有詩詠道：

狼性難馴本易知，獻箴況復有黃兒。
如何不納忠良語，坐昧先幾後悔遲。

欲知黃兒為誰，且看下回便知。

觀鳩摩羅什之所為，實是一種邪木，不足廁入高僧之列，否則六根已淨，何致再生欲障，納女生男。食針之舉，特藉此以欺人耳。吾嘗謂佛圖澄之入後趙，無救石氏之亡，鳩摩羅什之入後秦，反致姚氏之敝，釋氏子之無益人國，已可概見。而鳩摩羅什之道行，且出佛圖澄下，修己未能，遑問濟人乎？姚興自佞佛後，割南鄉十二州以界晉，棄涼州五郡以給南涼，皆誤會佛氏捨身救人之義。而輕撤國防，至命赫連勃勃之鎮朔方，尤為大誤。勃勃胡種，與秦異族，狼子野心，豈宜重任？就使秦不和魏，亦必有反噬之憂，及僭號叛秦，侵軼嶺北，而姚興始有不用良言之悔，晚矣。

第九十三回
葬愛妻遇變喪身　立猶子臨終傳位

卻說後秦主姚興，連接嶺北警報，始悔從前不聽黃兒，黃兒就是姚邕小字，但此時已經無及，只好嚴飭邊城防備。勃勃已殺死婦翁沒奕於，不欲立妻為后，乃更遣使至南涼，向禿髮傉檀乞婚。傉檀不許，勃勃遂率騎兵二萬，進攻南涼。傉檀方與沮渠蒙遜互起戰爭，少勝多敗，又遇勃勃來攻，慌忙移軍陽武，與他對敵。勃勃氣勢方盛，所向無前，南涼兵已經戰乏，怎能招架得住？一場角逐，傉檀大敗，將佐死了十餘人，兵士傷斃萬餘，自與散騎逃入南山，才得倖免。勃勃裒屍成邱，號為髑髏臺；又大掠人民牲畜，滿載而歸。

時西秦主乞伏乾歸，自苑川入朝後秦。姚興聞他兵勢寖強，恐將來不易制服，因留乾歸為主客尚書，唯令他長子熾磐，署西夷校尉，監撫部眾。傉檀陰欲背秦，曾遣使邀同熾磐，共圖姚氏。熾磐殺死來使，傳首長安。興得熾磐報聞，方知傉檀已有貳心，非但不肯往援，且欲聲罪致討。傉檀大懼，急還姑臧，並將三百里內民居，悉數徙入，國中駭怨。屠各部內的成七兒，劫眾謀叛，幸虧殿中都尉張猛，設法解散，騎將白路等追斬七兒，才得無事。尋又由軍諮祭酒梁裒，輔國司馬邊憲等，潛圖不軌，事洩被誅，這是南涼氣運未終，所以還有此僥倖呢。暫作一結。

小子因後燕搆亂，正在此時，不得不插敘慕容熙事，成一片段文章。回應八十八回。慕容熙納二苻女，姊為昭儀，妹為皇后，寵愛的了不得。

第九十三回　葬愛妻遇變喪身　立猶子臨終傳位

大興土木，築造宮室，最大的叫做龍騰苑，廣袤十餘里，役徒二萬人，苑內架迭景雲山，臺廣五百步，峰高十七丈；又建逍遙宮甘露殿，連房數百，觀閣相交。熙與苻氏兩姊妹，朝遊暮樂，快活異常，兩女所言，無不依從，甚至刑賞大政，亦嘗關白帷房，使她裁斷，所以兩女權力，幾齣熙上。會熙遊城南，暫憩大柳樹下，忽聽樹中有聲發出，好似有人呼道：「大王且止！大王且止！」熙甚覺駭異，即命衛士用斧伐樹。樹方劈開，忽有一大蛇蜿蜒出來，長約丈餘，閃閃有光，當由衛士各用長槊，競相攢刺，好多時才得刺死。維虺維蛇，女子之祥。大苻女正隨熙同行，見了這般大蛇，也覺驚心，迨還宮後，遂至精神恍惚，體態慵怂，過了數日，便一病不起，奄臥床中。龍城人王榮，自言能療昭儀疾病，願為診治。熙忙使入視，開方進藥，連服了兩三劑，竟把這如花似玉的苻昭儀，醫得兩眼翻白，一命嗚呼。好一個醫牛。熙不勝悲憤，命將王榮拿下，責他妄言誕語，反使寵妾速亡，當下推出公車門，處以磔刑，支解四體，焚骨揚灰。庸醫殺人，未嘗無過，但何至犯此大罪？一面用后禮殯葬，追諡為愍皇后。熙經此悼亡，連日不歡，虧得宮中還有個小苻女，本來是寵過乃姊，以小加大，此次從旁解勸，格外綢繆，方把那慕容熙的悲傷，漸漸的淡了下去。娥眉善妒，不問姊妹。熙固悼亡，安知小苻女不暗地生歡？

　　光始四年冬季，光始係慕容熙年號，見前。東方的高句驪國，入寇燕郡，殺掠百餘人。越年孟春，熙督兵東征，令苻后從行。到了遼東，攻高句驪城，仰用衝車，俯鑿道地，高下並進，守兵不遑抵禦，幾被陷入。熙遍號令軍中道：「待剗平寇城，朕當與后乘輦共入，休得著忙！」將士等得了此令，只好緩進，城內得嚴加堵塞，反致難下。會春寒加劇，雨雪霏霏，兵士多致凍僵，熙與苻后披裘圍爐，尚覺不溫，只好引兵退還。遼西太守邵顏，供應不周，遂至黜責，並欲將顏處死。顏亡命為盜，侵掠人

民。熙遣中常侍郭仲往討，用了無數的兵力，才得斬顏。轉瞬間又是暮冬，苻后欲北往圍獵，熙不得不依。出獵已畢，苻后尚不肯還宮，勸熙北襲契丹，熙乃在塞外過年。元旦已過，即與苻后進趨陘北，探得契丹兵戍，很是嚴密，料難進取，因擬收兵南歸。偏苻后不欲空行，定欲出些風頭，得著戰勝的榮譽，方肯回南，熙不忍違抗后旨，又未敢輕迫契丹，只好想出別法，改向東行，再襲高句驪。途中不便載重，索性將輜重棄去，但率輕騎東趨。軍行三千餘里，士馬俱疲，又適遇著大雪，凍死纍纍，勉強行至木底城，攻打了一二旬，全然無效，夕陽公慕容雲，身中流矢，因傷辭歸，士卒亦無鬥志，苻后興亦垂盡，乃一併引還。婦人之誤國也如此。

慕容寶子博陵公虔，上黨公昭，皆為熙所忌，誣他謀反，相繼賜死。又為苻后砌承華殿，高出承光殿一倍，負土培基，土與谷幾至同價。宿衛典軍杜靜，載棺詣闕，上書極諫。熙怒令斬首，棄屍野中。苻后嘗在季夏時，思食凍魚膾，至仲冬時，思食生地黃。熙令有司採辦，有司無從覓取，竟責他不奉詔命，輒置死刑。到了光始七年的元旦，復改元建始，大赦境內。太史丞梁延年，夢見月光散採，化為五白龍，就在夢寐中占驗吉凶，謂：「月為臣象，龍為君象，將來臣化為君的預兆。」說著，竟被雞聲喚醒，想了片刻，覺得夢象不虛，乃起語家人道：「國運恐要垂盡了。」

已而由春歷夏，苻后忽然遘疾，急得慕容熙眠食不安，遍求內外名醫，多方療治。偏偏曇花易散，好夢難圓，茉莉無靈，芙蕖竟萎。熙悲號擗踊，如喪考妣，且在屍旁陪著，終日不離，自朝至暮，撫屍大哭道：「體已冷了，難道果就此絕命麼？」道言未絕，竟至暈倒地上。好一個義夫。左右慌忙救護，過了多時，才得甦醒，不如就此死去，省得後來飲刀。還是哭泣不休，囑令緩殮。時當孟夏，天氣溫和，屍身不致驟壞，停擱兩

第九十三回　葬愛妻遇變喪身　立猶子臨終傳位

日，左右屢請殯屍，方才允准。大殮已畢，蓋棺移殿。熙不許移棺，還望她起死回生，再命左右啟棺審視。說也奇怪，那屍體原是未朽，並且面色如生，仍然杏臉桃腮，紅白相襯。熙親為摩撫，看一回，哭一回，嗣復想入非非，俯下了首，與死后接一個吻。兩口相交，禁不住慾火上炎，竟遣開左右，扒入棺內，俯壓屍身，把她卸去下衣，演出一番獨角戲。聞所未聞。好一歇才平慾火，仍復出棺，見屍身忽然變色，蓬蓬勃勃的臭氣，燻將出來。熙方始避開，召入侍從，把棺蓋下，自己斬衰食粥，就宮內設立靈位，令百僚依次哭靈；且暗令有司監視，凡哭後有淚，方為忠孝，若無淚即當加罪。於是群臣震懼，莫不含辛取淚，免受罪名。前高陽王慕容隆妻張氏，本為熙嫂，素美姿容，兼有巧思，熙將令為苻氏殉葬，特吹毛索瘢，把她襪靴拆毀，見有敝氈，即誣她厭勝，勒令自盡。三女叩頭求免，熙終不許。可憐這位張嫠婦，平白地喪了性命。畢竟美人薄命。熙又傳出命令，凡公卿以下，及兵民各戶，統須前往營墓。墓制非常弘敞，周輪數里，內備藻繪，下及三泉，所費金銀，不可勝計。熙語監吏道：「汝等須妥為辦理，朕將隨后入此陵了。」右僕射韋璆等，並恐殉葬，沐浴待死，還算命未該絕，不見令下。至墓已營就，號為徽平陵。啟殯時全體送葬，唯留慕容雲居守。熙披髮跣足，步隨柩後。喪車高大，不能出城，因即拆毀北門，才得舁出。長老私相嘆息道：「慕容氏自毀國門，怎得久享呢？」

　　既至南苑，忽由中黃門趙洛生，跟蹌奔至，報稱禍事。看官道是何因？原來中衛將軍馮跋，左衛將軍張興，曾坐事出奔，至是得混入城中，與跋從兄萬泥等二十二人，密結盟約，即推慕容雲為主，發尚方徒五千餘人，分屯四門。跋兄子乳陳等鼓譟入宮，禁衛皆散，遂由跋等閉門拒熙。熙得趙洛生警報，卻投袂奮起道：「鼠子有何能為？待朕還剿，便可蕩平。」說著，即收發貫甲，馳還赴難。夜至龍城，門已緊閉，命衛士攻撲

多時，無從得勝，乃退入龍騰苑中。越日，由尚方兵褚頭，逾城從熙，自稱營兵將至，願來助順。熙未曾聽明，便即趨出。前勇復怯，不死已餒。左右不及隨行，待了半日，未見熙還，方向各處找尋，並無下落，只有衣冠留在溝旁。中領軍慕容拔，語中常侍郭仲道：「大事垂捷，主上卻無故出走，令人可怪，但城內已經懸望，不應久延，我當先往城中，留卿待著，卿如尋得主上，便應速來。若主上一時未歸，我亦好安撫兵民，再出迎駕，也不為遲哩。」郭仲允諾。拔即率壯士二十餘人，趨登北城。城中將士，還道是熙已前來，俱投械請降，已而熙久不至，拔無後繼，眾心疑懼，復下城赴苑，遂皆潰散，拔竟為城中人所殺。

　　慕容雲既據龍城，令馮跋等搜捕慕容熙。熙自龍騰苑出走，錯疑城中兵來攻，避匿溝下，累得拖泥帶水，狼狽不堪。良久不見變動，方從溝中潛出，脫去衣冠，輾轉逃入林中，為人所執，送至雲處。雲親數熙罪，把他處斬，好與大小苻女，再去交歡，也不枉一死了。並殺熙諸子，同殯城北。總計熙在位七年，還只二十三歲，當時先有童謠云：「一束藁，兩頭燃，禿頭小兒來滅燕。」燕人初不解所謂，及熙死雲手，才應謠言，藁字上有草，下有木，兩頭燃著，乃是草木俱盡，成一高字。雲本姓高，係高句驪支庶，從前慕容皝破高句驪，被徙青山，遂世為燕臣。雲父名拔，小字禿頭，拔有三子，雲列第三，所以稱為禿頭小兒，起初入事慕容寶，拜為侍御郎，旋因襲敗慕容會軍，寶乃養為義兒，封夕陽公。見八十一回。馮跋向與交好，所以推他為主，篡了燕祚，當下僭稱天王，複姓高氏，大赦境內，改元正始，國仍號燕。命馮跋為侍中，都督中外諸軍事，領征北大將軍，開府儀同三司，錄尚書事，封武興公。馮萬泥為尚書令，馮乳陳為中軍將軍，馮素弗為昌黎尹，兼撫軍大將軍，張興為輔國大將軍。此外，封伯子男及鄉亭侯，共五十餘人。所有慕容熙故臣，仍令復官。諡熙

第九十三回　葬愛妻遇變喪身　立猶子臨終傳位

為昭文皇帝，與苻后同葬徽平陵。自慕容垂僭號稱帝，至熙共歷四世，凡二十四年。高雲為慕容寶養子，或仍附入後燕譜錄，其實是已經易姓，不能再沿舊稱了。《通鑑》列高雲於北燕，不為無見，唯《晉書》及《十六國春秋》，仍附雲於後燕之末。是時，南燕主慕容備德，據住廣固，勢尚未衰，蹉跎過了五年，已是六十九歲，苦無後嗣，探聞兄子超流寓長安，乃遣使購求。超母子嘗隨呼延平奔入後涼，前文中已曾敘過，見八十七回。後因涼主呂隆，失國降秦，呼延平又挈超母子徙入長安。未幾平歿，超號慟經旬，母段氏語超道：「我母子死中逃生，全虧呼延氏保護，若受恩不報，必受天殃。平今雖死，我欲為汝納呼延女，聊報前恩，汝以為何如？」超當然從命，遂娶平女為妻。平女嫁超，想有兩三年稱后的福氣。唯因諸父在東，恐為秦人所捕，乃佯狂乞食，敝服遊市中，秦人都目為賤丐。獨東平公姚紹，看破隱情，即入白姚興道：「慕容超姿幹魁偉，必非真狂，願微加爵祿，略示羈縻。」興便召超入見，詳加研詰。超故為謬語，答非所問，興顧語紹道：「諺云『妍皮裏痴骨』，今始知是妄語哩。」乃叱超令退，不復加意。超得自由往來，無拘無束，途中遇著一個相士，叫做宗正謙，看超面目，便與語道：「汝當大貴，奈何混居市中？」超不禁著忙，亟引正謙入僻靜處，詳告履歷，囑使諱言。正謙係濟陰人，即替超設法，使人密報南燕。備德才有所聞，因遣濟陰人吳辯，往探虛實。辯至長安，先訪宗正謙，當由正謙告超。超不敢轉白母妻，竟與吳宗兩人，變易姓名，潛行至梁父，投入鎮南長史悅壽廨舍，方吐真名。壽報諸兗州刺史南海王法，法說道：「昔漢有卜人，詐稱衛太子，今怎知非此類呢？」遂不肯迎超。為下文伏案。悅壽即送超入廣固，備德聞超到來，大喜過望，即遣三百騎往迎。超進謁備德，呈上金刀，具述祖母臨終遺語。備德撫超大慟，泣下數行，當下封超為北海王，授官侍中，拜驃騎大將軍，領司隸

校尉。超儀表雄壯，頗肖備德，備德很加寵愛，意欲立超為嗣，乃為超築第萬春門內，規制崇閎，每日有暇，必親自臨幸，與超談論國事。超曲意承歡，侍奉彌謹；又復開府置吏，屈己下人，內外響望，翕然相從。

約莫過了一年，暮秋天涼，汝水忽竭，備德未免失驚，越兩月，竟至寢疾。超請往禱汝水神，備德道：「人主命數，本自天定，難道汝水神所能專主麼？」遂不從所請。是夜，備德夢見父慕容皝，臨榻與語道：「汝既無男，何不立超為太子？否則惡人將從此生心了。」這恐是因想成夢。備德欲問惡人何名，偏有人從旁喚醒，開目一瞧，乃是皇后段氏，不由的唏噓道：「先帝有命，令我立儲，看來是我將死了。」翌日，力疾起床，勉御東陽殿，引見群臣，議立超為太子。事尚未決，忽覺地面震動，坐立不安。百僚都竄越失位，備德也支持不住，乘輦還宮，延至夜分，病已大增，口不能言。段氏在旁大呼道：「今召中書草詔，立超為嗣，可好麼？」備德張目四顧，見超已侍側，便即頷首。段后因宣入中書，草定遺詔，立超為皇太子，備德遂瞑目而逝。年正七十，在位六年。

詰朝由超登殿，嗣為南燕皇帝，循例大赦，改元太上。尊備德后段氏為太后，命北地王慕容鍾都督中外諸軍，錄尚書事。南海王慕容法為征南大將軍，都督徐兗揚南兗四州諸軍事。桂陽王慕容鎮為開府儀同三司，尚書令封孚為太尉，麴衝為司空，潘聰為左光祿大夫，段弘為右光祿大夫，封嵩為尚書左僕射。此外封拜各官，不必備述。追諡備德為獻武皇帝，廟號世宗。唯奉靈出葬時，卻先有十餘柩，夜出西門，潛葬山谷，至正式告窆的東陽陵，實是一口空棺，諒想由備德生前的預囑呢。小子有詩嘆道：

　　奸詐幾同曹阿瞞，不為疑塚即虛棺。
　　生前若肯留餘地，朽骨何容慮未安！

第九十三回　葬愛妻遇變喪身　立猶子臨終傳位

　　欲知慕容超嗣位後事，且看下回再表。

　　苻秦之滅，慕容氏為之，慕容氏之滅，苻氏實為之，天道好還，因果不爽。且俱斨喪於婦人女子之手，何其事蹟之相似也？慕容垂妻段氏，苻堅嘗與之同輦出遊，慕容衝姊弟專寵，長安有雌雄鳳凰之謠，至慕容熙納苻謨二女，寵愛絕倫，大苻早歿，熙殺王榮，小苻繼逝，熙如喪考妣，衰服送葬，以嫂為殉，而叛徒即乘間發難。說者謂釁起馮跋，成於高雲，於苻氏何與？不知興土木，傾府庫，唯婦言是用，皆亡國之媒介也。豈盡得歸咎於馮高二子哉？若慕容備德之立慕容超，猶子比兒，不違古義。且超內能盡孝，外能下士，賢名夙著，譽重一時，此而不立，將立何人？況有慕容訥之感及夢象哉！然其後終不免亡國，此非德立超之過，乃德叛寶之過也。德不知有主，安能傳及後嗣？十餘柩之潛發，德亦自知負疚矣乎？

第九十四回
得使才接眷還都　失兵機縱敵入險

　　卻說慕容超既得嗣位，引親臣公孫五樓為武衛將軍，領司隸校尉，內參政事。五樓欲離間宗親，多方媒孽。超因出慕容鍾為青州牧，段弘為徐州刺史。太尉封孚語超道：「臣聞親不處外，羈不處內，鍾係國家宗臣，社稷所賴，弘亦外戚懿望，百姓具瞻，正應參翼百揆，不宜遠鎮外方。今鍾等出藩，五樓內輔，臣等實覺未安。」超終信五樓，不聽孚言。鍾與弘俱不能平，互相告語道：「黃犬皮恐終補狐裘呢。」嗣為五樓所聞，嫌隙益深。超因前時歸國，為慕容法所不容，因亦懷恨在心。備德歿時，法恐為超所忌，不入奔喪，至是超遣使責法。法遂與慕容鍾段弘等，合謀圖超。不意被超察悉，立召令入都，法與鍾皆稱疾不赴，超先搜查內黨，捕得侍中慕容統，右衛將軍慕容根，散騎常侍段封等，一體梟斬；復將僕射封嵩，輾裂以殉。然後遣慕容鎮攻鍾，慕容昱攻弘，慕容凝韓范攻法，封嵩弟融，出奔魏境，號召群盜，襲石塞城，擊殺鎮西大將軍余鬱。青土震恐，人懷異議。慕容凝也有異心，謀殺韓范，襲擊廣固。范偵得凝謀，勒兵攻凝，凝出奔後秦。慕容法亦保守不住，棄城奔魏。鍾在青州，亦被鎮引兵攻入，鍾自殺妻孥，鑿隧逃出，也奔往後秦去了。枝葉已盡，根本何存？

　　超既平叛黨，遂以為人莫敢侮，肆意畋遊。僕射韓又切諫不從。百姓屢受徵調，不堪供役，多有怨言。會超憶念母妻，特使御史中丞封愷，前

第九十四回　得使才接眷還都　失兵機縱敵入險

往長安請求。秦主姚興，本已將超母妻拘住，至此聞愷到來，乃召入與語道：「汝主欲乞還母妻，朕亦不便加阻，但從前苻氏敗亡，太樂諸伎，悉數歸燕；今燕當前來歸藩，並將諸伎送還，否則或送吳口千人，方可得請呢。」愷如言還報，超使群臣詳議。左僕射段暉，謂：「不宜顧全私親，自降尊號。且太樂諸伎，為先代遺音，怎可畀秦？萬不得已，不如掠吳口千人，付彼罷了。」是乃忍人之言。尚書張華，力駁暉議，說是：「侵掠吳邊，必成鄰怨，我往彼來，賠禍無窮。今陛下慈親，在人掌握，怎可靳惜虛名，不顧孝養？今果降號修和，定能如願，古人謂『枉尺直尋』，便是此意。」超大喜道：「張尚書深得我心，我也不惜暫屈了。」遂遣中書令韓範，奉表入秦。

秦主興取閱表文，見他稱藩如儀，便欣然語範道：「封愷前來，致燕王書，曾與朕抗禮，今卿齎表來附，莫非為母受屈麼？還是以小事大，已識《春秋》古義呢？」範從容答道：「昔周爵五等，公侯異品，小大禮節，緣是發生；今陛下命世龍興，光宅西秦，我朝主上，上承祖烈，定鼎東齊，南面並帝；通聘結好，若來使矜誕，未識謙沖，幾似吳晉爭盟，滕薛競長，恐傷大秦堂堂國威，並損皇燕巍巍美德，彼此俱失，義所未安。」興不待說畢，便作色道：「若如卿言，是並非以小事大了。」範又道：「大小且不必論，今由寡君純孝，來迎慈母，想陛下以孝治人，定必推恩錫類，沛然垂憫呢。」不亢不卑，是專對才。興方轉怒為喜道：「我久不見賈生，自謂過彼，今始知不及了。」乃厚禮相待，歡顏與敘道：「燕王在此，朕亦親見；風表有餘，可惜機辯不足。」範答道：「『大辯若訥』，古有名言。若使鋒芒太露，便不能繼承先業了。」興笑道：「使乎？使乎？朕今當為卿延譽了。」範復乘間聘詞，說得興非常愜意，面賜千金，許還超母妻。時慕容凝已早至長安，入白姚興道：「燕王稱藩，實非本心，若

許還彼母,怎肯再來稱臣呢?」興意乃中變,又不好自食前言,但稱天時尚熱,當俟秋涼送還,因即遣范歸燕,且使散騎常侍韋宗報聘。超北面受秦詔敕,贈宗千金,再遣左僕射張華,給事中宗正元赴秦,送入樂伎一百二十人。興喜如所望,延華入宴,酒酣樂作,雅韻鏗鏘。黃門侍郎尹雅語華道:「昔殷祚將亡,樂師歸周;今皇秦道盛,燕樂來庭,廢興機關,就此可見了。」華不肯受嘲,忙即接口道:「從古帝王,為道不同,欲伸先屈,欲取姑與,今總章西入,必由余東歸,由余戎人,入關事秦,見《列國演義》。禍福相倚,待看後來方曉哩。」興聽著華言,不禁勃然道:「古時齊楚競辯,二國興師,卿乃小國使臣,怎得抗衡朝士?」華乃遜辭道:「臣奉使西來,實願交歡上國,上國不諒,辱及寡君社稷,臣何敢守默,不為仰酬?」也是一個辯才。興始改容道:「不意燕人都是使才。」乃留華數日,許奉超母妻東還。宗正元先馳歸報命,超乃親率六宮,出迎母妻。彼此聚首,自有一種悲喜交並的情形,無庸細表。

越年,為太上四年,正月上旬,追尊父納為穆皇帝,立母段氏為皇太后,妻呼延氏為皇后。超親祀南郊,柴燎無煙。靈臺令張光,私語僚友道:「今火盛煙滅,國將亡了。」及超將登壇,忽有一怪獸至圜丘旁,大如馬,狀類鼠,毛色俱赤,少頃即不知所在,但見暴風驟起,天地晝昏,行宮羽儀帷幔,統皆毀裂。超當然惶恐,密問太史令成公綏。綏答道:「陛下信用奸佞,誅戮賢良,賦稅煩苛,徭役雜沓,所以有此變象哩。」超因還宮大赦,譴責公孫五樓等,疏遠了好幾日,旋復引用如前;再遇地震水溢諸變,毫不知儆,又荒耽了一年。太上五年元旦,超御東陽殿朝會群臣,聞樂未備音,自悔前時送使入秦,乃擬南掠吳人,補充樂伎。領軍將軍韓㲉進諫道:「先帝因舊京傾覆,戢翼三齊,遵時養晦,今陛下嗣守成規,正當閉關養銳,靜伺賊隙,恢復先業,奈何反結怨南鄰,自尋仇敵

第九十四回　得使才接眷還都　失兵機縱敵入險

呢？」超怫然道：「我意已決。卿勿多言！」禍在此了。當下遣將軍慕容興宗斛谷提公孫歸等，率騎兵寇晉宿豫，擄去陽平太守劉千載，濟陰太守徐阮，及男女二千五百人，載歸廣固。超令樂官分教男女，充作樂伎。並論功行賞，特進公孫歸為冠軍將軍，封常山公；歸為公孫五樓兄，故賞賚獨隆；五樓且加官侍中尚書令，兼左衛將軍，專總朝政；就是他叔父公孫頹，也得授武衛將軍，封興樂公。桂陽王慕容鎮入諫道：「臣聞懸賞待勳，非功不侯，今公孫歸結禍構兵，殘賊百姓，陛下乃封爵酬庸，豈非太過？從來忠言逆耳，非親不發，臣雖庸朽，忝居國戚，用敢竭盡愚款，上瀆片言。」超默然不答，面有怒容，鎮只好趨退。群臣從旁瞧著，料知超喜佞惡直，遂相戒不敢多言。尚書郎令史士懺，諂事五樓，連年遷官，超拜左丞，時人相傳語云：「欲得侯，事五樓。」超又使公孫歸等率騎五千，入寇南陽，執住太守趙光，俘掠男女千餘人而還。

　　晉劉裕欲發兵進討，先令并州刺史劉道憐，出屯華陰，一面部署兵馬，請命乃行。時劉裕已晉封豫章郡公，劉毅何無忌，也分封南平安成二郡公。三公當道，裕權最盛。無忌素慕殷仲文才名，因仲文出任東陽太守，請他過談。仲文自負才能，欲秉內政，偏被調出外任，悒悒不樂，因此誤約不赴。無忌疑仲文薄己，遂向裕進讒道：「公欲北討慕容超麼？其實超不足憂，唯殷仲文桓胤，是心腹大病，不可不除。」裕也以為然。適部將駱球謀變，事洩被誅，裕遂謂仲文及胤，與球通謀，即將他二人捕戮，屠及全家。二人罪不至死，唯為桓氏餘孽，死亦當然。

　　已而，司徒兼揚州刺史王謐病歿，資望應由裕繼任。劉毅等不欲裕入輔政，擬令中領軍謝混為揚州刺史。或恐裕有異言，謂不如令裕兼領揚州，以內事付孟昶。朝議紛紜莫決，乃遣尚書右丞皮沈，馳往詢裕。大權已旁落了。沈先見裕記室劉穆之，具述朝議。穆之偽起如廁，潛入白裕

道：「晉政多闕，天命已移，公勳高望重，豈可長作藩臣？況劉孟諸人，與公同起布衣，共立大義，得取富貴，不過因事有先後，權時推公，並非誠心敬服，素存主僕的名義。他日勢均力敵，終相吞噬，不可不防。揚州根本所繫，不可假人，前授王謐，事出權道；今若再授他人，恐公終為人制，一失權柄，無從再得，不如答言事關重大，未便懸論，今當入朝面議，共決可否。俟公到京，彼必不敢越公，更授他人了。」裕之篡晉，實由穆之一人導成。裕極口稱善；見了皮沈，便依言照答，遣他覆命。果然沈去數日，便有詔徵裕為侍中，揚州刺史，錄尚書事。裕當然受命，唯表解兗州軍事，令諸葛長民鎮守丹徒，劉道憐屯戍石頭。

會聞譙縱據蜀，有窺伺下流消息，乃亟遣龍驤將軍毛修之，會同益州刺史司馬榮期，共討譙縱。榮期先至白帝城，擊敗縱弟明子，再請修之為後應，自引兵進略巴州。不料參軍楊承祖，忽然心變，刺死榮期，擅稱巴州刺史，回拒修之。修之到了宕渠，接得警耗，退還白帝城，邀同漢嘉太守馮遷，即九十一回中之益州督護。同擊承祖，幸得勝仗，把他梟首。再欲進討譙縱，偏來了一個新益州刺史鮑陋，從旁阻撓，牽制修之。修之據實奏聞，劉裕乃表舉劉敬宣為襄城太守，令率兵五千討蜀，又命并州刺史劉道規，為征蜀都督，節制軍事。譙縱聞晉師大至，忙遣使至後秦稱臣，奉表乞師；且致書桓謙，招令共擊劉裕。謙將來書呈入秦主，自請一行。秦主興語謙道：「小水不容巨魚，若縱有才力，自足辦事，何必假卿為鱗翼？卿既欲往，宜自求多福，毋墮人謀。」謙志在報怨，竟拜辭而去。到了成都，與縱晤談，起初卻還似投契，後來謙虛懷引士，交接蜀人，反被縱起了疑心，竟把他錮置龍格，派人監守。謙流涕道：姚主果有先見，求福反致得禍了。」已而譙縱出兵拒敵，與劉敬宣接戰數次，均至失利，再遣人至秦求救。秦遣平西將軍姚賞，梁州刺史王敏，率兵援縱。縱亦令將

第九十四回　得使才接眷還都　失兵機縱敵入險

軍譙道福，悉眾出發，據險固守。敬宣轉戰入峽，直抵黃虎，去成都約五百里。前面山路崎嶇，又為譙道福所阻，不能進軍。相持至六十餘日，軍中食盡，且遭疫癘，傷斃過半，沒奈何收兵退回。敬宣坐是落職，道規亦降號建威將軍。裕因薦舉失人，自請罷職，有詔降裕為中軍將軍，餘官如故。裕本欲自往討蜀，因南燕為患太近，不得不後蜀先燕，於是抗表北伐，指日出師。朝臣多說是西南未平，不宜圖北，獨左僕射孟昶，車騎司馬謝裕，參軍臧熹，贊同裕議。安帝不能不從，便命裕整軍啟行。時為義熙五年五月，夏日正長，大江方漲，裕率舟師發建康，由淮入泗，直抵下邳，留住船艦輜重，麾兵登岸。步至琅琊，所過皆築城置守。或謂裕不宜深入，裕笑道：「鮮卑貪婪，何知遠計？諸君不必多慮，看我此行破虜呢。」乃督兵急進，連日不休。

　　南燕主超聞有晉師，方引群臣會議，侍中公孫五樓道：「晉兵輕銳，利在速戰，不宜急與爭鋒。今宜據住大峴山，使不得入，曠日延時，挫他銳氣，然後徐簡精騎二千，循海南行，截彼糧道，別敕段暉發兗州兵士，沿山東下，腹背夾攻，這乃是今日的上計。若依險分戍，籌足軍糧，芟刈禾苗，焚蕩田野，使彼無從侵掠，彼求戰不得，求食無著，不出旬月，自然坐困，這也不失為中策。二策不行，但縱敵入峴，出城逆戰，便成為下策了。」莫謂五樓無才，超本深信五樓，何為此時不用？超作色道：「今歲星在齊，天道可知，不戰自克。就是證諸人事，彼遠來疲乏，必不能久，我據有五州，擁民兆，鐵騎成群，麥禾布野，奈何芟苗徙民，先自蹙弱哩？不若縱使入峴，奮騎逆擊，以逸待勞，何憂不勝？」輔國將軍賀賴盧道：「大峴為中國要塞，天限南北，萬不可棄，一失此界，國且難保了。」超搖首不答。太尉桂林王慕容鎮又諫道：「陛下既欲主戰，何不出峴逆擊？就使不勝，尚可退守，不宜縱敵入峴，自棄巖疆。」超終不從，拂袖竟

入。鎮出語韓又道：「既不能逆戰卻敵，又不肯徙民清野，延敵入腹，坐待圍攻，是變做劉璋第二了。劉璋即漢後主。今年國滅，我必致死，卿係中華人士，恐仍不免紋身了。」又無言自去，徑往白超。超怒鎮妄言，收鎮下獄，乃集莒與梁父二處守兵，修城隍，簡車徒，靜待晉兵到來。

劉裕得安然過峴，指天大喜道：「兵已過險，因糧滅虜，就在此舉了。」慕容超方命五樓為徵虜將軍，使與輔國將軍賀賴盧，左將軍段暉等，率步騎五萬人，出屯臨朐。自督步騎四萬，作為後應。臨朐南有巨蔑水，距城四十里，公孫五樓領兵往據，方達水濱，已由晉將孟龍符殺來，兵勢甚銳，不容五樓不走。晉軍有車四千輛，分作左右兩翼，方軌徐進。將至臨朐城下，與慕容超大兵相遇，殺了半日有餘，不分勝負。劉裕用胡藩為參軍，至是向裕獻策，請出奇兵徑襲臨朐城。裕即遣藩及諮議將軍檀韶，建威將軍向彌，引兵繞出燕兵後面，直攻臨朐，且大呼道：「我軍從海道來此，不下十萬人，汝等守城兵吏，能戰即來，否則速降。」城內只有老弱殘兵，為數甚少，唯城南有燕將段暉營，不及乞援，已被向彌擐甲登城，立即陷入。段暉聞變，料難攻復，只得遣人飛報慕容超。超聞報大驚，單騎奔還，投入段暉營中。南燕兵失了主子，統皆駭散，當被劉裕縱兵奮擊，追到城下，乘勝踹入暉營。暉出營攔阻，一個失手，要害處中了一槊，倒斃馬下。還有燕將十餘人，相繼戰死。超策馬急奔，不及乘輦，所有玉璽豹尾等件，一古腦兒拋去。晉軍一面搬運器械，一面長驅追超。超逃入廣固，倉皇無備，那晉軍已隨後擁入，竟將外城占據了去。小子有詩詠道：

設險方能制敵強，如何縱使入蕭牆？
良謀不用嗟何及，坐致巖疆一旦亡。

第九十四回　得使才接眷還都　失兵機縱敵入險

欲知慕容超如何拒守，容至下回說明。

慕容超之迎還母妻，不可謂非孝義之一端。超母跋涉奔波，備嘗艱苦，超既得承燕祀，寧有身為人主，乃忍其母之常居虎口乎？呼延女之為超婦，超母以報德為言，夫欲報之德，反使之流落長安，朝不保暮，義乎何在？所屈者小，所全者大，此正超之不昧天良也。惜乎！有使才而無將才，顧私德而忘公德，無端寇晉，啟釁南鄰，迨至晉軍入境，又不聽公孫五樓之上中二策，縱使入峴，自撤藩籬，愚昧如此，幾何而不為劉璋乎？史稱超身長八尺，腰帶九圍，雄偉如此，乃不能保一廣固城，外觀果曷恃哉！

第九十五回
覆孤城慕容超亡國　誅逆賊馮文起開基

　　卻說晉軍入廣固外城，急得慕容超奔避不遑，慌忙閉內城門，集眾固守。劉裕督兵圍攻，四面築柵，柵高三丈，穿塹三重，撫納降附，採拔賢俊，華夷大悅。超悶坐圍城，無計可施，乃遣尚書郎張綱，詣秦乞援，並敕桂林王慕容鎮，令督中外諸軍，兼錄尚書事。當即召入與語，自悔前誤，殷勤問計。遲了，遲了！鎮慨答道：「百姓怨望，係諸一人，今陛下親董六師，戰敗奔還，群臣離心，士民短氣，今欲乞秦援兵，聞秦人亦有外患，恐不暇分兵救人。唯我散卒還集，尚有數萬，宜盡出金帛，充作犒賞，更決一戰。若天意助我，定能破敵，萬一不捷，死亦殉國，比諸閉門待盡，恰是好得多了。」語尚未畢，旁有司徒樂浪王慕容惠接口道：「晉兵乘勝，氣勢百倍，今徒令羸兵與戰，不敗何待？秦雖與勃勃相持，未足為患，且與我分據中原，勢如唇齒，怎得不前來相援？但不令大臣西向，恐彼未必遽出重兵，尚書令韓范，望重燕秦，宜遣令乞師為是！」超依了惠言，再令韓范前去。

　　是時，秦主興因南涼生貳，禿髮傉檀內外多難，意欲乘此進討，收還姑臧。應九十三回。先使尚書郎韋宗往覘虛實，宗與傉檀相見，傉檀縱橫辯論，洞悉古今。宗大為嘆服，歸報秦主興道：「涼州雖敝，傉檀權譎過人，未可驟圖。」興疑問道：「劉勃勃兵皆烏合，尚能擊破傉檀，況我軍曾經百戰，攻無不克，難道還不及勃勃麼？」宗答道：「傉檀為勃勃所欺，

第九十五回　覆孤城慕容超亡國　誅逆賊馮文起開基

敝在輕視勃勃，不先留意，今我用大軍往討，彼必戒懼求全，兵法有言：『兩軍相見，哀者必勝。』臣所以為不宜輕攻哩。」興不信宗言，竟令子廣平公弼，及後軍將軍斂成，鎮遠將軍乞伏乾歸等，率領步騎三萬，襲擊傉檀。又使左僕射齊難，率領騎兵二萬，往攻勃勃。吏部尚書尹昭入諫道：「傉檀自恃險遠，故敢違慢，不若詔令沮渠蒙遜，及李皓往討，使他自相殘殺，互致困敝，不必煩我兵力哩。」是即卞莊刺虎之計。興仍然不從，唯使人致書傉檀，偽稱：「我國發兵，實是往討勃勃，請勿多慮！」興自以為得計，誰知弄巧反拙。傉檀信為真言，遂不設備。誰知秦軍已乘虛直進，攻克昌松，殺斃太守蘇霸，直達姑臧城下。傉檀方知為秦所賺，急忙調兵登陴，日夕督守，伺敵少懈，密遣精騎夜出，劫破秦壘。秦統將姚弼退據西苑，暗使人嗾動城中，買囑涼州人王鍾宋鍾王娥等，使為內應。偏被傉檀察悉，把他叛黨坑死，再命各郡縣散牛羊，作為敵餌。果然秦將斂成，縱兵抄掠，自紊軍律。傉檀即遣將軍俱延敬歸等，開城縱擊，大敗秦兵，斬首七千餘級。

　　姚弼收集敗兵，固壘自守，且馳報長安，請速濟師。秦主興復遣常山公顯，率騎二萬，倍道赴援。顯至姑臧，令射手孟欽等五人，至涼風門前挑戰，不意城外已伏著涼將宋益，覷得孟欽走近，引兵突出。孟欽弦不及發，已被劈倒，餘四人不值一掃，盡皆斃命。顯始知傉檀有備，不易攻克，乃遣人與傉檀修好，委罪斂成，引眾退歸。還有齊難一軍，馳入夏境，沿途四掠。勃勃卻退兵河曲，佯示虛弱，乘難無備，潛師掩襲，俘斬至七千人。難慌忙退走，奔至木城，被勃勃引兵追到，四面兜圍，把難擒去，餘眾皆為所虜，數共萬三千人，於是嶺北一帶，俱降勃勃。勃勃遍置守宰，分疆拒秦，秦已將亡，故兩路俱敗。秦主興未免懊悔，尚欲再討勃勃，適值南燕求援，自覺不遑東顧，但權允發兵，令張綱先行返報。綱經

過泰山，為太守申宜所執，送入晉營。劉裕素聞綱有巧思，善制攻具，便引綱入見，親為解縛，好言撫慰，使登樓車巡城，呼語守吏道：「劉勃勃大破秦軍，秦主無暇來救，只好由汝等自尋生路罷。」守吏聽了此言，無不失色。慕容超惶急異常，乃遣使至裕營請和，願割大峴山南地歸晉，世為藩臣。裕拒絕不許，未幾來一秦使，傳語劉裕道：「慕容氏與秦毗鄰，素來和好，今晉軍無端加攻，秦已遣鐵騎十萬，行次洛陽，若晉軍不還，便當長驅直進了。」裕怒答道：「汝可歸白姚興，我平燕後，便當來取關洛，若姚興自願送死，儘管速來。」秦使自去。參軍劉穆之入白道：「公奈何挑動敵怒？今廣固未下，再來羌寇，敢問公將如何抵禦？」裕笑道：「這是兵機，非卿所解。試想姚興果肯救燕，方且潛師前來，何至先遣使命，令我預防，這明明是虛聲嚇人，不足為慮。」一口道破。穆之乃退。

　　秦主興本遣衛將軍姚強，帶著步騎萬人，偕燕使韓范至洛陽，令與洛城守將姚紹合兵，往救廣固。嗣聞勃勃殺敗秦軍，窺伺關中，乃追還姚強，但用了一個虛張聲勢的計策，去嚇劉裕。裕不為所動，秦謀自沮。只韓范怏怏自歸，且悲且嘆道：「天意已要亡燕了。」燕臣張華封愷，出兵擊裕，均被裕軍擒住。封融張俊，相繼乞降。俊語劉裕道：「燕人所恃，唯一韓范，今范甫歸，還道他能致秦師，若得范來降，燕城自下了。」裕乃表范為散騎常侍，致書招范。長水校尉王蒲，勸范奔秦，范慨然道：「劉裕起自布衣，滅桓玄，復晉室，今興師伐燕，所向崩潰，這乃天授，未必全由人力呢。燕若滅亡，秦亦難保，我不可再辱，不如降晉罷了。」遂潛投裕營。裕得范大喜，即使范至城下，招降守將，城中愈覺奪氣。或勸燕主超誅范家族，超因范弟又盡忠無貳，因赦范家。嗣見晉軍建設飛樓，懸梯木，幔板屋，覆以牛皮，上御矢石，料知此種攻具，定是張綱所為，遂將綱母捕到，懸縛城上，支解以徇。死在目前，何必行此慘虐。

第九十五回　覆孤城慕容超亡國　誅逆賊馮文起開基

　　既而太白星入犯虛危，靈臺令張光，謂天象亡燕，勸超降晉。超並不答言，便把佩劍拔出，剁落光首。好容易過了殘臘，翌日為晉義熙六年元旦，超登天門，在城樓朝見群臣，殺馬犒饗將士，並遷授文武百官。越宿，與寵姬魏夫人登城，見晉兵勢甚強盛，不禁唏噓淚下，與魏氏握手對泣。韓又從旁進言道：「陛下遭際厄運，正當努力自強，鼓勵士氣，奈何反與女子對泣呢？」超乃拭淚謝過。尚書令董銳又勸超出降，超復系銳下獄。賀賴盧公孫五樓暗鑿地道，通兵出戰。晉軍不及防備，幾被掩入，幸虧裕軍律素嚴，前仆後繼，仍把燕軍殺退。城門久閉不開，居民無論男女，俱生了一種腳氣病，不能行走，就是超亦染了此症，乘攀登城。尚書悅壽語超道：「今大助寇為虐，戰士雕敝，城孤援絕，天時人事，已可知了。從來歷數既終，堯舜尚且避位，陛下亦應達權通變，庶得上存宗廟，下保人民。」超憮然道：「興廢原有天命，我寧奮劍致死，不願銜璧求生。」頗有血性，可惜不知守國。

　　劉裕見城中睏乏，乃下令破城，悉眾猛撲。或謂：「今日往亡，不利行師。」裕掀鬚道：「我往彼亡，有何不利？」遂親自督攻，不克不止。悅壽在城上望著，料知不能支持，因開門迎納晉軍。超與左右數十騎，逾城出走，才行裡許，即被晉軍追到，捉得一個不留。當下押至裕前，由裕叱責數語，大略是說他抗命不降，殃及兵民。超神色自若，但將母託劉敬宣，餘無一言。裕乃命將超置入檻車，解送建康。且因廣固圍久乃下，恨及燕人，意欲把男子一併坑死，婦女盡賞將士。韓范入諫道：「晉室南遷，中原鼎沸，士民失主，不得不歸附外族。既為君臣，自當替他盡力，其實統是衣冠舊族，先帝遺民，今王師弔民伐罪，若不問首從，一概加誅，竊恐西北人民，將從此絕望了。」裕雖改容稱謝，尚斬燕王公以下三千人，沒入家口萬餘，毀城平濠，變成白地，然後班師。慕容超解入晉都，梟首

市曹,年才二十有六。總計超僭位六年,與慕容德合併計算,共得十有一年,南燕遂亡,慕容氏從此垂盡。慕容寶養子高雲,已經篡位,仍復原姓。見九十三回。但使慕容歸為遼東公,使主燕祀,是前燕後燕南燕三國,至此俱已淪亡。就是史家把高雲僭位,列入後燕,也不過一年有餘,便即告終。

　　雲本由馮跋等推立,僭號天王,立妻李氏為后,子彭城王為太子,名目上算做一國主子,實際上統是馮跋專權。雲亦恐跋等為變,心不自安,特養壯士為爪牙,令他宿衛。當時衛弁頭目,一名離班,一名桃仁,日夕隨侍,屢蒙厚賜,甚至高雲的飲食起居,也慷慨推解,毫不少吝,居然有甘苦同嘗的意思。哪知小人好利,貪婪無厭,任你高雲如何寵遇,總有一二事未愜他意,遂致以怨報德,暗起殺心。遷延到一年有餘,突然生變,班仁兩人,懷劍直入,向內啟事。高雲毫無所覺,出臨東堂。桃仁遞上一紙,交雲展閱。雲接紙在手,不防離班抽劍斫來,嚇得雲不知所措,還算忙中有智,把几提起,當住離班的劍鋒,無如一劍未中,一劍又至,這劍乃是桃仁所刺,急切無從招架,竟被穿入腰脅,大叫一聲,暈倒地下;再經離班一劍,當然結果性命。小人之難養也,如此。

　　馮跋在外聞報,忙升洪光門觀變。帳下督張泰李桑語跋道:「二賊得志,將無所不為,願為公力斬此賊。」跋點首應諾,泰與桑仗劍下城,招呼徒眾,撲入東堂。途中遇著離班,大呼殺賊,班迫不及避,也惡狠狠的持劍來鬥,桑接住廝殺,徒眾齊上,併力擊班。獨泰恐桃仁遁走,亟向東堂馳入,冤冤相湊,正值桃仁出來,由泰劈頭一劍,好頭顱左右分離,立致倒斃。可巧桑已梟了班首,進來助泰,見泰誅死桃仁,自然大喜,當下迎跋入殿,推他為主。跋情願讓弟素弗,素弗道:「從古以來,父兄得了天下,方傳子弟,未聞子弟可突過父兄。今鴻基未建,危甚贅疣,臣民俱

第九十五回　覆孤城慕容超亡國　誅逆賊馮文起開基

屬望大兄，何必再辭。」張泰李桑等，亦同聲推戴。跋乃允議，遂在昌黎城即天王位，改元太平，國仍號燕，是為北燕。為十六國之殿軍。

跋字文起，世為漢族，係長樂郡信都人。祖父和曾避晉亂，遷居上黨，父安雄武有力，嘗為西燕將軍。西燕滅亡，跋復東徙和龍，住居長谷。屋上每有雲氣護住，狀若樓閣，時人詫為奇觀。及慕容寶即位，署跋為中衛將軍。跋弟素弗，素性豪俠，不務正業，嘗與從兄萬泥，及諸少年同遊水濱，見一金龍出溪水中，問諸萬泥等人，皆云未見。素弗撈得金龍，取示大眾，無不驚異。後來被慕容熙聞知，暗加疑忌。熙既篡立，欲誅馮跋兄弟，增設禁令。跋適犯禁，懼禍潛奔，與子弟同匿山澤，每夜獨行，猛獸嘗為避路。跋乃奮然起事，與兄弟潛入龍城，弒熙立雲。補九十三回中所未詳。雲既被戕，跋得稱尊，總算不忘舊誼，為雲舉哀發喪，依禮奉葬。雲妻子亦已遇害，統皆代埋，設立雲廟，置園邑二十家，四時致祭。追諡雲為惠懿皇帝。一節可取。一面追尊祖考，稱祖和為元皇帝，父安為宣皇帝，奉母張氏為太后，立妻孫氏為王后，子永為太子，弟范陽公素弗為車騎大將軍，錄尚書事。次弟汲郡公弘為侍中，兼尚書僕射。從兄廣川公萬泥，領幽平二州牧，從兄子乳陳為徵西大將軍，領並青二州牧。餘如張興馮護等，佐命功臣，亦皆封賞有差。

素弗當弱冠時，曾向尚書左丞韓業處求婚，業因素弗行誼不修，毅然謝絕。素弗再求尚書郎高邵女，邵亦弗許。至是得為宰輔，並不記嫌，待遇韓業等，反且加厚。又能拔寒畯，舉賢能，謙恭儉約，以身率下，端的是休休有容，不愧相度，這也好算是難得呢。唯萬泥乳陳，自命勳親，欲為公輔，偏跋令居外鎮，作為二藩。乳陳性尤粗悍，不顧利害，因密遣人告萬泥道：「乳陳有至謀，願與叔父共議。」萬泥遂往與定約，興兵作亂。跋遣弟弘與將軍張興，率步騎二萬人往討，弘先傳書招諭道：「我等兄弟

數人，遭際風雲，鼓翼齊起。今主上得群下推戴，光踐寶位，裂土分爵，與兄弟共同富貴，並享榮華，奈何無端起釁，目尋干戈呢？人非聖人，不能無過；過貴能改，方不終誤。屬在至親，所以極誠相告，還望釋嫌反正，同獎王室，勿再沉迷。」萬泥得書，便欲罷兵謝罪，獨乳陳按劍怒吼道：「大丈夫死生有命，怎得中道生變，不戰即降呢？」遂答書不遜，約同一戰。張興語弘道：「賊與我約，明日爭鋒，恐今夜就來劫營，應命三軍格外戒備，方保無虞。」弘乃密下軍令，每人各攜草十束，備著火種，分頭埋伏，自與張興出伏要路，靜待亂兵到來。

　　黃昏已過，萬籟無聲，尚不聞有什麼動靜，到了夜半，果見塵頭紛起，約莫有千餘人，疾趨而來。弘不禁暗嘆道：「張將軍確有先見，賊眾前來送死了。」再閱半時，那亂兵已經過去，才發了一聲胡哨，號召各處伏兵，霎時間火炬齊明，呼聲四集，嚇得亂兵東逃西竄，拚命亂跑。怎奈四面八方，統已有人攔著，不是被殺，就是被擒，擾亂了小半夜，千餘人全體覆沒，無一得還。弘等得勝回營，天色已大明瞭。乳陳得了敗耗，方才驚懼，與萬泥詣營乞降。只有這般膽量，何必前此發威！弘召他入營，詰責罪狀，即命左右推出斬首。餘眾赦免，然後班師。跋進弘為驃騎大將軍，改封中山公，且署素弗為大司馬，改封遼西公。嗣是除苛政，懲貪黷，省徭賦，課農桑，燕人大悅，恰享了好幾年的太平。同時，南涼的禿髮傉檀複稱涼王，改元嘉平。西秦的乞伏乾歸，也逃歸苑川，複稱秦王，改元更始，這都因後秦漸衰，所以不甘受制，仍然獨立。唯有那雄長朔方的拓跋珪，立國已二十四年，尚只三十九歲，被那逆子清河王紹，入宮弒死，這也是北魏史上的駭聞。小子有詩嘆道：

　　　　父子相離已滅倫，況經手刃及君親。
　　　　莫言胡俗無天性，禍報由來有夙因。

第九十五回　覆孤城慕容超亡國　誅逆賊馮文起開基

畢竟拓跋弒何故遇弒,且至下回再詳。

慕容超之亡國,非劉裕得亡之,超實自亡之也。超之致亡,已見前評,及城不能保,尚未肯出降,自決一死,卒至為裕所虜,送斬建康,彼得毋援國君死社稷之義,詡詡然自謂正命耶。但王公以下,被殺之三千人,家口沒入至萬餘,雖由裕之殘虐不仁,亦何莫非由超之倔強不服,激成裕憤,區區一死,亦何足謝國人也。彼慕容雲之愚昧,且出超下,其得立也出諸意外,其被戕也亦出乎意外。馮跋不必防而防之,離班桃仁,不宜親而親之,然欲不死得乎?跋之稱尊,不得謂其非僭,然較諸沮渠蒙遜輩,相去遠矣,況有馮素弗之良宰輔乎。

第九十六回
何無忌戰死豫章口　劉寄奴固守石頭城

　　卻說拓跋珪素來好色，稱帝時曾納劉庫仁從女，寵冠後宮，生子名嗣，後因慕容氏貌更鮮妍，特立為后，已見前文。見九十二回。珪母賀氏，已早歿世，追諡為獻明太后。太后有一幼妹，入宮奔喪，生得一貌如花，纖濃合度，珪瞧入眼中，暗暗垂涎，便想同她狎暱，無如這位賀姨母，已經嫁人，不肯再與苟合，惹得珪心癢難熬，竟動了殺心，密囑刺客，把賀姨夫殺斃。賀姨母做了寡婦，無從訴冤，只好草草發喪，喪葬已畢，即由宮中差來幹役，逼令入宮。賀氏明知故犯，不能不隨他同去，一經見珪，還有什麼好事，眼見得衾禂別抱，露水同棲。冤家有孽，生下了一個嬰兒，取名為紹，蜂目豺聲，與乃母大不相同，想是賀姨夫轉世。漸漸的長大起來，凶狠無賴，不服教訓，珪嘗把他兩手反縛，倒懸井中，待他奄奄垂斃，然後釋出。他經此苦厄，稍稍斂跡，但心中愈加含恨。珪哪裡知曉，還道他懼罪知改，特拜為清河王。後來珪勢益盛，納妾愈多，一人怎能御眾，免不得求服丹藥，取補精神。哪知這藥性統是燥烈，愈服愈燥，愈燥愈厲，遂至喜怒乖常，動輒殺人。長子嗣本受封齊王，至是立為太子，嗣母劉貴人，反被賜死。珪召嗣與語道：「昔漢武將立太子，必先殺母，實預恐婦人與政，所以加防。今汝當繼統，我不得不遠法漢武了。」漢武殺鉤弋夫人，寧足為訓？況珪曾賴母得立，奈何不思？嗣聞言泣下，悲不自勝。珪反動怒，把他叱退。待嗣還居東宮，還聞他朝夕慟

第九十六回　何無忌戰死豫章口　劉寄奴固守石頭城

哭，又遣人召嗣入見。東宮侍臣，勸嗣不應遽入，因託疾不赴。衛王拓跋儀前鎮中山，為珪所忌，召還閒居，陰有怨言。珪適有所聞，便說他蓄謀不軌，勒令自殺。賀夫人偶然忤珪，亦欲加刃，嚇得賀氏奔避冷宮，立遣侍女報紹，令他入救。紹本懷宿憤，又聽得生母將死，氣得雙目直豎，五內如焚，當下招致心腹，賄通宮女宦官，使為內應，趁著天昏夜靜，逾垣入宮，宮中已有人前導，引至內寢，破戶直入。珪才從夢中驚醒，揭帳啟視，刀已飛入，不偏不倚，正中項下，頸血模糊，便即畢命。莫非孽報。

　　紹既弒父，便去覓母。賀氏見紹夜至，問明情狀，卻也一驚，忙去視珪，果被殺死，不由的淚下兩行。曾憶念前夫麼？紹卻欲號召衛士，往攻東宮，意圖自立。衛士多不願助紹，相率觀望。適東宮太子拓跋嗣，使人報告將軍安同，促令誅逆。安同慷慨誓眾，無不樂從，遂一擁入宮，搜捕逆紹。衛士爭先應命，七手八腳，把紹抓出，送交安同。安同迎嗣登殿，宣告紹罪，立命梟斬。紹母賀氏，一併坐罪賜死。死後卻難見二夫。於是嗣即尊位，為珪發喪，追諡為宣武皇帝，廟號太祖。後來改諡道武，這且慢表。

　　且說晉劉裕既平南燕，還屯下邳，意欲經營司雍二州，忽由晉廷飛詔召裕，促令還援。看官道是何因？原來盧循陷長沙，徐道復陷南康廬陵豫章，順流東下，居然想逼奪晉都了。先是盧徐二人，雖受晉官職，仍然陽奉陰違，伺機思逞。徐道復聞劉裕北伐，致書盧循，勸他入襲建康，循複稱從緩。道復自往語循道：「我等長住嶺外，豈真欲傳及子孫？不過因劉裕多智，未易與敵，所以鬱郁居此。今裕方頓兵北方，未有還期，我正好乘虛掩擊，直入晉都，何無忌。劉毅。等皆不及裕，無能為力。若我得攻克建康，裕雖南還，也不足畏了。」卻是個好機會。循尚狐疑未決。道復奮起道：「君若不肯同行，我當自往。始興兵甲雖少，也可一舉，難道不

能直指尋陽麼？」循見他詞氣甚厲，不得已屈志相從。道復即還至始興，整頓舟艦。他本預蓄異謀，嘗在南康山伐取材木，至始興出售，鬻價甚賤，居民爭往購取，不以為疑，其實是留貯甚多，至盡取做船材，旬日告成，遂與盧循北出長江，分陷石城，艤舟東指。

晉廷單靠劉裕，自然馳使飛召，裕即令南燕降臣韓范，都督八郡軍事，封融為渤海太守，引兵南行。到了山陽，又接得豫章警報，江荊都督何無忌，為徐道復所敗，竟至陣亡。無忌係江左名將，突然敗死，令裕也驚心。究竟無忌如何致敗？說將起來，也是冒險輕進，有勇寡謀，遂落得喪師失律，畢命戰場。當無忌出師時，自尋陽駛舟西進，長史鄧潛之進諫道：「國家安危，在此一舉，盧徐二賊，兵艦甚盛，勢居上流，不可輕敵，今宜暫決南塘，守城自固，料彼必不敢舍我東去，我得蓄力養銳，待他疲老，然後進擊，這乃是萬全計策呢。」無忌不從。參軍殷闡復諫道：「循眾皆三吳舊賊，百戰餘生，始興賊亦驍捷善鬥，統難輕視，將軍宜留屯豫章，徵兵屬城，兵至合戰，也不為遲。若徒率部眾輕進，萬一失利，悔將何及？」無忌是個急性鬼，仗著一時銳氣，徑至豫章西隅，徐道復已據住西岸小山，帶了數百弓弩手，迭射晉軍。晉軍前隊，多受箭傷，不敢急駛過去，惹得無忌性起，改乘小艦，向前直闖。偏偏西風暴起，將他小艦吹回東岸，餘艦亦為浪所衝，東飄西蕩。道復乘著風勢，駛出大艦，來擊無忌，無忌舟師已散，如何抵當，頓致盡潰。獨無忌不肯倒退，厲聲語左右道：「取我蘇武節來。」左右取節呈上，無忌執節督戰，風狂舟破，賊眾四集，可憐無忌身受重傷，握節而死。雖曰忠臣，實是無益有害。

劉裕得知無忌死耗，恐京畿就此失守，便即卷甲急趨，與數十騎馳至淮上。可巧遇著朝廷來使，急忙問訊，朝使謂賊尚未至，專待公援，裕才放心前進，行至江濱，適值風急波騰，眾不敢濟。裕慨然道：「天若佑

第九十六回　何無忌戰死豫章口　劉寄奴固守石頭城

晉，風將自息，否則總是一死，覆溺何害！」此時尚是一大忠臣。說著，便挺身下舟，眾亦隨下。說也奇怪，舟行風止，竟安安穩穩的駛至京口。百姓見裕到來，齊聲相慶，倚若長城。越二日，裕即入都，因江州覆沒，表送章綬，有詔不許。時青州刺史諸葛長民，兗州刺史劉藩，并州刺史劉道憐，各將兵入衛。藩係豫州刺史劉毅從弟，與裕相見，報稱毅已起兵拒賊，有表入京。裕謂兵宜緩進，不可求速，遂展紙作書云：

吾往日習擊妖賊，曉其變態，賊新獲利，鋒不可當。今方整修船械，限日畢工，當與老弟同舉。平賊以後，上流事自當盡委，願弟勿疑！

書畢加封，令藩齎書詣毅，並囑他傳語乃兄，切勿躁進。藩趲往姑孰，投書與毅，且述裕言。毅展閱未畢，便瞋目顧藩道：「前日舉義平逆，權時推裕，汝道我真不及他嗎？」休說大話！說著，將書擲地，立集水師二萬，出發姑孰。到了桑落州，正值盧循徐道複合兵前來，船頭很是高銳，毅艦低脆，一與相觸，便致碎損。客主情形，既不相符，毅眾當然驚避。盧徐乘勢衝突，連毅舟都被撞碎。毅慌忙棄舟登岸，徒步奔還，隨行只有數百人，餘眾都被賊虜去。果能及劉裕否？盧循審訊俘虜，得知劉裕已還建康，頗有戒心，意欲退還尋陽，攻取江陵，據住江荊二州，對抗晉廷。獨道復謂宜乘勝急進。彼此爭論數日，畢竟道復氣盛，循不得不從，便即連艦東下。警報傳達建康，裕因都城空虛，亟募民為兵，修治石頭城。或謂宜分守津要，裕搖首道：「賊眾我寡，再若分散，一處失利，全域性俱動，今不如聚眾石頭，隨宜應赴，待至徒眾四集，方可再圖。」諸葛長民孟昶等，探得賊勢猖獗，舳艫蔽江，有眾十數萬，都不禁魂馳魄散，想出了一條趨避的計策，欲奉乘輿過江，獨裕不許。昶料事頗明，曾謂何無忌劉毅出師，必遭敗衄，後皆果如昶言。此時因北師甫還，戰士已經疲乏，亦恐裕不能抗循，所以主張北徙，朝議亦大半贊成。唯龍驤將軍

虞邱面折昶議，還有中兵參軍王仲德，也不服昶論，獨向裕進言道：「明公具命世才，新建大功，威震六合，妖賊乘虛入寇，聞公凱旋，自當驚潰，若先自逃去，威名俱喪，何以圖存？公若誤從眾議，僕不忍同盡，請從此辭。」裕大喜道：「我意正與卿相同。南山可改，此志不移呢。」正問答間，見孟昶跟蹌進來，又申前議。裕勃然道：「今重鎮外傾，強寇內逼，人情惶駭，莫有固志。若一旦遷動，必致瓦解，江北豈果可得至麼？就使得至，也不能久延。今兵士雖少，尚足一戰，我能勝賊，臣主同休，萬一不勝，我當橫屍廟門，以身殉國，難道好竄伏草間，偷生苟活麼？我計已決，卿勿再言！」昶還要泣陳，自請先死。裕忿然道：「汝且看我一戰，再死未遲。」昶怏怏退出，歸書遺表，略言「臣裕北討，臣實贊同，今強賊乘虛進逼，自愧失策，願一死謝過」云云。表既封畢，便仰藥而死。愚不可及。

俄聞盧循已至淮口，不得不內外戒嚴，琅琊王德文督守宮城，劉裕出屯石頭，使諮議參軍劉粹，輔著四齡少子義隆，往鎮京口。餘將亦由裕排程，各有職守。裕登城遙望，見居民多臨水眺賊，不禁動疑，顧問參軍張劭。劭答道：「今若節鉞未臨，百姓將奔散不暇，尚敢臨水觀望嗎？照此看來，定是有恃無恐，所以得此安詳。」裕又凝望片刻，召語將佐道：「賊若由新亭直進，銳不可當，只好暫時迴避，徐決勝負。若回泊西岸，賊勢必懈，便容易成擒了。」將佐等聽了裕言，便專探賊艦消息。徐道復原欲進兵新亭，焚舟直上，偏盧循不肯冒險，逡巡未行，且語道複道：「我軍未向建康，聞孟昶已懼禍自裁，看來晉都空虛，必且自亂，何必急求一戰，多傷士卒呢？」道復終不得請，退自嘆息道：「我必為盧公所誤，事終無成。若使我獨力馳驅，得為英雄，取天下如反手哩。」也是過誇，試看後來豫章之戰。

第九十六回　何無忌戰死豫章口　劉寄奴固守石頭城

　　既而劉裕登石頭城，望見敵船，引向新亭，也覺失色。嗣看他退駐蔡洲，方有喜容。龍驤將軍虞邱，請伐木為柵，保護石頭淮口，又修治越城，增築查浦藥園廷尉宦寺所居之處。三壘，杜賊侵軼。裕皆依計施行，人心漸固。劉毅奔還建康，詣闕待罪。有詔降毅為後將軍，裕卻親加慰勉，使知中外留守事宜。再派冠軍將軍劉敬宣屯北郊，輔國將軍孟懷玉屯丹陽郡西，建武將軍王仲德屯越城，廣武將軍劉默屯建陽門外。又令寧朔將軍索邈，用突騎千匹，外蒙虎皮，分扎淮北。部署既定，壁壘皆新。盧循探悉情形，才悔因循誤事，急遣戰艦十餘艘，進攻石頭城的防柵。柵中守卒，並不出戰，但用神臂弓競射，一發數矢，無不摧陷，循只好退去。尋又伏兵南岸，偽使老弱東行，揚言將進攻白石。劉裕留參軍沈林子徐赤特防備南岸，截堵查浦，囑令堅守勿動，自與劉毅諸葛長民等，往戍白石，拒遏賊軍。盧循聞裕北去，自喜得計，遂引眾進毀查浦，直攻張侯橋。徐赤特即欲出擊，林子道：「賊眾聲往白石，乃反來此挑戰，情詐可知。我眾寡不敵，不如據壘自固，靜待大軍。況劉公曾一再面囑，怎好有違？」赤特不聽，自引部曲出戰，遇伏敗走，遁往淮北。賊眾趁勢攻柵，喊殺連天，虧得林子據柵力御，又經別將劉鍾朱齡石等，相率來援，方將賊眾擊退，循引銳卒趨往丹陽。

　　裕抵白石，未見賊至，料知賊有詐謀，急率諸軍馳還石頭，捕斬赤特，然後出陣南塘，令參軍諸葛叔度，及朱齡石等渡淮追賊。賊眾轉掠各郡，郡守統堅壁待著，毫無所得。循乃語道覆道：「我兵老了，不如退據尋陽，併力取荊州，徐圖建康便了。」乃留徒黨范崇民，率眾五千，居守南陵，自向尋陽退去。晉廷進劉裕為太尉，領中書監，並加黃鉞。裕表舉王仲德為輔國將軍，劉鍾為廣州太守，蒯恩為河間太守，令與諮議參軍孟懷玉等，引兵追循，自還東府整治水軍，增築樓船；特遣建威將軍孫處，

振武將軍沈田子，領兵三千，自海道徑襲番禺，搗循巢穴。將佐謂海道迂遠，不宜出發，裕微笑不答，但囑孫處道：「大軍至十二月間，必破妖賊，卿可先傾賊巢，截彼歸路，不怕不為我所殲哩。」卻是釜底抽薪的妙計。孫處等奉令自去。

那盧循退至尋陽，遣人從間道入蜀，聯結譙縱，約他夾攻荊州。縱復稱如約，並向後秦乞師。秦主姚興，冊封縱為大都督，相國蜀王，加九錫禮，得承制封拜，並使前將軍苟林，率兵會縱。縱乃釋出桓謙，令為荊州刺史，應九十四回。又使譙道福為梁州刺史，興兵二萬，與秦將苟林共寇荊州。荊州為賊寇所阻，與建康音問不通，刺史劉道規，曾遣司馬王鎮之，率同天門太守檀道濟，廣武將軍劉彥之，入援建康。鎮之行至尋陽，適值秦苟林抄出前面，擊敗鎮之，鎮之退走。盧循歡迎苟林，使為南蠻校尉，撥兵相助，會攻荊州。桓謙又沿途募兵，得眾二萬，進據枝江。苟林入屯江津，二寇交逼江陵，荊州大震，士民多思避去。劉道規會集將士，對眾曉諭道：「諸君欲去，盡請自便。我東來文武，已足拒寇，可不煩此處士民了。」說著，令大開城門，徹夜不閉，任令自由出入，暗中卻日夕增防，士民不禁懾服，反無一人出走。會雍州刺史魯宗之，自襄陽率軍與援，或謂宗之情不可測，道規獨單騎迎入，推誠相待，引為腹心。雖是一番權術，卻不愧為濟變才。當下留宗之居守，自引各軍士擊桓謙，水陸齊進，直達枝江。天門太守檀道濟，奮呼陷陣，大破謙眾。謙單舸奔逃，被道規追擊過去，一陣亂箭，把謙射死。再移軍進攻苟林。林聞謙敗死，未戰先逃，道規令參軍劉遵，從後追趕，馳至巴陵，得將苟林擊斃。道規回軍江陵，檢得士民通敵各書，一律焚去，不復追究，人情大安。魯宗之當即辭去。忽聞徐道復率賊三萬，奄至破塚，將抵江陵，城中又復驚譁，一時謠言蜂起，且云：「盧循已陷京邑，特使道復來鎮荊州。」道規也覺懷

第九十六回　何無忌戰死豫章口　劉寄奴固守石頭城

疑，自思追召宗之，已是不及，眼前唯有鎮定一法，募眾守城。好在江陵士民，統感道規焚書德惠，不再生貳，誓同生死，因此秩序復定。可巧劉遵亦得勝回來，道規即使為遊軍，自督兵出豫章口，逆擊道復。道復來勢甚銳，突破道規前軍，節節進逼。不防斜刺裡來了戰艦數艘，橫衝而入，把道復兵艦截作兩段，道復前後不能相顧，頓致慌亂。道規得乘隙奮擊，俘斬無算。再經來艦中的大將，幫同攔截，殺得道復走投無路，拚死的殺出危路，走往湓口去了。小子有詩讚劉道規道：

江陵重地鎮元戎，戰守隨宜終立功。
盡有良謀能破賊，強徒漫自詡英雄。

究竟何人來助道規，得此勝仗，待至下回報明。

敘何無忌劉毅之敗衄，益以顯劉裕之智慧。無忌猛將也，而失之輕，劉毅亦悍將也，而失之愎，輕與愎皆非良將才，徐道復謂其無能為，誠哉其無能為也。然觀於毅之苟免，猶不如無忌之捨生，雖曰徒死無益，究之一死足以謝國人，況觀於後來之劉毅，死於劉裕之手，亦何若當時殉難，尚得流芳千古乎？劉裕臨敵不撓，見機獨斷，誠不愧為一代梟雄，曹阿瞞後，固當推為巨擘，盧循徐道復諸賊，何尼當之？宜其終歸敗滅也。劉道規為裕弟，智力不亞乃兄，劉氏有此二雄，其亦可謂世間之英乎？

第九十七回
竄南交盧循斃命　平西蜀譙縱伏辜

　　卻說劉道規至豫章口，擊破徐道復，全虧遊軍從旁衝入，始得奏功。遊軍統領，便是參軍劉遵，當時道規將佐，統說是強寇在前，方慮兵少難敵，不宜另設遊軍。及劉遵夾攻道復，大獲勝仗，才知道規勝算，非眾所及，嗣是益加敬服，各無異言。劉裕聞江陵無恙，當然心喜，便擬親出討賊。劉毅卻自請效勞，長史王誕密白劉裕道：「毅既喪敗，不宜再使立功。」裕乃留毅監管太尉留府，自率劉藩檀韶劉敬宣等，出發建康。王仲德劉鍾各軍，前奉裕令追賊，行至南陵，與賊黨范崇民相持，至此聞裕軍且至，遂猛攻崇民，崇民敗走，由晉軍奪還南陵。湊巧裕軍到來，便合兵再進，到了雷池，好幾日不見賊蹤，乃進次大雷。越宿，見賊眾大至，舳艫銜接，蔽江而下，幾不知有多少賊船，裕不慌不忙，但令輕舸盡出，併力拒賊，又撥步騎往屯西岸，預備火具，囑令賊至乃發，自在舟中親提旛鼓，督眾奮鬥。右軍參軍庾樂生，逗留不進，立命斬首徇眾。眾情知畏，不敢落後，便各騰躍向前。裕又命前驅執著強弓硬箭，乘風射賊，風逐浪搖，把賊船逼往西岸。岸上晉軍，正在待著，便將火具拋入賊船，船中不及撲救，多被延燒，烈焰齊紅，滿江俱赤，賊眾紛紛駭亂，四散狂奔。盧循徐道復，也是逃命要緊，走還尋陽。盧徐二賊，從此休了。裕得此大捷，依次記功，復麾軍進迫左裡。左裡已遍豎賊柵，無路可通，裕但搖動麾竿，督眾猛撲，砉然一聲，麾竿折斷，幡潘水中，大眾統皆失色。裕

第九十七回　竄南交盧循斃命　平西蜀譙縱伏辜

笑語道：「往年起義討逆，進軍覆舟山，幡竿亦折，今又如此，定然破賊了。」覆舟山之戰，係討桓玄時事，見九十回。大眾聽了，氣勢益奮，當下破柵直進，俘斬萬餘。盧徐二賊，分途遁去。裕遣劉藩孟懷玉等，輕騎追剿，自率餘軍凱旋建康，時已為義熙六年冬季，轉眼間便是義熙七年了。徐道復走還始興，部下寥寥，只剩了一二千人，並且勞疲得很，不堪再用。偏晉將軍孟懷玉，與劉藩分兵，獨追道復，直抵始興城下。道復硬著頭皮，拚死守城。一邊是累勝軍威，精神愈振，一邊是垂亡醜虜，喘息僅存，彼此相持數日，究竟賊勢孤危，禁不住官軍驍勇，一著失手，即被攻入。道復欲逃無路，被晉軍團團圍住，四面攢擊，當然刺死。

　　獨盧循收集散卒，尚有數千，垂頭喪氣，南歸番禺。途次接得警報，乃是番禺城內，早被晉將孫處沈田子從海道掩入，佔踞多日了。回應前回。原來盧循出擾長江，只留老弱殘兵，與親黨數百人，居守番禺，孫處沈田子引兵奄至城下，天適大霧，迷濛莫辨，當即乘霧登城，一齊趨入。守賊不知所為，或被殺，或乞降。孫處下令安民，但將盧循親黨，捕誅不赦外，餘皆宥免，全城大定。又由沈田子等分徇嶺表諸郡，亦皆收復。只盧循得此音耗，累得無家可歸，不由的驚憤交併，慌忙集眾南行。倍道到了番禺，誓眾圍攻，孫處獨力拒守，約已二十餘日，晉將劉藩，方馳入粵境，沈田子亦從嶺表回軍，與藩相遇，當下向藩進言道：「番禺城雖險固，乃是賊眾巢穴，今聞循集眾圍攻，恐有內變，且孫季高係處表字。兵力單弱，未能久持，若再使賊得據廣州，凶勢且復振了，不可不從速往援。」藩乃分兵與田子，令救番禺。田子兼程急進，到了番禺城下，便撲循營，喊殺聲遞入城中。孫處登城俯望，見沈田子與賊相搏，喜出望外，當即麾兵出城，與田子夾擊盧循，斬馘至萬餘人。循狼狽南遁。處與田子合兵至蒼梧鬱林寧浦境內，三戰皆捷。適處途中遇病，不能行軍，田子亦未免勢

孤，稍稍遲緩，遂被盧循竄去，轉入交州。

先是九真太守李遜作亂，為交州刺史杜瑗討平，未幾瑗歿，子慧度訃達晉廷，有詔令慧度襲職。慧度尚未接詔，那盧循已襲破合浦，徑向交州搗入。慧度號召中州文武，同出拒循，交戰石碕，得敗循眾。循黨尚剩三千人，再加李遜餘黨李脫等，糾集蠻獠五千餘人，與循會合，循又至龍編南津，窺伺交州。慧度將所有私財，悉數取出，犒賞將士。將士感激思奮，復隨慧度攻循。循黨從水中舟行，慧度所率，都是步兵，水陸不便交鋒，經慧度想出一法，列兵兩岸，用雉尾炬燒著，擲入循船。雉尾炬係束草一頭，外用鐵皮縛住，下尾散開，狀如雉尾，所以叫做雉尾炬。循船多被燃著，俄而循坐船亦致延燒，連忙撲救，還不濟事，餘艦亦潰。循自知不免，先將妻子鴆死，後召妓妾遍問道：「汝等肯從死否？」或云：「雀鼠尚且貪生，不願就死。」或云：「官尚當死，妾等自無生理。」循將不願從死的妓妾，一概殺斃，投屍水中，自己亦一躍入江，溺死了事。又多了一個水仙。慧度命軍士撈起循屍，梟取首級，復擊斃李脫父子，共得七首，函送建康。南方十多年海寇，至此始盪滌一空，不留遺種了。也是一番浩劫。晉廷賞功恤死，不在話下。

且說荊州刺史劉道規，蒞鎮數年，安民卻寇，惠及全州，嗣因積勞成疾，上表求代。晉廷令劉毅代鎮荊州，調道規為豫州刺史。道規轉赴豫州，旋即病歿。荊人聞訃，無不含哀。獨劉毅素性貪愎，自謂功與裕埒，偏致外調，嘗鬱郁不歡。裕素不學，毅卻能文，因此朝右詞臣，多喜附毅。僕射謝混，丹陽尹郗僧施，更與毅相投契。毅奉命西行，至京口辭墓。謝郗等俱往送行，裕亦赴會。將軍胡藩密白裕道：「公謂劉荊州終為公下麼？」裕徐徐答道：「卿意云何？」藩答道：「戰必勝，攻必取，毅亦知不如公。若涉獵傳記，一談一詠，毅卻自詡雄豪。近見文臣學士，多半

第九十七回　竄南交盧循斃命　平西蜀譙縱伏辜

歸毅，恐未必肯為公下，不如即就會所，除滅了他。」裕之擅殺，藩實開之。裕半晌方道：「我與毅共同匡復，毅罪未著，不宜相圖，且待將來再說。」殺機已動。隨即歡然會毅，彼此作別。裕復表除劉藩為兗州刺史，出據廣陵。毅因兄弟並據方鎮，陰欲圖裕，特密布私人，作為羽翼。乃調郗僧施為南蠻校尉，毛修之為南郡太守，裕皆如所請，准他調去。是亦一鄭莊待弟之策。毅又常變置守宰，擅調豫江二州文武將吏，分充僚佐；嗣又請從弟兗州刺史劉藩為副。於是劉裕疑上加疑，不肯放鬆，表面上似從毅請，召藩入朝，將使他轉赴江陵。藩不知是計，卸任入都，便被裕飭人拿下，並將僕射謝混，一併褫職，與藩同繫獄中。越日，即傳出詔旨，略言「劉藩兄弟與謝混同謀不軌，當即賜死。毅為首逆，應速發兵聲討」云云。一面令前會稽內史司馬休之為荊州刺史，隨軍同行。裕弟徐州刺史劉道憐為兗青二州刺史，留鎮京口。使豫州刺史諸葛長民監管太尉府事，副以劉穆之。

　　裕親督師出發建康，命參軍王鎮惡為振武將軍，與龍驤將軍蒯恩，率領百艦，充作前驅，並授密計。鎮惡晝夜西往，至豫章口，去江陵城二十里，舍船步上，揚言劉兗州赴鎮。荊州城內，尚未知劉藩死耗，還道傳言是實，一些兒不加預防。至鎮惡將到城下，毅始接得偵報，並非劉藩到來，實是鎮惡進攻，當即傳出急令，四閉城門，那知門未及閉，鎮惡已經馳入，驅散城中兵吏。毅只率左右百餘人，奔突出城，夜投佛寺，寺僧不肯容留，急得劉毅勢窮力蹩，沒奈何投繯自盡。究竟遜裕一籌，致墮詭計。鎮惡搜得毅屍，梟首報裕。裕喜已遂計，即西行至江陵，殺郗僧施，赦毛修之。寬租省調，節役緩刑，荊民大悅。裕留司馬休之鎮守江陵，自率將士東歸。有詔加裕太傅，領揚州牧，裕表辭不受，唯奏徵劉鎮之為散騎常侍。鎮之係劉毅從父，隱居京口，不求仕進，嘗語毅及藩道：「汝輩

才器，或足匡時，但恐不能長久呢。我不就汝求財位，當不為汝受罪累，尚可保全劉氏一脈，免致滅門。」毅與藩哪裡肯信，還疑乃叔為瘋狂，有時過門候謁，儀從甚多，輒被鎮之斥去。果然不到數年，毅藩遭禍，親族多致連坐，唯鎮之得脫身事外。裕且聞他高尚，召令出仕，鎮之當然不赴，唯守志終身罷了。不沒高士。

豫州刺史諸葛長民，本由裕留監太尉府事，聞得劉毅被誅，惹動兔死狐悲的觀念，便私語親屬道：「昔日醢彭越，今日殺韓信，禍將及我了。」長民弟黎民進言道：「劉氏覆亡，便是諸葛氏的前鑑，何勿乘劉裕未還，先發制人？」長民懷疑未決，私問劉穆之道：「人言太尉與我不平，究為何故？」穆之道：「劉公溯流西征，以老母稚子委足下，若使與公有嫌，難道有這般放心麼？願公勿誤信浮言！」穆之為劉裕心腹，長民尚且不知，奈何想圖劉裕？長民意終未釋。再貽冀州刺史劉敬宣書道：「盤龍劉毅小字。專擅，自取夷滅，異端將盡，世路方夷，富貴事當與君共圖，幸君勿辭！」敬宣知他言中寓意，便答書道：「下官常恐福過災生，時思避盈居損，富貴事不敢妄圖，謹此覆命！」這書發出，復將長民原書，寄呈劉裕。裕掀髯自喜道：「阿壽原不負我呢。」阿壽就是敬宣小字。說畢，即懸擬入都期日，先遣人報達闕廷。

長民聞報，不敢動手，唯與公卿等屆期出候，自朝至暮，並不見劉裕到來，只好偕返。次日，又出候裕，仍然不至，接連往返了三日，始終不聞足跡，免不得疑論紛紜。裕又作怪。誰知是夕黃昏，裕竟輕舟徑進，潛入東府，大眾都未知悉，只有劉穆之在東府中，得與裕密議多時。到了詰旦，裕升堂視事，始為長民所聞，慌忙趨府問候。裕下堂相迎，握手殷勤，引入內廳，屏人與語，非常款洽。長民很是愜意，不防座後突入兩手，把他拉住，一聲怪響，骨斷血流，立時斃命，遂輿屍出付廷尉，並收

第九十七回　竄南交盧循斃命　平西蜀譙縱伏辜

捕長民弟黎民幼民，及從弟秀之。黎民素來驍勇，格鬥而死；幼民秀之被殺。當時都下人傳語道：「勿跋扈，付丁旰。」旰係裕麾下壯士，拉長民，斃黎民，統出旰手，這正好算得一個大功狗了。意在言中。

裕又命西陽太守朱齡石，進任益州刺史，使率寧朔將軍臧熹，河間太守蒯恩，下邳太守劉鍾等，率眾二萬，西往伐蜀。時人統疑齡石望輕，難當重任，獨裕說他文武優長，破格擢用。臧熹係裕妻弟，位本出齡石上，此時獨屬歸齡石節制，不得有違。臨行時，先與齡石密商道：「往年劉敬宣進兵黃虎，無功而還，今不宜再循覆轍了。」遂與齡石附耳數語，並取出一錦函，交與齡石，外面寫著六字云：「至白帝城乃開。」齡石受函徐行，在途約歷數月，方至白帝城。軍中統未知意向，互相推測，忽由齡石召集將士，取示錦函，對眾展閱，內有裕親筆一紙云：「眾軍悉從外水取成都，臧熹從中水取廣漢，老弱乘高艦十餘，從內水向黃虎，至要勿違。」大眾看了密令，各無異言，便即倍道西進。前緩後急，統是劉裕所授。

蜀王譙縱，早已接得警報，總道晉軍仍由內水進兵，所以傾眾出守涪城，令譙道福為統帥，扼住內水。黃虎係是內水要口，此次但令老弱進行，明明是虛張聲勢，作為疑兵。外水一路，乃是主軍，由齡石親自統率，趨至平模，距成都只二百里。譙縱才得聞知，亟遣秦州刺史侯暉，尚書僕射譙詵，率眾萬餘，出守平模夾岸，築城固守。時方盛暑，赤日當空，齡石未敢輕進，因與劉鍾商議道：「今賊眾嚴兵守險，急切未易攻下，且天時炎熱，未便勞軍，我欲休兵養銳，伺隙再進，君意以為可否？」鍾連答道：「不可不可。我軍以內水為疑兵，故譙道福未敢輕去涪城，今大眾從外水來此，侯暉等雖然拒守，未免驚心，彼阻兵固險，明明是不敢來爭，我乘他驚疑未定，盡銳進攻，無患不克。既克平模，成都也易取了。若遲疑不定，彼將知我虛實，涪軍亦必前來，併力拒我，我求戰不得，

軍食無資，二萬人且盡為彼虜了。」齡石矍然起座，便誓眾進攻。能從良策，便是良將。

蜀軍築有南北二城，北城地險兵多，南城較為平坦，諸將欲先攻南城，齡石道：「今但屠南城，未足制北，若得拔北城，南城不麾自散了。」當下督諸軍猛攻北城，前仆後繼，竟得陷入，斬了侯暉譙詵，再移兵攻南城。南城已無守將，兵皆駭遁，一任晉軍據住。可巧臧熹亦從中水殺進，陣斬牛脾守將譙撫之，擊走打鼻守將譙小狗，留兵據守廣陵，自引輕兵來會齡石。兩軍直向成都，各屯戍望風奔潰，如入無人之境，成都大震。譙縱魂飛天外，慌忙挈了愛女，棄城出走，先至祖墓前告辭。女欲就此殉難，便流淚白縱道：「走必不免，徒自取辱，不若死在此處，尚好依附先人。」縱不肯從，女竟咬著銀牙，用頭撞碣，砰的一聲，腦漿迸裂，一道貞魂，去尋那譙氏先祖先宗了。烈女可敬！縱心雖痛女，但也未敢久留，即縱馬往投涪城。途次正遇著道福，道福勃然怒道：「我正因平模失守，引兵還援，奈何主子匹馬逃來？大丈夫有如此基業，驟然棄去，還想何往？人生總有一死，難道怕到這般麼？」說著，即拔劍投縱。縱連忙閃過，劍中馬鞍，馬尚能行，由縱揮鞭返奔，跑了數里，馬竟停住，橫臥地上。縱下馬小憩，自思無路求生，不如一死了事，遂解帶懸林，自縊而亡。不出乃女所料。巴西人王志，斬縱首級，齎送齡石。齡石已入成都。蜀尚書令馬耽，封好府庫，迎獻圖籍。當下搜誅譙氏親屬，餘皆不問。譙道福尚擬再戰，把家財盡犒兵士，且號令軍中道：「蜀地存亡，係諸我身，不在譙王。今我在，尚足一戰，還望大家努力！」眾雖應聲稱諾，待至金帛到手，都背了道福，私下逃去。都是好良心。剩得道福孤身遠竄，為巴民杜瑾所執，解送晉營，結果是頭顱一顆，梟示軍門。總計譙氏僭稱王號，共歷九年而亡。小子有詩嘆道：

第九十七回　竄南交盧循斃命　平西蜀譙縱伏辜

九載稱王一旦亡，覆巢碎卵亦堪傷。
撞碑寧死先人墓，免辱何如一女郎。

朱齡石既下成都，尚有一切善後事情，待至下回續敘。

盧循智過孫恩，徐道覆智過盧循，要之皆不及一劉裕，裕固一世之雄也。道復死而循烏得生？窮竄交州，不過苟延一時之殘喘而已。前則舉何無忌劉毅之全軍，而不能制，後則僅杜慧度之臨時召合，即足以斃元惡，勢有不同故耳。然劉毅不能敵盧循，烏能敵劉裕？種種詐謀，徒自取死。諸葛長民，猶之毅也。譙縱據蜀九年，負險自固，偏為朱齡石所掩入，而齡石之謀，又出自劉裕，智者能料人於千里之外，裕足以當矣。然江左諸臣，無一逮裕，司馬氏豈尚有幸乎？魏崔浩論當世將相，嘗目裕為司馬氏之曹操，信然。

第九十八回
南涼王愎諫致亡　西秦後敗謀殉難

　　卻說朱齡石入成都後，上書告捷，晉廷敘功加賞，命齡石監督梁秦二州軍事，賜爵豐城縣侯。齡石恐降臣馬耽，在蜀生事，特將他徙往越嶲。耽至徙所，私語親屬道：「朱侯不送我入涼，無非欲殺我滅口，看來我必不免了。」乃盥洗而臥，引繩扼死，既而齡石使至，果來殺耽。見耽已死，即戮屍歸報，齡石乃安。可見齡石不免營私。後來齡石遣使詣北涼，宣諭晉廷威德，北涼王沮渠蒙遜，卻也有些畏懼，因上表晉廷。略云：

　　上天降禍，四海分崩，靈耀擁於南裔，蒼生沒於醜虜。陛下累聖重光，道邁周漢，純風所被，八表宅心。臣雖被髮旁徼，才非時俊，謬經河右遺黎，推為盟主，臣之先人，世荷恩寵，雖歷夷險，執義不回，傾首朝陽，乃心王室。近由益州刺史朱齡石，遣使詣臣，始具朝廷休問。承車騎將軍劉裕，秣馬揮戈，以中原為事，可謂天贊大晉，篤生英輔。彼亦唯知一裕。臣聞少康之興大夏，光武之復漢業，皆奮劍而起，眾無一旅，猶能成配天之功，著《車攻》之詠。陛下據全楚之地，擁荊揚之銳，寧可垂拱晏然，棄二京以資戎虜乎？若六軍北軫，克復有期，臣願率河西諸戎，為晉右翼，效力前驅，櫜鞬待命！

　　看官聽說！這時候的沮渠蒙遜已奪了南涼的姑臧城，從張掖徙都姑臧，自稱河西王，改元玄始，差不多與呂光一律了。原來南北二涼，互相仇敵，爭戰不休。迭見前文。南涼王禿髮傉檀，背秦僭位，稱妻折掘氏為

第九十八回　南涼王愎諫致亡　西秦後敗謀殉難

王后，子虎臺為太子，也設定臣僚，封拜百官。應九十五回。且遣左將軍枯木，與駙馬都尉胡康等，往侵北涼，掠去臨松人民千餘家。北涼怎肯干休？由蒙遜親率騎士，稱戈報怨，突入南涼的顯美境內，大掠而去。南涼太尉俱延，引兵追躡，被蒙遜回軍奮擊，大敗遁還。於是傉檀也徵兵五萬，往攻蒙遜。左僕射趙晁，及太史令景保諫阻道：「近年天文錯亂，風雨不時，陛下唯修德責躬，方可晉吉，不宜再動干戈。」傉檀勃然道：「蒙遜不道，入我封畿，掠我邊疆，殘我禾稼，我若不再徵，如何保國？今大軍已集，卿等反出言沮眾，究出何意？」誰叫你先去害人？景保道：「陛下令臣主察天文，臣若見事不言，便負陛下。今天象顯然動必失利。」傉檀道：「我挾輕騎五萬，親征蒙遜，可戰可守，有什麼不利呢？」景保還要強諫，惹得傉檀性起，鎖保隨軍，且與語道：「有功當斬汝徇眾，無功當封汝百戶侯。」當下親自出馬，引眾直趨窮泉。

蒙遜當然出拒，兩下相見，北涼兵非常厲害，殺得南涼人仰馬翻，紛紛逃潰。傉檀亦單騎奔還，只有景保鎖著，不能自由行走，致被北涼兵擒去，推至蒙遜面前。蒙遜面責道：「卿既識天文，為何違天犯順，自取覊辱？」保答道：「臣非不諫，諫不肯從，亦屬無益。」蒙遜道：「昔漢高祖免厄平城，賞及婁敬；袁紹敗潰官渡，戮及田豐。卿謀同二子，可惜遇主不同，卿若有婁敬的功賞，我當放卿回去，但恐不免為田豐呢。」保又道：「寡君雖才非漢祖，卻與袁本初不同，臣本不望封侯，亦不至慮禍呢。釋還與否，悉聽明斷便了。」蒙遜乃放歸景保。保還至姑臧，傉檀引謝道：「卿為孤著龜，孤不能從，咎實在孤，孤今當從卿了。」乃封保為安亭侯。已經遲了。蒙遜進圍姑臧，城內大駭，民多驚散。傉檀亦非常著急，只得遣使請和，遣子他及司隸校尉敬歸，入質蒙遜。蒙遜乃引兵退去。歸至胡坑，乘間逃還，他亦走了裡許，仍被追兵拘住，將他械歸。傉檀恐蒙

遜復至，不敢安居，竟率親黨徙居樂都，但留大司農成公緒守姑臧。甫出城門，魏安人焦諶王侯等閉門作亂，收合三千餘家，占據南城，推焦朗為大都督，自稱涼州刺史，通款蒙遜。蒙遜復進兵姑臧，焦朗未悉諶謀，糾眾守城，偏偏諶為內應，潛開城門，迎納蒙遜。朗不及出奔，束手受擒。還算蒙遜大開恩典，把朗赦免，再移兵往取北城。成公緒早已遁去，姑臧城遂全屬蒙遜了。傉檀輕棄姑臧，原是失策，但易得易失，亦理所固然。蒙遜令弟挈為秦州刺史，居守姑臧，自率兵進攻樂都。

　　傉檀遷居未久，聞得蒙遜兵至，慌忙勒兵登陴，日夕守禦。蒙遜相持匝月，尚幸全城無恙，唯守卒已死了多人，總覺岌岌可危，不得已再與講和。蒙遜索傉檀寵子為質，傉檀不肯遽許，旋經群臣固請，才令愛子安周出質，蒙遜乃去。過了數月，傉檀復欲往攻蒙遜，邯川護軍孟愷進諫道：「蒙遜方並姑臧，凶勢方盛，不宜速攻，且保守境土為是。」傉檀急欲復仇，不聽愷言，忽懼忽忿，好似小兒模樣。遂分兵五路，同時俱進。到了番禾苕藋等地方，掠得人民五千餘戶，乃議班師。部將屈右入白道：「陛下轉戰千里，已屬過勞，今既得利，亟宜倍道還師，速度險阨。蒙遜素善用兵，士眾習戰，若輕軍猝至，出我意外，強敵外逼，徙戶內叛，豈不危甚？」道言方絕，衛將伊力延接口道：「彼步我騎，勢不相及，若倍道急歸，必致捐棄資財，示人以弱，這難道是良策麼？」屈右出語諸弟道：「我言不用，豈非天命？恐我兄弟將不能生還了。」傉檀徐徐退還，途次忽遇風雨，陰霧四塞。那蒙遜兵果然大至，喊聲四震，嚇得南涼兵魂不附體，沒路飛跑。傉檀亦即返奔，棄去輜重，狼狽走還。蒙遜追至樂都，四面圍攻，傉檀又送出一個質子染干，方得令蒙遜回軍。虧得多男。

　　是時，西秦王乞伏乾歸，叛秦獨立。見九十五回。乃號妻邊氏為王后，子熾磐為太子，兼督中外諸軍，錄尚書事。屢寇秦境，陷入金城略陽

第九十八回　南涼王愎諫致亡　西秦後敗謀殉難

南安隴西諸郡。秦主姚興，不遑西討，只好遣吏招撫，曲為周旋。乾歸方欲圖南涼，乃與秦修和，送還所掠守宰，答書謝罪。興更冊拜乾歸為征西大將軍，河州牧，大單于，河南王，都督隴西嶺北匈奴雜胡諸軍事。熾磐為鎮西將軍左賢王平昌公。乾歸父子受了秦命，送遣熾磐及次子審虔，帶領步騎萬人，往攻南涼，擊敗南涼太子虎臺，掠得牛馬十餘萬匹而還。未幾，復與秦背約，寇掠略陽南平，徙民數千戶至譚郊，令子審虔率眾二萬，赴譚郊築城；築就後又復遷都，但命熾磐留鎮苑川。

　　從子乞伏公府，係國仁子，年已長成，自恨前時不得嗣立，深怨乾歸。公府事見前文。會乾歸出畋五溪，有梟鳥飛集手上，忙即拂去，心中不能無嫌，唯未曾料及隱患。是夕，宿居獵苑，被公府招引徒黨，突入寢處，刺死乾歸。因恐熾磐往討，走保大夏。熾磐聞變，立命弟智達木奕於等，引兵討逆，留驍騎將軍婁機鎮苑川，自帥將佐至枹罕城。已而智達擊敗大夏，追公府至嵯崀山，把他擒住，並獲公府四子，解至譚郊，車裂以徇。熾磐遂自稱大將軍河南王，改元永康，迎回乾歸遺柩，安葬枹罕，追諡為武元王，號稱高祖。署翟勍為相國，麴景為御史大夫，段暉為中尉；當即興兵四出，攻討吐谷渾諸胡，先後俘得男女二萬八千人。越二年餘，有五色雲出現南山，熾磐目為符瑞，喜語群臣道：「我今年應得大慶，王業告成了。」嗣是繕甲整兵，專待四方釁隙。適南涼王傉檀，西討乙弗，熾磐拔劍奮起道：「平定南涼，在此一行了。」當下徵兵二萬，剋日起行。

　　那傉檀連年被兵，損失不貲，國威頓挫。唾契汗乙弗，向居吐谷渾西北，臣事南涼，至是亦叛。因此傉檀定議西征。邯川護軍孟愷，又進諫道：「連年饑饉，百姓未安，熾磐蒙遜，屢來侵擾，就使遠征得克，後患必深，計不如與熾磐結盟，通糴濟難，足食繕兵，相時乃動，方保萬全。」傉檀不從，使太子虎臺居守，預約一月必還，倍道西去，大破乙

弗，擄得馬牛羊四十餘萬頭，飽載歸來。哪知樂極悲生，福兮禍倚，中途遇著安西將軍樊尼，報稱：「樂都失守，王后太子，俱已陷沒了。」傉檀聽到此耗，險些兒暈了過去，勉強按定了神，問明情形，才知為熾磐所掩襲。樂都城內的兵民，倉猝奔潰，虎臺不及出奔，遂致被擄，妻妾等統是怯弱，當然不能脫身了。傉檀躊躇多時，復號眾與語道：「今樂都為熾磐所陷，男夫多死，婦女賞軍，我等退無所歸，只好再行西掠，盡取乙弗資財，還贖妻子罷。」說著，又麾眾西進。偏將士俱思東歸，多半逃還。傉檀遣鎮北將軍段苟往追，苟亦不返。俄而將佐皆散，唯安西將軍樊尼，中軍將軍紇勃，後軍將軍洛肱，散騎常侍陰利鹿，尚是隨著。傉檀泣嘆道：「蒙遜熾磐，從前俱向我稱藩，今我若窮蹙往降，豈不可恥？但四海雖廣，無可容身，與其聚而同死，不若分而或生。樊尼係我兄子，宗祧所寄，我眾在北，尚不下二萬戶，可以往依。蒙遜方招懷遠邇，不致尋仇，紇勃洛肱，俱可同去。我已老了，無地自容，寧與妻子同死罷。」言若甚悲，實由自取。樊尼與紇勃洛肱，依言別去。傉檀掉頭東行，隨從只陰利鹿一人，因悽然顧語道：「我親屬皆散，卿何故獨留？」利鹿道：「臣家有老母，非不思歸，但忠孝不能兩全，臣既不能為陛下保國，難道尚敢相離麼？」傉檀感嘆道：「知人原是不易，大臣親戚，統棄我自去，唯有卿終始不渝，卿非負我，我實愧卿。」說畢，淚下如雨。利鹿亦泣慰數語，乃再相偕同行。

　　途次探得熾磐已歸，留部將謙屯都督河右，鎮守樂都，又任禿髮赴單為西平太守，鎮守西平，赴單係烏孤子，為傉檀姪。傉檀得此援繫，當即往投。赴單已臣事西秦，自然報達熾磐。熾磐從前入質南涼，利鹿孤嘗給宗女為妻，後來熾磐奔還，傉檀曾將熾磐女送歸。及熾磐攻入樂都，擄得傉檀季女，見她豔麗動人，遂逼令侍寢。為此兩道姻誼，所以遣使往迎傉

第九十八回　南涼王愎諫致亡　西秦後敗謀殉難

檀，待若上賓，令為驃騎大將軍，封左南公。就是虎臺被他帶歸，亦優禮相待。傉檀乃遣陰利鹿歸省，利鹿方去。自從樂都失陷，南涼各城，盡歸熾磐，唯浩亹守將尉賢政，固守不下。熾磐遣人招諭道：「樂都已潰，卿妻子都在我處，何不早降？」賢政答道：「主上存亡，尚未探悉，所以不敢歸命。若顧戀妻子，便忘故主，試問大王亦何用此臣？」去使還報熾磐。熾磐再使虎臺齎去手書，往招賢政。賢政見了虎臺，便正色道：「汝為儲副，不能盡節，棄父忘君，自墮基業，賢政義士，豈肯效汝麼？」虎臺懷慚而去。及傉檀受爵左南，才舉城歸附後秦。與陰利鹿志趣相同，猶為彼善於此。熾磐既併吞南涼，遂自稱秦王，立傉檀女禿髮氏為王后，前妻禿髮氏為左夫人。重後輕前，亦屬非是。旋恐傉檀尚存，終為後患，竟遣人齎了鴆毒，往毒傉檀。傉檀一飲而盡，俄而毒發，痛不可當，左右請亟服解藥，傉檀瞋目道：「我病豈尚宜療治麼？」言訖即斃。年終五十，在位十三年。南涼自禿髮烏孤立國，兄弟相傳，共歷三主，凡十有九年而亡。

傉檀子保周破羌，利鹿孤孫副周，烏孤孫承鉢，皆奔往北涼，轉入北魏。魏並授公爵，且賜破羌姓名，叫做源賀，後來為北魏功臣。就是傉檀兄子樊尼，亦入魏授官，不遑細敘。唯虎臺仍在西秦，北涼王沮渠蒙遜，遣人引誘虎臺，許給番禾西安二郡，且願借兵士，使報父仇。虎臺恰也承認，陰與定約。偏被熾磐聞知，召入宮廷，不令外出，但表面上還不露聲色，待遇如初。熾磐后禿髮氏，與虎臺為兄妹，起初是無法解脫，只好勉侍熾磐，佯作歡笑，及得立為后，歷承恩寵，心中總不忘君父，自恨身為女流，無從報復。可巧乃兄召入，嘗得相見，遂覷隙與語道：「秦與我有大仇，不過因婚媾相關，虛與應酬，試想先王死於非命，遺言不願療治，無非為保全子女起見，我與兄既為人子，怎可長事仇讎，不思報復呢？」雖含有烈性，究竟自己被汙，也不免遲了一著。虎臺點首退出，密與前時

部將越質洛城等設謀，陰圖熾磐。不料宮中卻有一個奸細，本是禿髮氏遺胄，偏他甘心事虜，反噬虎臺兄妹，這叫喪盡天良，可嘆可恨呢！

看官道是何人？便是熾磐左夫人禿髮氏。她自傉檀女入宮得寵，已懷妒意，又平白地失去后位，反使後來居上，越覺憤憤不平，但面上卻毫不流露，佯與王后相親，很是投機。禿髮后仍以姊妹相呼，誤信她為同宗一派，當無異心，所以有時晤談，免不得將報仇意計，漏說數語。她便假意贊成，盤問底細，得悉她兄妹隱情，竟去報知熾磐。熾磐不聽猶可，聽了密報，自然怒起，立把王后兄妹，及越質洛城等人，一併處死。自是左夫人禿髮氏，得快私憤，復沐專寵了。唯熾磐元妃早歿，遺下數男，次子叫做慕末，由熾磐立為太子。慕末弟軻殊羅，亦為前妻所出，後來熾磐身死，慕末繼立，禿髮左夫人做了寡婦，不耐嫠居，竟與軻殊羅私通，謀殺慕末。慕末聞知，鞭責軻殊羅，赦他一死，獨勒令禿髮氏自盡，事在劉宋元嘉六年，乃是東晉後事。小子因她妒悍淫昏，終遭惡報，所以特別提出，留作榜樣。奉勸後世婦女，切莫效此醜惡事呢。是有心人吐屬。因隨筆湊成一詩道：

一門姊妹不相侔，讒殺同宗甘事仇。
待到後來仍自盡，何如死義足千秋。

西秦方盛，後秦卻已垂亡，欲知詳情，試看下回分解。

禿髮傉檀，北見侵於蒙遜，東受迫於熾磐，其危亡也必矣。然使聽孟愷之言，和東拒北，尚不至於遽亡，乃人方眈伺，彼尚逞兵，乙弗不必討而討之，樂都不可忽而忽之，卒至眾叛親離，束手降虜，舉先人之基業，讓諸他人，尋且服鴆自斃，嗟何及哉！傉檀女為西秦后，冀復父仇，謀洩而死。一介婦人，獨有亢宗之想，計雖不成，志足悲也。彼左夫人亦禿髮

第九十八回　南涼王愎諫致亡　西秦後敗謀殉難

氏女，何忘仇無恥若是？同一巾幗，判若逕庭，然則禿髮后其可不傳乎？特筆以表明之，所以補《晉書》之闕云。

第九十九回
入荊州驅除異黨　奪長安翦滅後秦

　　卻說秦主姚興嗣位後，曾立昭儀張氏為后，長子泓為太子，餘子懿弼洸宣諶愔璞質逵裕國兒等，皆封公爵。弼受封廣平公，素性陰狡，潛謀奪嫡，外面卻裝作孝謹，深得父寵，出為雍州刺史，權鎮安定。降臣姜紀，曾叛涼歸秦，依弼麾下，勸弼結興左右，自求入朝。弼如言施行，果得興詔，徵為尚書侍中大將軍，得參朝政。嗣是引納朝士，勾結黨羽，勢傾東宮，為國人所側目。左將軍姚文宗，與東宮常相往來，很是親暱。弼因之加忌，誣稱文宗怨望，囑使侍御史廉桃生為證人。興不察虛實，竟將文宗賜死，群臣益復畏弼，不敢多言。溺愛不明，適足致亂。弼令私人尹冲為給事黃門郎，唐盛為治書侍御史，伺察機密，監制朝廷。右僕射梁喜，侍中任謙，京兆尹尹昭，不忍坐視，乘間白興道：「家庭父子，人所難言，但君臣恩義，與父子相同，臣等理不容默，故敢直陳。廣平公弼勢傾朝野，意在奪嫡，陛下反假他威權，任所欲為，時論皆言陛下有廢立意，果有此事，臣等寧死不敢奉詔。」興愕然道：「哪有此事？」喜等複道：「陛下既無此事，愛弼反致禍弼，應亟加裁制，方免他憂。」興默然不答，喜等只好趨退。大司農竇溫，司徒左長史王弼，為弼說情，勸興改立弼為太子。興雖然不允，亦未嘗駁責，益令朝右生疑，但不過腹誹心議罷了。

　　未幾，興遇重疾，太子泓入侍，弼謀作亂，潛集黨羽數千人，披甲為備，擬俟興死後，殺泓自立。興子裕偵悉弼謀，遣使四出，飛告諸兄。於

第九十九回　入荊州驅除異黨　奪長安翦滅後秦

是上庸公懿，治兵蒲坂，陳留公閣治兵洛陽，平原公諶治兵雍州，俱欲入赴長安，會師討弼。尚幸興病漸癒，弼謀不得遂。徵虜將軍劉羌，乘興升殿，泣告前情。興慨然道：「朕過庭無訓，使諸子不睦，負慚四海，今願卿等各陳所見，俾安社稷。」京兆尹尹昭復請誅弼，右僕射梁喜，亦如昭議，唯興始終不忍，但免弼尚書令，使以將軍公就第。懿洸諶聞興已瘳，各罷兵還鎮。已而懿洸諶及長樂公宜，聯翩入朝，使弟裕先入報興，求陳時事。興怫然道：「汝等無非論弼得失，我已盡知，不煩進言了。」裕答道：「弼果有過，陛下亦宜垂聽，若懿等妄言，儘可加罪，奈何不令入見呢？」興乃就諮議堂引見諸子。宣流涕極陳弼罪，興徐囑道：「我自當處弼，何必汝等加憂？」宣始趨出。撫軍東曹屬姜虯疏請黜弼，興將虯疏取示梁喜，喜復請早決，興仍然不從，蹉跎過去，又越年餘。

　　晉荊州刺史司馬休之，據住江陵，雍州刺史魯宗之，據住襄陽，與太尉劉裕相爭，因馳書入關，乞發援兵。秦主興遣將姚成王司馬國璠等，率八千騎赴援，指日出發。究竟休之宗之，何故與裕失和？說來又是一番原因。休之出鎮江陵，頗得民心，子文思過繼譙王，留居建康，豪暴粗疏，為太尉裕所嫉視。有司希旨，陰伺文思過失，適文思捶殺小吏，正好據事糾彈。有詔誅文思黨羽，本身貸死。裕將文思送給休之，令自訓厲，意欲休之將子處死。休之但表廢文思，並寄裕書，陳謝中寓譏諷意。裕因之不悅，特使江州刺史孟懷玉，兼督豫州六郡，監制休之。翌年，又收休之次子文寶，從子文祖，並皆賜死，一面聲討休之，即加裕黃鉞，領荊州刺史，起兵西行。裕令弟中軍將軍劉道憐監留府事，進劉穆之兼左僕射，佐助道憐，自己好放心前去。休之聞報，忙邀雍州刺史魯宗之。及宗之子竟陵太守魯軌，合拒裕軍。裕使參軍檀道濟朱超石，率步騎出襄陽。江夏太守劉虔之，聚糧以待，偏被魯軌暗襲虔之，把他擊死。裕婿徐逵之，與別

將誦恩沈淵子等，出江夏口，又墮入魯軌的埋伏計。達之沈淵子陣亡，唯誦恩得免。

裕連接敗報，不由的怒氣勃勃，麾軍渡江，親決勝負。休之也恐不能敵裕，因向後秦乞援。秦雖遣將為助，究因道途相隔，未能遽至。回應上文。休之子司馬文思，與宗之子魯軌，合兵四萬，夾江扼守，列陣峭岸，高約數丈。裕舟近岸，將士見了峭壁，不敢上登。裕披甲出船，自欲躍上，諸將苦諫不從。主簿謝晦，把裕掖住，氣得裕嫚目揚鬚，拔劍指晦道：「我當斬汝！」晦答道：「天下可無晦，不可無公。」有何用處？不過留他篡晉呢。將軍胡藩，忙趨出裕前，用刀頭挖穿岸上，可容足趾，便躡跡登岸。將士亦陸續隨上，向前力戰。文思與軌，稍稍卻退。轉瞬間，裕亦上岸，麾軍大進，頓將文思等擊退，直指江陵。休之宗之，聞裕軍銳甚，無心固守，亦棄城北遁。唯軌退保石城，裕令閬中侯趙倫之，參軍沈林子攻軌，另遣武陵內史王鎮惡，領著舟師，追躡休之宗之。休之在途中收集敗軍，擬援石城，不意石城已被攻破。軌獨狼狽奔來，乃相偕奔往襄陽。襄陽參軍李應之，閉門不納，休之等只好奔往後秦。行至南陽，正遇秦將姚成王等前來，彼此談及，知荊雍已被裕軍奪去，不如同入長安，再作後圖，乃相引入關去了。

休之有親屬司馬道賜，為青冀二州刺史劉敬宣參軍，密擬起應休之，與裨將王猛子等合謀，竟將敬宣刺斃。敬宣府吏，當即召眾戡亂，捕斬道賜猛子，青冀二州，仍然平定。裕飭諸軍還營，奏凱入朝。廷旨加裕太傅揚州牧，劍履上殿，入朝不趨，贊拜不名。裕表辭太傅州牧，其餘受命。是年，又命裕都督二十二州軍事。越年，再任裕為中外大都督。裕聞後秦亂起，骨肉相殘，已有亡徵，乃說他援納叛黨，決計西討；當下敕令戒嚴，準備啟行。

第九十九回　入荊州驅除異黨　奪長安翦滅後秦

　　自從秦主興收納休之，命為鎮軍將軍，領揚州刺史，使他侵擾荊襄，且欲調兵接應。無如諸子相爭，國內不安，天災地變，復隨時告警，忽而大旱，忽而水竭，忽而白虹貫日，忽而熒惑出東井，童謠訛言，譁傳不息。興亦未免懷憂，乃不遑出師。再越一年，已是秦主興的末年了。正月元旦，興御太極前殿，朝會群臣，禮畢退朝，群臣忽聞有哭泣聲，仔細一查，乃是沙門賀僧。賀僧能言未來吉凶，為興所敬禮，所以宴會時嘗得列席。此次退朝哭泣，大眾不免疑問，他且默然自去。盡在不言中。興哪裡知曉，北與拓跋魏和親，特遣女西平公主，嫁與拓跋嗣為夫人，南使魯宗之父子，寇晉襄陽。宗之道死，由魯軌引兵獨行，為晉雍州刺史趙倫之擊退。興自出華陰，調兵南下，不意舊疾復發，沒奈何趨還長安。太子泓留守西宮意欲出迎，宮臣進諫道：「主上有疾，奸臣在側，殿下今出，進不得見主上，退且有不測奇禍，不如勿迎。」泓蹙然道：「臣子聞君父疾篤，尚可不急往迎謁麼？」宮臣答道：「保身保國，方為大孝，怎可徒拘小節呢？」泓乃不敢出郊，但在黃龍門下，迎興入宮。時黃門侍郎尹衝，果欲因泓出迎，刺泓立弼，偏偏計不得遂，只好罷議。

　　尚書姚沙彌，為衝畫策，擬迎興入弼第。衝因興生死未卜，欲隨興入宮作亂，故不用沙彌言。興既入宮，命太子泓錄尚書事，且召入東平公姚紹，使與右衛將軍胡翼度，典兵禁中，防制內外。且遣殿中上將軍斂曼嵬，往收弼第中甲仗，納諸武庫。未幾，興疾益劇，有妹南安長公主，入內問疾，興不能答，於是闔宮倉皇，群謂興死在目前。興少子耕兒，出告兄南陽公愔道：「主上已崩，請速決計！」愔聞言即出，號召黨羽尹衝姚武伯等，率甲士攻端門。斂曼嵬勒兵拒戰，胡翼度率禁兵閉守四門，愔等不得突入，索性在端門外面，放起火來，那時宮內臣妾，見外面火光燭天，當然駭噪。秦主興耳目尚聰，力疾起問，才得亂報，便令侍臣扶掖出殿，

傳旨收弼，立即賜死。何若先事預防，或可免此慘劇。禁兵見興出臨，無不喜躍，爭往擊愔。愔敗奔驪山。愔黨建康公呂隆即後涼亡國主。奔雍，尹衝及弟泓奔晉，秦宮少定。興已彌留，亟召姚紹姚讚梁喜尹昭斂曼嵬等，併入內寢，受遺詔輔政，越日興殂。泓祕不發喪，便遣將捕誅南陽公愔及呂隆等人，然後發喪。追諡興為文桓皇帝，總計興在位二十二年，壽終五十一歲。

泓乃嗣位，改元永和。北地太守毛雍，起兵叛泓，泓命東平公紹往討，將雍擒斬。長樂公宣，未知雍敗，遣將姚佛生等，入衛長安。佛生既行，宣參軍韋宗好亂，勸宣乘勢自立，宣竟為所誤，也即發難。再由東平公紹移軍往擊，大破宣兵。宣詣紹歸罪，為紹所殺。既而西秦王熾磐，仇池公楊盛，夏主勃勃，先後交侵，秦土日蹙。再經晉劉裕引著大軍，得步進步，姚氏宗祚，從此要滅亡了。

劉裕既興兵討秦，加領徵西將軍，兼司豫二州刺史。世子義符為中軍將軍，留監府事。左僕射劉穆之，領監軍中軍二府軍司，入居東府，總攝內外。司馬徐羨之為副，左將軍朱齡石守衛殿省，徐州刺史劉懷慎守衛京師。部署既定，然後西討軍出都，分作數路。龍驤將軍王鎮惡，冠軍將軍檀道濟，自淮泗向許洛，新野太守朱超石，寧朔將軍胡藩趨陽城，振武將軍沈田子，建威將軍傅弘之入武關，建武將軍沈林子，彭城內史劉遵考，率水軍出石門，自汴達河，又命冀州刺史王仲德為徵虜將軍，督領前鋒，開鉅野入河。劉穆之語鎮惡道：「劉公委卿伐秦，卿宜努力！」鎮惡道：「我若不克關中，誓不復渡江。」當下各路出發，陸續西進。裕亦徐出彭城，連接前軍捷報。王鎮惡收服漆邱，檀道濟降項城，拔新蔡，下許昌，沈林子克倉垣，王仲德亦入滑臺，好算是勢如破竹，先聲奪人了。

唯滑臺係是魏地，守將尉建，驟見晉軍到來，不明虛實，便即遁去。

第九十九回　入荊州驅除異黨　奪長安翦滅後秦

魏主拓跋嗣聞報，即遣部將叔孫建公孫表等，引兵渡河。途遇尉建返奔，就將他縛住，押往滑臺城下，一刀斬首，投屍河中。隨即問城上晉兵，責他何故入犯？仲德使司馬竺和之答語道：「劉太尉遣王徵虜將軍，自河入洛，清掃山陵，並未敢侵掠魏境，不過魏將棄城自去，王徵虜暫借空城，休息兵士，緩日即當西去，便將原城奉還。」不假道而入城，究屬牽強。叔孫建不便啟釁，使人飛報魏主。魏主嗣又令建致書劉裕，裕婉詞答覆道：「洛陽係我朝舊都，山陵具在，今為西羌所掠，幾至陵寢成墟，且我朝叛犯，均由羌人收納，使為我患，我朝因此西討，假道貴國，想貴國好惡從同，定無違言。滑臺一軍，便當令彼西引，斷不久留。」這一席話，答將過去，魏人倒也無詞可駁，只好按兵待著，俟仲德他去，收復滑臺。

那晉將檀道濟，進拔秦陽滎陽二城，直抵成皋。秦征南將軍姚洸，屯戍洛陽，急向關中乞援。秦主泓遣武衛將軍姚益男，越騎校尉閻生，合兵萬三千人，往救洛陽。又令并州牧姚懿，南屯陝津，作為聲援。姚益男等尚未到洛，晉軍已降服成皋，進攻柏谷。秦寧朔將軍趙玄，勸洸據險固守，靜待援師，怎知司馬姚禹，已暗通晉軍，但請洸發兵出戰。洸即令趙玄，領兵千餘，出堵柏谷塢，廣武將軍石無諱，出守鞏城。玄臨行時，泣語洸道：「玄受三帝重恩，理當效死。但公誤信奸人，必貽後悔。」說畢，即與司馬騫鑑，馳往柏谷，正值晉軍攻入，便與交鋒。晉軍越來越多，玄兵只有千餘，又無後繼，如何攔截得住？玄拚命衝入，身中十餘創，力不能支，據地大呼。司馬騫鑑，抱玄泣下。玄悽聲道：「我死此地，君宜速去。」鑑泣答道：「將軍不濟，鑑將何往？」遂相偕戰死。不愧為姚氏忠臣。無諱至石闕奔還，姚禹逾城降晉。晉軍直逼洛陽，四面圍攻。姚洸待援不至，只好出降。檀道濟俘得秦兵四千餘名，或勸他悉加誅戮，封作京觀。道濟道：「伐罪弔民，正在今日，怎得多殺哩？」是極。因皆釋縛遣歸，

入城安民，秦人大悅。

　　姚益男等聞洛陽失陷，不敢再進，折回關中。劉裕使冠軍將軍毛修之往鎮洛陽，再飭道濟等前進。適西秦王熾磐，遣使詣裕，願擊秦自效。裕即表封熾磐為平西將軍河南公，自引水軍發彭城，接應前軍。秦主泓方惶急得很，不防并州牧姚懿，到了陝津，誤聽司馬孫暢計議，意圖篡立，反倒戈還攻長安。秦主急遣東平公姚紹等，引兵擊懿。懿敗被擒，孫暢伏誅。接連是征北將軍齊公姚恢，復自稱大都督，託言入清君側，自北雍州還趨長安，再由姚紹移軍攻恢，恢方敗死。懿為泓弟，恢為泓叔，不思共救國危，反相繼謀逆，真是姚氏氣數。姚紹得進封魯公，升官太宰，都督中外諸軍事，率同武衛將軍姚鸞等，擁兵五萬，東援潼關。別遣副將姚驢守蒲坂。晉將王鎮惡入澠池，進薄潼關，檀道濟沈林子，自陝北渡河，進攻蒲坂。蒲坂城堅難下，林子謂不若會同鎮惡，合攻潼關。道濟依議，便與林子回軍，共至潼關下寨。姚紹開關搦戰，被道濟等縱兵奮擊，喪亡千人，不得已退保定城，據險固守，再令姚鸞出擊晉軍糧道，偏為晉將沈林子所料，夤夜襲鸞，把鸞擊斃。紹又使東平公姚讚，截晉水軍，亦被沈林子擊敗，奔回定城。

　　秦主泓連接敗報，倉皇失措，只好向魏乞援。晉劉裕泝河西上，亦使人向魏借道。魏主拓跋嗣集眾會議，多說秦魏方通婚媾，理應拒晉援秦。秦女西平公主為魏夫人事，見上文。獨博士祭酒崔浩，謂：「秦已垂亡，往救無益，不如假裕水道，聽他西上，然後發兵堵塞東路。裕若勝秦，必感我惠，否則我亦有救秦的美名，這乃是一舉兩得的上計。」拓跋嗣不能無疑，再經宮內的拓跋夫人，勸嗣拒晉，嗣乃遣司徒長孫嵩等屯兵河北，遏住裕軍。裕引軍入河，魏兵隨裕西行。裕遣親兵隊長丁旿，率勇士七百人，堅車百乘，登岸列陣。再命朱超石領著弓弩手二千，登車環射魏兵，

第九十九回　入荊州驅除異黨　奪長安翦滅後秦

且射且進。再用大錘短槊，左右猛擊，連斃魏兵無數。魏兵大潰，魏將阿薄幹陣亡，裕軍遂安然向西去了。

魏主嗣始悔不聽崔浩，再與浩商議軍情，欲截裕軍歸路。浩答道：「裕能得秦，不能守秦，將來關中終為我有，何必目前勞兵？臣嘗私論近世將相，王猛佐秦，乃是苻堅的管仲，慕容恪輔燕，乃是慕容暐的霍光，劉裕相晉，乃是司馬德宗的曹操，彼欲立功震世，篡代晉室，豈肯長留關中麼？」料事如神。嗣乃大喜，不再出兵。晉將王鎮惡，久駐潼關，糧食將盡，意欲棄去輜重，還赴大軍。沈林子拔劍擊案道：「今許洛已定，關右將平，前鋒為全軍耳目，奈何自沮銳氣，功敗垂成呢？」鎮惡乃自至弘農，曉諭百姓，勸送義租，百姓應命輸糧，軍食復振。林子復擊破河北秦軍，斬秦將姚洽姚墨蠡唐小方。姚紹愧憤成疾，嘔血而亡。秦兵失了姚紹，越加驚心，無心戰守。晉將沈田子傅弘之等，領著偏師千餘騎，襲破武關，進屯青泥。秦主泓率眾數萬，前來抵禦，弘之慾退，田子獨慷慨誓眾，鼓譟奮進。姚泓素未經大戰，驚見晉軍各執短刀，冒死衝來，好似虎狼一般，不由的驚心動魄，急忙返奔，餘眾當然披靡，統皆潰散，所有乘輿麾蓋，拋棄殆盡。沈林子恐田子有失，亟往馳救，見秦主已經敗去，便相偕追入，再加劉裕到了潼關，令王鎮惡自河入渭，亟搗長安。裕軍繼進，斬姚強，走姚難，直達渭橋。姚丕扼守渭橋，由鎮惡舍舟登岸，身先士卒，大破丕軍。姚泓引兵援丕，反被丕敗卒還衝，自相踐踏，不戰即潰。泓匹馬奔還，鎮惡追入平朔門，長安已破，急得泓不知所為，挈妻子奔往石橋。姚讚還救姚泓，眾皆散去，胡翼度走降晉軍。泓無法可施，只得輸款乞降。後秦自姚萇僭號，共歷三世，凡三十二年而亡。小子有詩嘆道：

霸踞關中卅二年，如何豆釜竟相煎！
內憂外侮侵尋日，莫怪姚宗不再延。

姚泓出降，獨有一幼子涕泣諫阻，墜城殉國。欲知詳情，下文還有一回，請看官仔細看明。

　　司馬休之，晉宗室之強者也。劉裕既殺劉毅與諸葛長民，寧能再容休之？其所由使鎮荊州者，亦一調虎離山之祕計耳。文思有罪，廢之可也，乃必送交休之，令其處死，是明知休之之不忍殺子，可聲罪以討之。休之不能敵裕，卒致兵敗西走，而魯宗之父子，亦隨與同行，裕之驅除異己，從此垂盡矣。後秦主姚興父子，其惡皆不若姚萇，興得倖免，泓竟速亡，禍實由萇貽之。內有諸子之相爭，外有強鄰之相逼，雖曰人事，亦由天道。如姚萇之狡鷙，猶得傳祚三世，不可謂非幸事。姚泓以仁孝聞，卒致失國隕身，乃知凶人之必歸無後也。

第九十九回　入荊州驅除異黨　奪長安翦滅後秦

第一百回
招寇亂秦關再失　迫禪位晉祚永終

　　卻說姚泓幼子佛念，年才十二，他料乃父出降，未足自全，因涕泣語泓道：「陛下今雖降晉，亦必不免，還不如自裁為是。」泓憮然不應。佛念竟自登宮牆，躍墜下地，腦破身亡。倒是一個國殤。泓率妻子及群臣詣鎮惡營前乞降，鎮惡命屬吏收管，待劉裕入城處置，一面出示撫慰，嚴申軍令，闔城粗安。既而聞裕到來，出迎灞上，裕面加慰勞道：「成我霸業，卿為首功。」鎮惡再拜道：「威出明公，力出諸將，鎮惡何功足錄呢？」裕笑道：「卿亦欲學漢馮異麼？」說著，即偕鎮惡入城，收秦儀器法物，送往建康，外如金帛珍寶，分賞將士。秦平原公姚璞，及并州刺史尹昭，以蒲坂降。東平公姚讚，亦率宗族百餘人投降。裕盡令處斬，且解送姚泓入都，梟首市曹，年才三十。司馬休之父子及魯軌，已見機先遁，逃入北魏，裕無法追捕，只好罷休。

　　晉廷遣琅琊王德文，暨司空王恢之，並至洛陽，修謁五陵。裕欲表請遷洛，諮議將軍王仲德，謂：「勞師日久，士卒思歸，遷都事未可驟行。」裕乃罷議，唯暗囑行營長史王弘，入朝諷請，加九錫禮。有詔進裕為相國，總掌百揆，封十郡為宋公，兼加九錫。裕反佯辭不受。請之而復辭之，全是狡詐。尋又封裕為王，裕仍表辭。時夏主勃勃雄踞朔方，就黑水南面築一大城，作為夏都，自謂將統一天下，君臨萬邦，故名都城為統萬城。又言祖宗誤從母姓，實屬不合，特改劉氏為赫連氏，取徽赫連天的意

第一百回　招寇亂秦關再失　迫禪位晉祚永終

思。遠族以鐵伐為氏，謂剛銳如鐵，並足伐人。無非杜撰。嗣是屢寇秦邊，掠民突境。至聞劉裕伐秦，因笑語群臣道：「姚泓本非裕敵，且兄弟內叛，怎能拒人？眼見是要滅亡了。但裕不能久留，必將南歸，但使子弟及諸將居守，我正好進取關中呢。」遂秣馬厲兵，進據安定。秦嶺北郡縣鎮戍，皆降勃勃。

裕得此消息，亦知勃勃必進圖關中，乃遣使貽勃勃書，約為兄弟。勃勃使侍郎皇甫徽，預草答書，一誦即熟，乃對著裕使，口授舍人，令他書就，即交裕使齎歸。裕問悉情形，並展讀覆書，不禁愧嘆，自謂勿如，也被勃勃所紿麼？因欲經略西北，為弭患計。偏由建康遞到急報，乃是左僕射劉穆之，得病身亡。裕恃穆之為腹心，府事統歸他主裁，忽然病死，頓令裕內顧懷憂，當即決意東歸，留次子義真為安西將軍，都督雍梁秦州軍事，鎮守關中。義真年僅十三，特使諮議將軍王修為長史，王鎮惡為司馬，沈田子毛德祖傅弘之為參軍從事，留輔義真，自率諸軍啟行。既知勃勃為患，乃使幼子守秦，裕亦有此失策，令人不解！三秦父老，各詣軍門泣阻道：「殘民不沾王化，已閱百年，今復得睹漢儀，人人相賀，長安十陵，是公祖墓，咸陽宮闕，是公舊宅，去此將何往呢？」裕祖乃漢高帝弟交，曾見前文，故秦民所言如此。裕只以受命朝廷，不得擅留為辭。且言：「有次子義真及諸文武共守此土，可保無虞。」吾誰欺？欺天乎？秦民只好退去。王鎮惡恃功貪恣，盜取庫財，不可勝記。又與沈田子等不和，田子屢次白裕，謂：「鎮惡貪婪不法，且家住關中，不可保信。」裕終不問。至裕啟程時，又與傅弘之同申前議。裕答道：「猛獸不如群狐，卿等十餘人，難道怕一王鎮惡麼？」此語益錯。語畢即行，自洛入河，開汴渠以歸。

夏主勃勃，聞裕已東歸，便召王買德問計，欲奪關中。買德道：「關

中為形勝地。裕乃令幼子居守,匆匆東返,無非欲急去篡晉,不暇顧及中原,一語窺破。我若不再取關中,尚待何時?青泥上洛,是南北險要,可先遣遊軍截住,再發兵東塞潼關,斷他水陸要道,然後傳檄三輔,兼施威德,區區義真,如網罟中物,自然手到擒來了。」勃勃大喜,遂命子赫連璝率兵二萬,南向長安。前將軍赫連昌,往屯潼關,使買德為撫軍長史,出據青泥,自率大軍繼進。璝至渭陽,秦民多降。關中守將沈田子傅弘之等,督兵出御,因聞夏兵勢盛,不敢前進,但退守劉回堡,遣使還報劉義真。王鎮惡語王修道:「劉公以十歲兒付我儕,理當竭力匡輔,今大敵當前,擁兵不進,試問虜何時得平?」說著,即遣還來使,自率部曲往援。田子得使人返報,益恨鎮惡,隨即造出一種訛言,謂:「鎮惡將自王關中,送歸義真,殺盡南人。」軍士聞言,當然驚惶。及鎮惡到來,由田子邀入傅弘之營,詐稱有密計相商,請屏左右。鎮惡貿然徑入,突被田子宗黨沈敬仁,一刀刺死,復矯稱:「劉太尉密令,謂鎮惡係前秦王猛孫,反覆難恃,所以加誅」云云。弘之本未與田子同謀,驟遭此變,急忙奔還長安,告知王修。修擁義真披甲登城,潛令軍士埋伏城外,等到田子返報,即發伏拿下田子,責他擅殺大將,斬首徇眾。當下命冠軍將軍毛修之,代為司馬,與傅弘之同出拒戰,連破夏兵,夏兵乃退。

　　王修遣人報知劉裕,裕表贈鎮惡為左將軍青州刺史,別遣彭城內史劉遵考為并州刺史,領河東太守,出鎮蒲坂。徵荊州刺史劉道憐為徐兗二州刺史,調徐州刺史劉義隆出鎮荊州。義隆係裕第三子,年尚幼弱,輔以劉彥之張邵王曇首王華等人,四方重鎮,統用劉氏子弟扼守,劉裕心術,不問可知了。已而相國宋公的榮封,及九錫殊禮,聯翩下詔,裕居然受封。正要將篡立事下手進行,偏得關中警耗,乃是長安大亂,夏兵四逼,非但秦地難守,連愛子義真都命在須臾。裕不禁著忙,急遣輔國將軍蒯恩,率

第一百回　招寇亂秦關再失　迫禪位晉祚永終

兵西往，召還義真，再派右司馬朱齡石為雍州刺史，代鎮關中。齡石臨行，裕與語道：「卿到長安，速與義真輕裝出關，待至關外，方可徐行，若關右必不可守，即與義真俱歸便了。」既知愛子，何必令守關中？齡石領命而去。裕又遣齡石弟超石，宣慰河洛，隨後繼進，才稍稍放下憂心。

哪知關中變亂，統是義真一人釀成。所謂成事不足，敗事有餘。義真年少好狎，賞賜無節，王修每加裁抑，為眾小所嫉視，遂日進讒言，誣修謀反。義真不明曲直，便使嬖人劉乞等，刺殺王修，於是人情疑駭，無復固志。義真悉召外兵入衛，閉門拒守，這消息傳入夏境，赫連勃勃，即發兵南下，占據關中郡縣，復自率親軍入踞咸陽，截斷長安樵汲，長安大震。義真自然向裕乞援，到了蒯恩入關，促義真即日東歸。偏義真左右，志在子女玉帛，一時未肯動身；及齡石踵至，再三敦促，義真乃出發長安。部下趁勢大掠，滿載婦女珍寶，方軌徐行，傅弘之蒯恩隨著，一日只行十里。忽聞夏世子赫連璝，輕騎追來，弘之急白義真，勸他棄了輜重，趕緊出關。義真還不肯從。俄而夏兵大至，塵霧蔽天，弘之即令義真先行，自與蒯恩斷後，且戰且走。夏兵不肯捨去，儘管追躡，累得傅蒯兩人，力戰了好幾日，殺得人困馬乏，才到青泥。不料夏長史王買德，引兵截住，傅弘之蒯恩，雖然死鬥，究竟敵不住夏兵，結果是同被擒去。司馬毛修之，也為買德所擒，單逃出一個義真。還是死的乾淨。義真見左右盡亡，避匿草中，幸遇中兵參軍段宏，竊負而逃，又當夜色迷濛，無人能辨，才得脫歸。

夏主勃勃入攻長安，長安只有朱齡石居守，百姓不服齡石，把他攆逐。齡石焚去前朝宮殿，奔往潼關。弟超石奉令西行，亦入關探兄，兄弟方才相會，同入戍將王敬壘中。偏夏將赫連昌，引眾來攻，先截水道，後撲戍壘，壘中兵渴不能戰，竟被陷入。齡石使超石速去，超石泣道：「人

誰不死？寧忍今日別兄，自尋生路呢？」遂與敬等出鬥，力竭負傷，統為所擒。勃勃遂入長安，據有關中。齡石兄弟，及王敬傅弘之等，並皆不屈，均遭殺害。勃勃且積人頭為京觀，號為髑髏臺，然後命在灞上築壇，自稱皇帝，改元昌武。尋復還居統萬城，留世子赫連璝為雍州牧，鎮守關中，號為南臺，這且擱下不提。

且說劉裕聞長安失守，未知義真存亡，頓時怒不可遏，即欲興兵北伐。侍中謝晦等固諫，尚未肯從，嗣得段宏啟聞，知已救出義真，乃不復發兵，但登城北望，慨然流涕罷了。是歲為晉義熙十四年，即安帝二十二年。西涼公李歆，遣使至建康，報稱父喪，且告嗣位。歆父就是李暠，自與北涼脫離關係，據有秦涼二州郡縣，初稱涼公，嗣稱秦涼二州牧。應八十六回。改年建初，由敦煌遷都酒泉，一再奉表建康，詞極恭順。就是境內自治，亦注重文教，志在息民。唯北涼主沮渠蒙遜，屢往侵擾。暠每出防堵，互有勝負。在位十九年，年已六十七歲，得疾而亡。臨歿時，遺命長史宋繇道：「我死後，我子與卿相同，望卿善為訓導，勿負我心。」繇當然受命，嗣奉暠子歆為西涼公，領涼州牧，改元嘉興，追諡暠為武昭王，尊暠繼妻尹氏為太后。暠元配辛氏，貞順有儀，中年去世，暠嘗親為作誄，並撰悼亡詩數十首。續配尹氏，本是扶風人馬元正妻，元正早卒，尹乃改嫁，自恨再醮失節，三年不言，撫前妻子，恩過所生；及暠創業時，多所贊助，故當時有李尹王敦煌的謠傳。尹氏排入《晉書·列女傳》，故文不從略。歆既嗣位，進宋繇為武衛將軍，錄三府事。繇勸歆仍事晉室，尹太后語亦從同，所以歆遣使報晉。晉授歆為鎮西大將軍，封酒泉公。北涼王蒙遜，聞歆得邀封，也遣使向晉稱藩。有詔授蒙遜為涼州刺史，唯此時頒發詔旨，已為琅琊王德文所出，那晉安帝已被劉裕弒死了。

裕年逾六十，急欲篡晉，自娛晚年，嘗查閱讖文云：「昌明後尚有二

第一百回　招寇亂秦關再失　迫禪位晉祚永終

帝。」昌明即晉孝武帝表字，見前文。乃決擬弒主應讖，密囑中書侍郎王韶之，賄通安帝左右，乘間弒帝。安帝原是傀儡，一切輔導，全仗弟琅琊王德文。德文自往洛陽謁陵後，便即還都，仍然日侍帝側，不敢少離。韶之等無隙可乘，如何下手？會德文有疾，不得不回第調養。韶之趁勢入宮，指揮內侍，竟用散衣作結，套住安帝頸中，生生勒斃。閱至此，令人髮指。年止三十七歲，在位二十二年。韶之既已得手，便去報知劉裕，裕因託稱安帝暴崩，且詐傳遺詔，奉琅琊王德文嗣位，是為恭帝。越年正朔，改元元熙，立妃褚氏為皇后。後係義興太守褚爽女，頗有賢名。可惜已成末代。恭帝因先兄未葬，一切典儀，概從節省。過了元宵，方將梓宮奉葬，追諡為安皇帝，一面加封百官，進劉裕為宋王。裕老實受封，移鎮壽陽。嗣復諷令朝臣，再加殊禮，得用天子服駕，出警入蹕，進母蕭氏為王后，世子義符為太子。

　　好容易過了一年，裕在壽陽宴集群僚，偽言將奉還爵位，歸老京師。僚屬莫名其妙，只有一中書令傅亮，悉心揣摩，居然窺透裕意，到了席散出廳，復叩扉請見道：「臣暫應還都。」裕掀髯一笑，並無他言。賊心相照。亮便即辭去，仰見天空中現出長星，光芒四射，不禁撫髀長嘆道：「我嘗不信天文，今始知天道有憑了。」越宿，即馳赴都中。未幾，即有詔命傳出，徵裕入輔。裕留四子義康鎮壽陽，參軍劉湛為輔，自率親軍匆匆啟行。到了建康，傅亮已安排妥當，迫帝禪位，自具詔草，進呈恭帝，令他照稿謄錄。恭帝顧語左右道：「桓玄時晉已失國，虧得劉公恢復，又復重延，到今將二十年。今日禪位，也是甘心。」說著，即強作歡顏，操筆書就，付與傅亮；眼中想已包含無數淚珠。復取出璽綬，交給光祿大夫謝澹，尚書劉宣范，齎送宋王劉裕；自挈皇后褚氏等，悽然出宮去了。當時，司馬氏中，稍有才望的人物，或逐或死，已經垂盡，只司馬楚之有萬

餘人，屯據長社，司馬文榮引乞活千餘人，屯據金墉城南，乞活見前。司馬道恭自東坦率三千人，屯據城西，司馬順明集五千人屯陵雲臺，彼此統是晉室遺胄，志在規復，但沒有一定統領，好似散沙一般，如何成事？結果是被各處戍將，驅逐出境，同奔北魏去了。強弩之末，勢不能穿魯縞。宋王劉裕得了禪詔，表面上還三揖三讓，佯作謙恭，那一班攀鱗附翼的臣僚，連番勸進，遂在南郊築壇，祭告天地，即皇帝位，國號宋，頒詔大赦，改晉元熙二年為宋永初元年。廢晉恭帝為零陵王，晉后褚氏為零陵王妃，徙居故秣陵縣城。使冠軍將軍劉遵考率兵管束，東晉遂亡。更可恨的是狠心辣手的劉裕，暗想廢主尚存，終是禍根，不如一律剷除，好免後患。自晉元熙二年六月受禪，到九月中，竟用毒酒一甖，命鴆零陵王司馬德文，起初是遣琅琊郎中令張偉往鴆，偉竟取來自飲，毒發即亡。尚是一個晉氏忠臣，故特表出。後竟令兵士逾垣，再鴆德文。德文不肯飲鴆，竟被兵士用被掩死。可憐德文在位才及年餘，便遭慘斃，年終三十六歲。宋主裕佯為舉哀，輟朝三日，追諡曰恭。總計東晉自元帝至恭帝，共十一主，得一百零四年，若與西晉併合計算，共十五主，得一百五十六年。

　　至若劉宋開國，一切事實，具詳《南北史演義》中，此書名為《兩晉演義》，便應就此收場。唯東晉亡時，西涼亦亡。西涼主李歆，好興土木，又尚嚴刑，累得人民不安，變異迭出。歆尚不知儆，從事中郎張顯，切諫不從。北涼主蒙遜，乘隙圖歆，佯引兵攻西秦，暗中卻屯川巖，專待歆軍，果然歆為彼所誘，擬乘虛往襲北涼。武衛將軍宋繇等，苦口諫阻，終不見聽，再經尹太后危詞勸戒，仍然不從；遂將步騎三萬人東行。中途被蒙遜邀擊，一敗塗地。或勸歆還保酒泉，歆慨然道：「我違母訓，自取敗辱，不殺此胡，有何面目再見我母呢？」當下收拾殘兵，再戰再敗，竟為所殺。蒙遜遂進據酒泉，滅掉西涼。西涼自李暠獨立，一傳而亡，凡二

第一百回　招寇亂秦關再失　迫禪位晉祚永終

主，共二十二年。只西涼母后尹氏，見了蒙遜，蒙遜卻好言勸慰，尹氏正色道：「李氏為胡所滅，尚復何言？」蒙遜默然，仍令退去。或語尹氏道：「母子命懸人手，奈何倨傲若此？」尹氏道：「興滅死生，乃是定數，但我一婦人，不能死國，難道尚怕加斧鉞，求為他人臣妾麼？若果殺我，我願畢了。」蒙遜聞言，反加敬禮，娶尹氏女為子婦。後來尹氏自往伊吾，與諸孫同居，竟得壽終。特敘西涼之亡，全為尹氏一人。唯北燕沮渠蒙遜，傳子牧犍，為魏所滅，西秦乞伏熾磐，傳子慕末，為夏所滅。夏曆二傳，赫連冒赫連定。北涼只一傳，馮跋弟弘。先後入魏。就是仇池楊氏，亦被魏吞併，這都屬劉宋時事，詳載《南北史演義》，請看官另行取閱便了。交代清楚。不過五胡十六國的興亡，卻有略表數行，錄述如下：

（一）漢劉淵。（前趙）劉曜。匈奴漢歷三主，分為二趙，前趙劉曜，為後趙所滅。

（二）北涼沮渠蒙遜。同左凡二主，為北魏所滅。

（三）夏赫連勃勃。同左凡三主，為北魏所滅。

（四）前燕慕容皝。鮮卑凡三主，為前秦所滅。

（五）後燕慕容垂。同左凡五主，為北燕所篡。

（六）南燕慕容德。同左凡二主，為晉所滅。

（七）西秦乞伏國仁。同左凡四主，為夏所滅。

（八）南涼禿髮烏孤。同左凡三主，為西秦所滅。

（九）後趙石勒。羯凡七主，為冉閔所篡，閔復為前燕所滅。

（十）成（漢）李雄。氐凡三主，雄弟壽，改國號漢，壽子勢為晉所滅。

（十一）前秦苻洪。同左凡七主，為後秦所滅。

（十二）後涼呂光。同左凡四主，為後秦所滅。

（十三）後秦姚萇。同左凡二主，為晉所滅。

（十四）前涼張重華。漢族凡五主，為前秦所滅。

（十五）西涼李暠。同左凡二主，為北涼所滅。

（十六）北燕馮跋。同左凡二主，為北魏所滅。

小子敘述既畢，尚有煞尾詩二首，作為本編的餘聲，看官毋遽掩卷，且再閱後面兩行。詩云：

百年遺祚竟淪亡，大好江東讓宋王。
我篡他人人篡我，祖宗作法子孫償。
彝夏如何潰大防，五胡迭入競猖狂。
可憐中土無寧宇，話到滄桑也黯傷。

劉裕既得關中，乃令次子義真居守，彼豈不知義真尚幼，無守土才，況王沈諸將，嫌隙已萌，即無赫連勃勃之窺伺，亦未必常能保全。其所由遽爾東歸者，篡晉之心已急，利令智昏，不暇為關中妥計耳。至裕一歸而秦地即亂，諸將多死，唯義真幸得脫歸，失於彼必償於此，而裕之篡晉益急矣。弒安帝復弒恭帝，何其殘忍至此！意者其亦司馬氏篡魏之果報歟？然司馬昭弒高貴鄉公，其子炎猶不殺陳留王，故尚能傳祚至百餘年；裕以一身弒兩主，欲子孫之得長世，難矣！本回敘東晉之亡，簡而不略，誅劉裕之心也。（詳見《南北史演義》中）末段復將五胡十六國始末，作一總結，以便收束全書，閱者得此，則回憶前文，更自瞭然，而作者之苦心，益可見矣。

兩晉演義──從太后自盡至晉祚永終

作　　　者：蔡東藩	國家圖書館出版品預行編目資料
發 行 人：黃振庭	
出 版 者：複刻文化事業有限公司	兩晉演義──從太后自盡至晉祚永終 / 蔡東藩 著 . -- 第一版 . -- 臺北市：複刻文化事業有限公司 , 2024.10
發 行 者：複刻文化事業有限公司	
E-mail：sonbookservice@gmail.com	面；　公分
粉 絲 頁：https://www.facebook.com/sonbookss/	POD 版
	ISBN 978-626-7595-27-5(平裝)
網　　　址：https://sonbook.net/	857.4531　　　　113015372

地　　　址：台北市中正區重慶南路一段 61 號 8 樓

8F., No.61, Sec. 1, Chongqing S. Rd., Zhongzheng Dist., Taipei City 100, Taiwan

電　　　話：(02)2370-3310
傳　　　真：(02)2388-1990
印　　　刷：京峯數位服務有限公司
律師顧問：廣華律師事務所 張珮琦律師
定　　　價：299 元
發行日期：2024 年 10 月第一版
◎本書以 POD 印製

電子書購買

爽讀 APP　　　臉書